别慌，还可以再抢救一下

邱雷苹 著

图书在版编目（C I P）数据

别慌，还可以再抢救一下 / 邱雷苹著．— 北京：文化发展出版社，2018.9
ISBN 978-7-5142-2084-1

Ⅰ．①别… Ⅱ．①邱… Ⅲ．①短篇小说—小说集—中国—当代 Ⅳ．①I247.7

中国版本图书馆 CIP 数据核字（2018）第 196284 号

别慌，还可以再抢救一下

邱雷苹 著

出 品 方：脑洞故事板　　出 品 人：尹　健
策划编辑：张国辰　　责任编辑：周　蕾
特约编辑：孙　岩　高连飞　　责任营销：马媛媛
装帧设计：楚　婷
新浪微博：@喜阅奇迹

出版发行：文化发展出版社（北京市翠微路 2 号　邮编：100036）
网　　址：www.wenhuafazhan.com
经　　销：各地新华书店
印　　刷：北京美图印务有限公司
开　　本：880mm×1230mm　1/32
字　　数：260 千字
印　　张：9.75
版　　次：2018 年 10 月第 1 版
印　　次：2018 年 10 月第 1 次印刷
定　　价：45.00 元
I S B N：978-7-5142-2084-1

自 序

写字好似脱衣服。

常有人用“好”与“不好”来评价一部作品，比如我这本书，此刻不幸落到了你的手里，某天因为失眠点灯翻开，能看几页、坚持不多，不外乎你觉得我写得“好”或“不好”。

这无可厚非，写书不是写日记，印了封皮出版了，自然就是给人看的，有人看了难免就有人比较，有了比较就有了好与坏。

但是吧，在我眼里，这些就是脱多和脱少的区别，反而没什么好与不好之分，看谁更狠心罢了。

我最喜欢的一个歌手说过，唱好歌是一件很痛苦的事情，这需要反复把一种感情挖掘、表达出来，其实写字也一样，虐人先虐己。我往往会一边读书一边给作者在心里画像，越是优秀的作品，就越是能透过纸面，感受到作者大概是个什么样的人。

所以我说，写字好似脱衣服。你人什么样，平时想些什么，你的那些嫉妒、爱恋、愤怒，就在纸上流淌，你永远不可能骗过自己去打动别人。

“不必过分羡慕那些特别会表达的人，一个人如果能把你的感受丝毫不差地描述出来，准确戳中你内心最柔软的地方，那么同样的寂寞和痛苦，他会比你难受十倍。”

我一直对这句话深以为然。更多的时候，比起那些叙事技巧、设定、结构这种有的没的，重要的仅仅是一个写作者肯不肯把衣服脱下来，把血淋淋的心脏掏出来给你看。

每个人脱法不同：飘逸的、笨拙的、妖娆的，脱完之后人与人之间也有区别：胖的、瘦的、开过刀留了疤的。

但有一点大家都一样，你怎么都得光着，这是死命令。

我没见过不光着就能把东西写好的作者，哪怕有，我觉得那也太无趣了吧？

我不能保证说这里的每一篇故事写得都“好”，我只能保证，这里的每一篇故事，它都是“光”着的。状态或许有起伏，水平或许有高低，但每一篇故事都是我某一个独立的人格，它们可能会犯错，可能会走偏了路，但它们都是我自己，是我生命的一部分。

你不是在读我的书，而是在读我这个人。

如果你在我的故事里笑了哭了，你只是透过我读到你自己了。

抱一抱吧，我们都是孤单又灿烂的家伙。

目录 CONTENTS

目录 CONTENTS

盗火

1

王择林在龙息山当护林员当到现在，这几天遇到的麻烦比这辈子遇到的都多。

短短三天，已经发生两次规模巨大的森林火灾。最近的空气湿度并不低，基本可以确定是人为纵火。

上头下了尽快找到罪犯的死令，加派了不少人手，于是龙息山脚下自己那个冷冷清清的小木屋就热闹起来了。

巡山的人手增加到六队，每队四个小时，采取的是轮流值班制度。一旦发现蛛丝马迹，第一时间就要对机关进行汇报。

王择林心里憋了口气，自己看守龙息山十几年，从来没有出过这档子事。现在全城的焦点就在自己负责的这座大山上，怎么也得把纵火犯找出来。夜班的三个巡山轮次他都带头领路，可以说是铆足了干劲。

这天夜里，他和几个陌生的巡山员例行巡山，走得已经是有些深了。

冬季的龙息山昼夜温差极大，此刻的山中弥漫着刺骨的寒气，巡山的一众人边走边不住地打着哆嗦。

王择林走在最前面，一边领路一边咒骂着冻人的天气。要知道搁在往常，他只要随便捣捣糨糊往山上兜一圈，就能靠着木屋里的那个炉子偷懒打盹儿。

所有的事情都是那半路杀出的纵火犯整出来的。

虫子早早蛰伏，山林中只有凛冽的风声和脚步踩碎细树枝的声音。一行人借着月色吐着白气，警惕地注意四周的动静。

就在这时，王择林闻到一股似有似无的焦味。他眼力极佳，顺着气味上前几步，将手电筒的亮度调到最大，找到了焦味的源头。

不远处的地面上，散落着几个烤焦的树果。

众人上前察看。王择林摸了摸树果，还有温度，于是他猛地把手往下一压，示意众人收起动静，同时把手电筒灭去。

所有人都看见了远处闪烁着微弱的火光，他们心下一震，知道遇到正主了。

他们在王择林的指挥下把脚步声压到最低，不紧不慢地向那团火光靠近。有两个同行带着猎枪，此刻也悄悄上膛，随着距离越来越近，做好了随时开火的准备。

小心地拨开最后一片树丛后，他们这辈子也忘不了自己看到的景象。

那是三只猕猴。

它们围着一个在风中看上去随时会熄灭的火堆，将树果串在树枝上，正一脸兴奋地烤着火。一只猴子见火势衰减，还很娴熟地往火堆里添了一把干草。

它做这个动作就像剥香蕉皮一样自然。

巡山的人们望着这一幕忍不住嘴角抽搐，而王择林的神情更加复杂，久久陷入深思。

不过有一点，当看到猴子发现他们受惊远去后，他们明白，看来事情比想象中还要麻烦得多。

2

可以这么说，整个人类文明的起源都是从火开始的。

有了火，人类可以加热食物，由此肠道的长度得以缩短，因为消耗的能量不再像吃生食那样多。而牙齿和肠道的缩小也导致了能量从这些部位转移到了大脑，可以说，人类的大脑很可能是自火的使用后得到了进化。

有了火，人类对大型动物首次有了驱赶和防御的武器，捕猎的效率也得到了提高，在自然界中的地位渐渐向顶部靠拢。

自那夜守夜人王择林率众人发现了连日的森林火灾，其始作俑者竟是开始学会生火的猕猴之后，消息便扩散开来，各式各样的动物学家被召集到靠近龙息山的某个县城中，讨论应对的方法。

有国外的机构发来警告，必须在最短时间内将所有龙息山的猴子尽数剿灭。

否则难以想象已经拥有生火技能的它们会进化到什么程度，对人类社会会造成怎样的危害。

比如龙息山山脚下那座全国最大的变电站。

比如以龙息山为源头的规模可怕的原始森林带。一旦这些猕猴开始繁衍扩散，人类将其全歼的把握会无限降低。

上级当机立断，派遣特种部队进驻龙息山，对发现的任何猕猴当场射出麻醉枪，先进行捕捉，再进行分类区分是否拥有生火技能。

这个方案颇为折中，仍然有一大部分专家认为拥有生火技能的也许只是极小部分的猕猴，数量甚至无法达到十分之一。

毕竟猕猴在灵长类动物中智力只能算中等偏下，而学习生火这样复杂的技能并不简单。

抓猴行动第一天，整座山林鸡飞狗跳。

3

老王读书不算多，可他怎么也想不明白：为什么几只猴子学会了生火，就一定要把它们都弄死？

龙息山的猕猴都很调皮，他一个人巡山的时候，野生的猕猴就会朝他扔树枝、扔小石子。他一度也被这些小畜生弄得头大。

要追吧，自己拼了老命也摸不到在树上荡来荡去的它们一根毫毛。不追吧，它们就不停地怼你、怼你。

可有那么一次，巡至山中的他突然气短，血压升高，直接就昏迷在半山腰处。要知道那可是夏季，大小蛇虫遍地，还可能出现野猪、野熊。

先别说自己醒不醒得过来，光是独自昏在山间都有几个小时，运气不好就要被判死刑。

他也忘记不了，是几只猕猴蹲在他身边，不住地对他的脑袋敲敲打打、揉脸摇身。它们或许是真的想救人，或许只是觉得好玩。

可它们的举动确实把老王从鬼门关里拉了回来。

自那以后老王就与这座山上的猴子熟络得很，他巡山经常会带上些桃子、香蕉，见有小猴就扔给它们，对各种的调皮捣蛋也不气不恼。

时间久了猴子倒也记恩，再也不朝他扔东西了。见他就凑上来要吃的，有些胆子大的小猴还敢骑在他肩上摸他光溜溜的脑袋玩。

老王看到猴群生火的那一刻心下就隐隐知道，如果它们都将以生火为罪名而被除去生命，自己很可能就是将它们带入深渊的那个人类。

他不止一次在猴群面前生过火，有时候他巡山累了，就会就近取一些燧石，用火绒草搭出火堆，烤着猎来的兔肉或是煮起从河边叉来的鱼吃。时间久了那些猴子便也不再惧怕火焰，反而是围在他旁边静静坐着，饶有兴致地观察着他的举止。老王觉得有趣，便把燧石和火种塞到它们手中，看它们拙劣模仿自己的动作，每逢猴子们被迸出的火星烫得怪叫，他就会在旁边哈哈大笑，替它们掸掸身体。

他做这些行为的时候只是觉得好玩，从来没有想过会有那么一天，猴子们真的学会了生火。

于是就有了他眼前的一幕，一批又一批全副武装的士兵进入了常年无人的龙息山。他们得到的命令是对所有视野中的猕猴发射麻醉针。

起初一两天，王择林看到的是一只只中了麻醉针瘫软如泥的猕猴被抬出山林，由专门的货车运往一处。

他听说了，政府要拿它们做实验，想知道它们为什么能掌握生火技能。

而后几天便不一样了。

抬出来的都是死猴子。

很简单，麻醉弹的射程太近了。猕猴都意识到了威胁，开始往山林的更深处逃窜。这样人类想接近到其百米范围变得无比困难。

在这样的情况下，便只能用狙击枪。一枪一个，中者毙命。

这天，王择林再也按捺不住，拦在准备进山的士兵面前。

“你们真的准备把整片山上的猴子都杀光吗？”

那两个人互相看了一眼，低头不语。王择林被周围人拉开，人群没有理会这个老巡山人的悲愤和怒号。他们或许会对这一具具尸体泛起恻隐之心，但不会终止这场无止境的屠戮。

他们只看到那个叫王择林的老守山人，自那天之后就这么痴痴地望着森林口，也不吵不闹，沉默了一个下午。

第二天，这个守了一辈子山的老东西，消失在所有人的视野之中。

4

王择林是在深夜出发的，他走上了一条再也不能回头的路。

他把自己裹得严实，背上了厚重的登山包，抄起用了十几年的拐子，从一条不为人知晓的小径独自上山。

冬夜的能见度低，他不知道有没有士兵还在山中逗留除猴，可他知道这些野外经验有限的士兵在黑夜的龙息山基本什么都做不了。

他知道自己走上的会是一条漫漫长路，会很冷，也会很孤独。但他也知道一个道理。

自己犯下的事就要自己承担，和这些猴子无关。

他要拯救这些猴子，日复一日走在孤独的巡山路上，他不知不觉中早把它们认作了自己的朋友。

他一刻也没有停，向着绵延的大山深处不断地前进、前进，那些猴子不会躲避他，他要把它们带到龙息山尽头的那片原始森林中去。

在一路的行进中，先是一两只，随后越来越多的猴子发现了这个老朋友。它们已经隐隐明白自己的种群遭遇到了危机，但仍毫不犹豫地给了这个老朋友信任，跟随在他的身旁。

像是受到了招引一般，几天之后老王的身边就围了一整个猴群。离原始森林的入口已是很近了，这里早就没有了任何人类活动的痕迹，远处的枪响声越来越少，他坚信正引导着猴群朝正确的方向行进。

他依旧和以前一样，与这群猴子嬉笑玩闹，互相取乐。

与许多人猜测的相同，只有极少数的猴子会生火，而且还需要很大的运气。见到那几只猴子笨拙的手法他总是忍俊不禁，再给它们做一个正确的示范。

他还点起火把，当自己挥舞起那团燃烧腾跃的精灵时，他能看到猴群中闪闪发光的眼睛。

王择林不断前行。

晴天他会用干草编成草帽顶在头上，那些猴子也有样学样，结果弄了一顶顶鸟窝一样的四不像。他捶地大笑。

观云辨天，当感觉雨天来临时，他会用芭蕉的大叶配合树枝花上几个小时做好几个小棚屋。猴子们在他身边，静静蹲在棚屋下听淅沥的雨声，眯眼休息。

晚上睡觉他只需要在大树间绑上他自带的简陋吊床，有猴群在，他丝毫不用担心安全问题，总能安然入睡。

但他怎么也想不到，这些日子竟成了他后半生为数不多的快乐时光。

在妻子病故、自己独自守山之后，他一度以为自己就要孤独在这座山下老去死亡，却未曾料到自己能有这么多朋友的陪伴。

这个没读过书的将老之人绝对不会意识到，自己正在走向一条无比接近神的道路。

比古往今来任何一个人类个体都更接近神明的道路。

这个猴群中个别极聪慧的猴子已经能够熟练地生火，甚至还能举起火把，吃起烤焦的面包虫。

它们开始学着使用王择林经常使用的简单工具,尝试着搭建棚屋,因为它们发现不被雨淋的感觉很不错。

王择林每每用完火焰后会及时将火种熄灭，他也会大声呵斥并惩罚随意用火的猴子，发现工具的正反搞错的时候，他也会耐心地手把手给它们纠错。

他先前还担心猕猴们不愿舍弃自己原来的栖息地，不愿跟随自己前往广袤的原始森林。可踏入森林后他才发现自己的忧虑完全多余。

猴群早把他奉为领袖，也意识到身后人类不断地追击，几乎整个猴群都是跟随王择林踏进了那片森林。

在那儿入睡的第一夜，王择林眯眼前还告诉自己：余生这样度过倒也不坏。

可到半夜，一阵撼天动地的轰鸣声响彻天际。

5

王择林怀揣着不安的心，拖着身体走到一处视野开阔的高台，愣在那里。

山脚下的变电站爆炸了。

黑烟浓重地弥漫在泛着火光的天空之中，时不时还会闪出几阵灼眼的强光，几抹燃烧的碎片如流星般撕开夜空，坠向四处。

而龙息山的方向也吸引了他的余光，他转过头，心里又是猛地一沉。

那是片尚未成型的森林火灾，可他知道等到相关的补救措施就位需要不少时间，这次火灾最终的规模和破坏不会亚于前两次。

仅仅一晚，自己走过的土地便已是一幅末日的景象。

猴群被爆炸声所惊起，一时森林变得喧哗而嘈杂。而王择林只是望着一团团将整片天空映亮的火光，露出沉重的表情。

那一晚是龙息山的噩梦，也是举国的噩梦。

变电站爆炸的财产损失不可估量，直接的伤亡也至少有数百人。当地直升机和消防车的储量根本不够用。

火势几乎是到了第二天的中午才完全止住。而同时在当晚发生的龙息山的火灾也发展到了空前的规模才被扑灭。

事后对起火原因的调查表露,始作俑者正是从龙息山脱离的猴子，或许是在逃亡之中对于人类的报复，或许是对火焰威力的无知。但人们的确发现了在废墟中遗留下来的几乎变成炭灰的火把。

至此，龙息山的猕猴事件开始真正被全国乃至全世界重视起来，政府正式展开了“盗火者行动”，准备投入资源对“盗火猕猴”进行最后的通牒。

经过中外相关专家的讨论，目前支持率最高的方案是直接以龙息山为中心计算猴群可能覆盖的区域，投放核武器。

不惜以毁灭整座山林为代价，也要将这群初走上进化之路的猴子扼杀在摇篮里。

并且，对于已捕捉的猕猴进行生火动作的研究，人们发现它们绝不是自然习得，而是有人传授。

于是每个在场的人都回想起那个不知所终的巡山人，原龙息山的守卫者——王择林。

此刻，龙息山与原始森林的交界口。

一夜没有合眼的王择林呆滞地前行着，十几个小时，他的脑海中不断翻滚着举目之处充斥着的火光、爆炸声、断枝声、惊叫声，这些声音和图像一刻也没有停过，暴烈地回荡着。

是自己造成这一切的吗？

他从没想过猕猴会从自己这里学会生火，哪怕学会了他也并不觉得这有什么，他不明白人类为什么要这样对猴子赶尽杀绝。

他出发的理由很简单，哪怕错了，也绝不是猴子们的错。

学会了生火，为什么就要去死？

既然源头是自己，那么自己有理由担负这一切。就算真的是罪恶，也应该自己来背负，而和猴群无关，它们没有做错任何事。

有了火，就可以在刺骨的冷风中取暖。会做棚子，就不用在冰冷的大雨中瑟瑟发抖。

它们没有错，它们没有错，它们不应该去死。

他不断告诉自己这句话，蹒跚着前行。他想走得再远一点，这样在他身后的猴群便更不容易被发现。进了森林就像水汇入大海，它们只需时间适应，便能生存繁衍下去，就不会死。

王择林不断走着，可他只是个普普通通的人。

一辈子巡山的经验让他具备在野外生存的能力，但不能让他免受疾病的侵袭。

在心境无比低落的情况下吹了一晚上的冷风，白天不断地行进，已经让他的身体和精神都达到了极限，他发烧了。

王择林靠在一棵粗朴的大树上，唇色发白，浑身不住地战栗。他感觉累极了，连架个吊床的力气都没有，什么都做不了。

只会把事情搞砸。

他教会猴子生火，植被繁茂的龙息山接连不断地发生火灾。猕猴们被人类屠杀，又为了报复而引爆了变电站。

是啊，自己承认了猴子没有错，但潜意识里还是一直在逃避那个事实。

一切罪恶的源头都在自己。

眼皮逐渐沉重了起来，浑身麻木，没有知觉，他喃喃地告诉自己睡一觉就能恢复了，又盼着一睡过去便不再醒来，也算是种解脱。

半睡半醒之间，他恍惚看到猕猴们无助地围在自己身边，对虚弱的自己不知所措地面面相觑。

他想，自己真的犯下了滔天的错误，可这些天的陪伴确实是真的。

他喜欢这些猴子，不想让它们毫无价值地死在人类的枪下。

无论怎样，唯独保护它们，一定是对的……

他这么想着，渐渐抵抗不住困意和寒冷，沉沉睡去。

6

温暖，游走在四肢百骸中的温暖。

王择林睁开眼睛，一个大火堆在眼前烧得正旺，几只猴子往当中添着干草和枯枝。

他打了个哆嗦，肩膀上传来一阵压力。他费力地抬了抬头，一只小猴子与他对视，它的手中捧着几个树果。

王择林与这只小猴子特别熟，它学什么都总是特别快，王择林便给它起名叫聪聪。

见它把树果扔到面前的地上，他摸了摸它的脑袋，支起身体，忽然听见远处有嗡鸣的声音。

他暗叫不好，抬头看去。

果然，火堆升腾起的灰色烟雾浓烈地飘浮在半空。

这于外界看来一定非常清晰，尤其现在处于敏感时期，人类一定会对龙息山附近的动静尤其关注。

不出意外，那种嗡鸣声便是直升机迫近的声音了。

王择林心里猛地一沉，情势一下子变得紧迫起来，时间不多了。

他用尽全力支撑起身体，对着猴群大吼：

“走！

“走啊！”

望着不为所动的猴子，他对它们扔石头，不停地跺着泥地，对它们大喊大叫。

猴群不明白他的意思，它们以为他一定是又感觉冷了，用这种方式取暖，便加快了动作，想让火堆燃得更旺些。

王择林心急如焚，有一瞬间，他想到了自己曾经面对龙息山上的猴子。它们像自己现在一样扔着石头，抓耳挠腮。这两个物种间互不相识，彼此作弄。

他没来由地笑了，是啊，自己可是人类，扔石头这种方式太掉价了。

对不起了，我的朋友们。

他扯开登山包，取出猎枪，朝天连开三枪。

“都给老子滚！

“有多远滚多远！进了这片大林子，就再也别回头！”

猴群听闻枪声，受本能驱使，炸了锅一般四窜而逃，向森林深处拥去。

到了这时王择林才恍然，不知不觉原来有那么多猴子跟随着自己。

可今日便到此为止了吧。

两分钟后，直升机的绳梯中缓缓降下一人。他取下了望远镜，凝重的面容中隐隐夹杂着怒气。

“王择林，你知不知道你在做什么？”

“我把它们赶跑，你们就不好杀它们了。”

“你赶跑了一群会生火的猴子！”

“人也会生火。”

“那你知道你在山上的这几天都发生了些什么吗？”

王择林没有回答，他又感觉累了，刚才一番折腾耗尽他全部的体力。他费力地喘着气，感觉天旋地转，坐回了树边。

“王择林，怎样也不重要了。

“三天，三天里包括龙息山在内，这片区域会被核武器摧毁。到时候什么也没有了。

“上级给我们的命令是在这三天内如果不能把这里的猕猴灭杀到五十只，就彻底放弃这整片区域。”

王择林先是微微一愣，随后惨笑了起来。

“我还是低估了你们这些人，以为把它们放跑就行。”

“王择林，上来吧，法庭会对你做出判决。”

王择林一直笑，他忽地对那人摆了摆手，眼角笑出了泪花。

“我不走了，跟人相处，我现在怕。我留在这里，死在这里。”

那人似乎明白了什么，沉声道：“想救它们，就要杀它们。”

王择林对他言语中的含义视若无睹，依旧摆手：“你们走吧！”

“做一个人，没什么意思。”

那个人沉默了一会儿，丢下了一个背包。

“毒气弹，剂量够了。”

王择林望着那个背包，似笑非笑。

“再问个问题。”

王择林瞥了一眼那个背包，叫住了正要上直升机的那人：“杀到五十只为什么就没事？”

“我们统计过，可能被你传授生火技能的这个猕猴族群一共有350~400只。低于五十只的话只会对人类造成局部威胁，不会有演化威胁，达到这个数目再使用核武器就得不偿失了。”

王择林点了点头。

直升机飞走的前一刻，也不知是说给谁听的，王择林喃喃自语：

“它们没有错。”

那个人走进机舱前，身体微微一震，没有回头。

“嗯。”

7

王择林生起了火，今晚的天气很好，可以看见许多星星。

他静静坐在一处，等待着什么。

黑夜中的那缕火光仿佛神圣的招引，几只猴子先小心翼翼地探出脑袋。王择林笑着对它们招了招手，它们便放心地凑到火堆边，放心取暖。

然后，其他猴子陆陆续续返回了这里，它们发现自己的领袖又变回了平常的样子，便欣然在此驻足。

王择林抱着那罐毒气，都是熟面孔啊，有好几只自己都叫得出名字。

火光映亮了周边的树林，他粗略扫了一眼，觉得数量应该是够了。

哪怕不够，也没有别的办法了。

这些猴子对即将到来的命运浑然不知，它们盘踞在火堆旁或不远的树上，如以往的每个夜晚一样守护着自己的神明。

这个家伙教会了族群许多东西，它们不再怕凛冽的风，不再怕倾盆的雨，会用树枝做各种有趣有用的东西。

所以它们还想跟着这个家伙，学更多的东西，这样就可以保护自己，保护他。

一只小猴探头探脑地落在王择林的肩头，他看清了，那是聪聪。

可他这次不如以往那样和蔼，而是猛地站起，打落了它捧着的树果。

“滚，不许你再出现在这里。”

聪聪愣愣地不动。

他伸脚向这只小猴踹去，后者连躲都没有躲，怪叫一声被踢倒在地。

王择林对着它发出一声咆哮，脸色狰狞。

猴群已经尊他为王，它们领会了首领的意图，纷纷对小猴子发出威胁的低吼。

聪聪知道自己没有资格贪恋这片火堆，它拖着脚步，消失在夜色之中。

王择林又坐了一会儿，感觉时间差不多了。

他站起身来，环顾四周，对着猴群低语。

“不是你们的错，对不起，不是你们的错。”

猴群听不懂人话，只是静静围观着他。或许，它们也正尝试着去听懂人话。

“我老王读过的书不多。但我也想过，会不会有那么一天，你们也会和我一样，会生火、会打猎、会说话。我妻子死得早，没有孩子，我就想如果真成那样了我王择林倒也挺牛的。

“我还是没想明白为什么，但我大概明白了。咱们人类啊，心眼儿太小。

“变电站、森林大火，其实这些根本就不是事儿。刚才有个后生和我说了，那只能算局部威胁，我琢磨了半天，大概想明白了啥叫局部威胁。

“我觉得他们怕是怕呀，你们从生火造屋开始，慢慢变得和人一样了，造汽车、造飞机，还会打仗。如果真有那么一天，人类可能就完了。说白了，他们不想给你们机会。

“万物之长，气量够小吧？”

他干笑两声：“还是我王择林气量大。我那时候就想啊，许多人都说这世界上有神、有佛祖，会不会就是我们人类还是兔崽子，啥也不懂的时候，有个我这样吃饱了撑的死东西，东教教这个西教教那个。然后有一天，哗，火生出来，一切都开始了。

“嘿，都说了我读书少，死都准备死了，怎么研究起这种事情来了。”

他慢慢坐下，很自然地打开了毒气罐，俯身对着泥土微微一拜。

“对不起，不是你们的错。”

他望向远方，忽然有些邪气地笑了笑。

“聪聪，扔核弹咱们都得完。可这下一整，他们说你这种崽子就只有局部威胁。

“要不，你给我争口气呗。”

他把打火石从口袋中掏出，在生命的最后一刻朝天空抛掷而去。

“我王择林，干了不少错事啊。”

森林的这个夜晚，无比静谧。

极远处，一只落单的小猴独自行走，忽然仿佛觉察了什么。

它回望身后，那里一如自己出生后的无数个夜晚一样，毫无光明。

它攥紧手中的火把，忽然感觉自己眼角有些湿润。

总有一天，它会明白那个东西叫作眼泪。

/ 中二皇子与最强杀手 /

1

皇子的中二病又发作了。

继上一次光明顶之战以重伤八个群众演员的代价惨烈收场后不久，皇子又用绷带缠起手臂，整天对着院子里那口水缸叨叨不停。

大院内，一口破旧水缸旁，一声仰天长笑直冲天际。

“哈哈哈哈哈哈哈哈嗝儿。”皇子狂笑，对那缸盖狠狠一拍，“本皇子的神罗天征终于大成，天下已再无可阻我霸道之人！”

众人回忆起被皇子支配的恐惧，偌大的院子瞬间撤得空空荡荡。

皇子有些落寞，开始对缸自言自语起来：

“哟，很酷的一口缸啊，住得还习惯吧？

“原来如此，在这里相遇也是一种缘分，有没有兴趣和我一起把天下搞得天翻地覆？

“没问题，等你答复。好好想想吧，我说的可是整个天下！”

远处围墙外，皇帝收回脑袋，面向后面的一排御医。

皇帝：“怎么讲？”

御医：“微臣猜他幻想请缸里的高手出山，陛下，这次光明顶剧情不行，我们得来个海贼王。”

2

杀手的内心是崩溃的。

作为杀手之国最强的刺客，他本已想好所有未来——这次刺杀皇帝成功后沐浴无上荣光，金盆洗手，回老家结婚。

此刻，在缸中足足潜伏了半个月的他，汗如雨下。

杀手之国有人重金匿名悬赏刺杀这国的皇帝，他凭借举世无敌的身手单枪匹马潜入皇宫，最后决定选在这处靠近皇帝寝宫的三皇子大院伺机而动。

彻彻底底地躺枪。

气急攻腹，杀手腹中忽感有一股海啸般的煎熬感汹涌来袭。这个时间是巡夜空当，他顾不得多想，娴熟地出缸，在一个小坑旁蹲下。

他在业界纵横几十年，作为杀手之国的最强刺客，自负于自己的注意力和天赋，哪怕这次杀手之国精英尽出，他也毫不怀疑最后摘得皇帝首级的人会是自己。

但他没有想到，哪怕是他，在某些时刻也难免露出破绽。

噼里啪啦放着大招的他感觉自己肩膀被人拍了一下，他僵硬地转过头。

“你最终还是决定出山了吗，我的朋友？”

皇子轻笑。

3

作为当世顶尖的杀手，随机应变是最基本的基本功。

“别笑，我出缸代表接受了你的邀请。可你虽然拥有连我都不及的强大力量，却仍低估了这世界的黑暗面。”

“黑暗面？”

杀手竖起食指对皇子做了一个嘘的手势，把他拉到角落。

“皇子——”

“我的同伴里加鲁卡啊，不必见外，我们互相以真实身份称呼便可，叫我西里乌斯。”

“西……里乌斯。”杀手嘴角抽搐，“以你的智慧，应该不难猜出此刻我才出缸与你相认的原因……”

“当然，里加鲁卡，你拉得太响了。”

“这只是一方面。”杀手轻咳，“更深层的原因，西里乌斯，他们已经侵入皇宫了。”

皇子眼睛霎时一亮。

“里加鲁卡，不得不承认在某些方面你比我敏锐得多，他们的目的？”

“恐怕，西里乌斯，是从弑君入手，继而掌控整个国家。”杀手面色凝重，“如今能拯救这一切的只有我们——谁都不可以信任。”

皇子瘫坐在地：“没想到已经严重到这种程度……”

“时间不多了——”杀手露出一丝得逞的笑。

“得尽快行动。”

4

在杀手给皇子初步灌输的世界观里，皇宫内外的所有人等已经被黑暗势力操控为傀儡。皇子深信不疑，已唯杀手是瞻。

这天深夜，杀手被一阵窸窸窣窣的脚步声惊动。

他朝缸外瞄去，一人着了身鲜红的船长服，粘了假胡子，还勾了浓浓的眉毛，正踮脚朝自己靠近。

杀手猜出了这是海贼王计划（中二病配合治疗阶段）的一环，却没想到动手那么快。

该怎么办?

他有足够把握瞬杀此人，但在天亮之前成功掩藏尸体绝非易事，况且后面应该还有人盯梢……

思考间那人已经握住缸盖，准备用力上提。杀手不肯轻举妄动，一不做二不休，朝下猛拉水缸盖，打定主意不让来人打开。

那人见怎么使力水缸盖还纹丝不动，停了动作，在外面不满地哼唧起来。杀手在里面窃笑，他已经把整个人吊在缸盖上，任凭你千钧巨力，也不可能——什么声音?

外面不知从哪儿掏出一个千斤顶。

不远处的围墙处传来吆喝：“成不？”

罗杰轻声回应：“开了。”

伴随逐渐上升的身体，杀手的心也凉透了——有人盯梢，这是绝境，无论杀他不杀，自己的存在都会暴露。

做这行就是这样，有时得看命。

水缸被打开一个足够的缝隙，罗杰一脚踩在缸沿上，看到挂在缸盖上树懒一样的杀手，愣了。

他看着杀手，杀手看着他。

他张开嘴巴，喊声呼之欲出。

杀手捏紧了手中的飞刀，万事休矣，死前拉个下水的也算回本。

他正欲出手，一声清脆的敲击声在罗杰脑后响起，随即那人维持着张嘴的口型，直直栽进缸里。

杀手咽了咽口水，见到皇子举着一口平底锅，宛如天神。

他警觉地看了看不远处的围墙，扔下平底锅，将缸盖关上，这一系列动作帅气逼人，还不忘留下一句话：

“里加鲁卡，动作要快。”

5

“殿下，误会，误会呀！”

“三更半夜，摸我大院，钻我水缸，什么误会？”

“殿下，你敲晕那个，其实，其实是……”

杀手从缸里爬出，全身已经换好罗杰的衣服，他摸着脑袋走到一个背光的角落，垂首摇摇晃晃走来。

皇子惊呼：“哎呀，你出缸也不告诉我一声！”

哨兵也同时惊呼：“没事吧？？”

杀手含混不清地说：“没事，我出缸方便一下。”

哨兵松气：“那就好，殿下，如果没什么事儿……”

皇子：“结界的能量还很稳定，我和他不是你们保护得了的，为了你们的安全考虑，今后都撤了，别让我再看到你们。”

哨兵：“这……”

杀手又含混不清地说：“我没事。”

哨兵：“好嘞。”

哨兵散去后，皇子与杀手在屋中密谋。

皇子：“人呢？”

杀手：“缸里晕着呢，人还是光的。”

皇子：“咋处置？”

杀手：“捆了，套点情报。”

杀手深知，演戏必然有交接对象，以此为契机，说不定有更进一步的机会。不仅如此，作为一个专业杀手，知道他的声音、语气和具体长相，再加以模仿便不难了。

密室内，演员全身上下只剩条裤衩，结结实实被绑在椅子上。

不一会儿，演员悠悠醒来，眼神迷离。

演员：“这是哪儿？我是谁？”

皇子和杀手面面相觑，经过一系列常规询问后，他们发现这人是失忆了。

“我就记得我好像原来是在那个，嗞……那个什么航路？”

“伟大航路？”

“对，伟大航路，然后怎么在这儿，怎么光的，全给忘了。”

“是黑暗势力。”皇子表情凝重，“封锁实力，消去记忆，再派来刺探消息。若不是我略微留手——”

杀手觉得事情的走向不太对。

“就少了一个同伴了。”

杀手抽了抽嘴角。

6

经过杀手和皇子不间断地洗脑，演员已经相信了他们构筑的世界观，成功入戏——他原本是一个驰骋在伟大航路的海贼船船长，被奸计所害，沦为任由黑暗势力摆布的棋子，被西里乌斯所救重返自由。

船长哭得稀里哗啦，发誓赴汤蹈火也要协助他们破除黑暗势力的阴谋。皇子在一边也哭得稀里哗啦，和船长相拥而泣老半天，感慨世道险恶、相遇是缘。

杀手不傻，但只好跟着皇子装疯卖傻。

“贝拉、里加鲁卡，我们现在阵容豪华，但说实话，缺少磨炼和配合。”三人深夜会晤，皇子探出一颗脑袋，“我们需要练习。”

“有道理，西里乌斯，怎么练习？”莫名被唤作贝拉的船长点头。

“我先证明一下自己的实力吧，我用神罗天征先把屋顶掀——”

“别，先别征，西里乌斯，你这样会暴露自己。”杀手冷汗直冒，“动静不宜过大，不如先来点小练习。”

“有道理，我莽撞了，那我先示范一下。” 皇子一记一阳指指向远处的树叶，“嚯啊！”

杀手反应极快，一镖以肉眼不见的速度出手，将那片叶子射落。

杀手松气，却听皇子轻呼：“看鸟！”随后朝空中一指。

一排大雁从空中整齐落下。

皇子来了兴致，一会儿点这儿，一会儿点那儿，杀手左突右射，后来射得双手抽筋，扑通一声跪在地上。

“里加鲁卡，怎么了？”

“休……休息一下，神罗天征气场太强了。”

贝拉看着前面一大一小、互相搀扶着行走的背影，露出淡淡的浅笑。

7

在今后的日子里，他们在那座院子里做了许多事情。

往往是贝拉放哨，他们掏蚂蚁窝，皇子出招的时候，杀手就偷偷用打火石搓一把火，两人借着一片小小的火光无声地击掌欢呼。

他们捉萤火虫，杀手会让皇子闭上眼睛，皇子张开双臂摆出一副君临天下的样子，杀手施展轻功飞快移动，一只只萤火虫被他装进瓶子里。皇子睁眼看见满瓶被自己王霸之气吸引的荧光，又蹦又跳。

贝拉就在一边默不作声，颇有默契地为皇子鼓掌叫好，他说“皇子有此气场，终有一天会一统江山”。皇子心大，直说“当然”，只是一边的杀手对这句话琢磨了老半天。

他们还用粉笔在地上画出白线，并排方便，结果是杀手和贝拉常常战斗激烈、互有胜负，皇子却大笑着一骑绝尘，遥遥领先，引得两个大人垂头丧气。

杀手从小就是一个杀手，锻炼和杀人是他生命中的全部。而这短短的时光，他做了许多向往过却不曾做过的事情。

终于有一天，皇子不笑了，他看着对一口碗吹水正吹得开心的杀手和贝拉，道了一句“是时候了”。大家已经技艺有成，自己夜观星象，觉得黑暗势力很可能选在这几天动手，得行动起来了。

杀手吹着水，恍然一愣。

这些天的日子让他有些忘记了自己的身份。

“里加鲁卡、贝拉，我觉得有必要先探察父皇寝宫的地形，再做潜伏。”皇子颇为应景地说道。

“不用了。”贝拉忽然插嘴，目眺远方。

皇子和杀手循目望去，瞳孔猛然放大。

远处升起了冲天的火光，随后是一记撕裂黑夜的强光和爆炸声。贝拉想也不想，抱住皇子伏在地上，以身作掩。

短暂的失聪和寂静过后，喧闹的人声逐渐传入耳中。

“陛下！陛下被刺啦！”

8

消息封锁失败，宫中风雨满城尽人皆知，全城进入戒严状态。已知情报是刺客属于那个著名的杀手之国，有人出重金买当朝皇帝的命。

大将军临危受命，开始维持皇城秩序和陛下死后的一系列繁多事务，却处理得井井有条。

皇帝死后，因为不会有人问罪，没人愿意伺候这个神经兮兮的小皇子。皇子白天便愣愣地坐在偌大空旷的院子里发呆，也不与水缸里的杀手和贝拉讲话。

“贝拉，西……皇子和陛下的感情很深厚吗？”杀手悄声问。

“不清楚，皇子从小到大从没见过陛下。只是陛下总会对皇子的病情比较上心，奴仆也都是他派来的原先隶属于自己的老人儿。”

杀手叹息：“这些帝王将相这样对亲儿子，还不如扔了。”

贝拉轻应一声，随即沉默。

“不要这样说父皇。”在缸外抱着膝盖的皇子忽然出声了。

“我是没见过，但整座皇宫里，在没遇到里加鲁卡和贝拉之前，父皇是对我最好的人了。”

“他会给我写信，只有他知道我的力量，也只有他会不厌其烦地和我聊天，父皇，真的很好。”

皇子恍惚：“如果我们再早一些……”

杀手不再吱声。

计划失败，他本该伺机撤退，此刻却有些恍惚。

杀手、皇子、演员，似乎不论身处哪个位置，人生难免也尽是些不如意的事。

他忽然皱眉：“贝拉，你有没有听到外面有动静？”

“里加鲁卡，趁这机会，我得告诉你一件事。”

“我问你有没有听到——”

“我知道，但听我说，里加鲁卡，千万把我下面说的话记住了。”贝拉在缸里直了直身子。

“这座皇宫早已经从根里烂透了，皇帝没本事，大将军很久以前就把实权垄断了。皇帝疏远皇子是为了保护他，否则皇子活不到今天。

“这段话很重要，里加鲁卡，皇子的中二病是一种严重的心理疾病，他的童年都在一个阴暗的小房间里度过，没有关心，没有宠爱。这病症难在，如果有一天……”

杀手发现贝拉流出了眼泪。

“如果有一天他发现自己确实没有那些力量，自己幻想的一切都是假的，这孩子会崩溃的……”

杀手感觉自己的怀中被塞进了什么东西，随后贝拉把缸盖打开，整个人探出缸外。

四面八方都是张弓搭弦的射手，大院的门口早已被精锐的士兵森严堵住。

大将军从人群中缓步踱出。

“殿下，我们怀疑您在院中私藏刺客，与陛下被刺一案有关，还请您配合我们进行检查。”

杀手似乎明白了什么。

贝拉走出缸前，最后对杀手说了一句话：

“我是个不合格的父亲，算我求你。

“保护好他。”

9

贝拉对自己生命中最后一段时光的小反抗很得意。

在这段时光里，他舍弃了皇帝的身份，找到替身，知晓这一切的只有几个御医和绝对信任的臣子。如果没猜错，现在已经被大将军肃清得差不多了。

但他很开心啊，毕竟这是从来没有过的，自己的儿子天天就陪在自己身边，看着他活蹦乱跳又跌跌撞撞的，已经是很幸福的事情了。

“皇子，你藏匿刺客，设计谋害陛下，连刺客的脸都化得和陛下一模一样，何止是大不敬！

“我现在就代表先帝，诛杀你这逆子！”

贝拉挠了挠头。

“虽然我没用，但还是留了几个死忠粉的。”

他打了一个响指。

不少弓手和剑士将弓剑指向自己的同伴，猛然发难。

“你们仔细看看，那个人可是真的陛下！”

场面乱作一团，有打得天昏地暗的，有不明情况还在原地发呆的，偌大的院子此时显得拥挤起来，砍杀声不绝于耳。

刺客找准机会，飞身蹿出缸，就地使了一个烟幕弹，拉住皇子和皇帝就要逃跑。

“走啊！愣着干什么？！”

皇子无动于衷，愣愣地看着皇帝：“你就是……父皇？”

皇帝别过头：“我是贝拉。”

杀手拿着短刀，早已准备好杀出重围，此刻在一旁干着急：“走啊！”

“走，能走去哪里呢？在这里活一辈子了啊。”

贝拉看了眼延绵的皇都，又看了眼皇子，微微一笑。

他握住杀手持刀的手，向自己胸口一捅。

杀手和皇子只觉耳边的砍杀声在这一刻静止，空白的脑海中，只有一处缓缓盛开的鲜红。

“传国玉玺在你这里，里加鲁卡，是你杀了我，结束了。”

杀手愣愣地看着自己手中那柄滴血的短刀。

“我只能拜托你，只要让他活下去就好，随便怎么样，能活着就很好……”

皇子又喊：“父皇。”

“我不是……”皇帝眼里泪光闪动，却又终于抑制不住，凝视自己的儿子。

“做我儿子，你可恨我？”

皇子扑通跪下。

“无以为报！”

皇帝垂下头，看不到表情。

“走吧，里加鲁卡、西里乌斯，该走了。”

杀手抽出短刀，皇子毅然起身。

烟雾逐渐散去，皇帝席地而坐，就这样静静望着那两个远去的背影。

他笑得像个孩子。

10

杀手有苦说不出。

不仅得对付拦路的敌人，而且隔壁的皇子已经彻底化悲痛为力量，一边哭一边点神罗天征，一秒十几发，纵是这个世界上最强的暗器使用者他也有些应接不暇。

这一路体力消耗是巨大的，凭他的身手一人脱险尚且困难，何况还带着皇子，何况皇子的战斗力还是负的。

他揣着国玺，没命地拉着皇子一路狂奔，身上四处都挂了彩，烟幕弹、飞针也都所剩无几，只有腰间那几根本打算在刺杀时用上的雷管。

他们进入了一个小巷，两边的围墙很高，弓手无法埋伏，但通道又长又窄，躲避空间小。

“里……里加鲁卡，停一下。”皇子喘着粗气，一个趔趄摔倒在地。

“走吧，你走吧，我跑……跑不动了。”皇子边喘边隔空出手，“我帮你拖延。”

杀手下意识往皇子伸手的方向扔镖，随后对地上的皇子又拖又拽，没用，他是真跑不动了。

杀手看了看拥来的追兵，又看了看不远处的出口，最后掂了掂手中的国玺。

杀手之国只注重结果，他们甚至连刺客的姓名、长相都不会过问——刺死皇帝的那个人就是英雄，就是刺客之王。

跑出这条通道，一切都会属于他。

他咽了咽口水，向后微微挪步。

“里加鲁卡，这就对了，走。”皇子艰难咧嘴，“我的战斗到此为止了，唯一能做的只有帮你争取——”

皇子伸出的手被杀手按住，随后身体一轻。

杀手将他背起。

“西里乌斯，想想我们第一次见面你说了什么。”

他喘着气，将腰板挺直了。

“把天下霸主都给扔了，还怎么做他的左右手？”

他跑了起来。

11

杀手跑得跌跌撞撞，他咬紧牙关，很近了，离出口已经很近了，坚持……

一支急矢从背后破空而来，穿透左腿。

他身体轻轻一抖，扶墙维稳，嘴里哈出一团一团雾气，瞪着通红的眼睛，单脚再次发力提速。

到出口了。

背后有风声。

完全是下意识，他把皇子冲身后一甩，左手自腰间抽刀，仰身横格，将一记重劈生生挡下。

但还没结束，劈砍的重力从刀身传递至身体，受伤的左腿再也支撑不住，杀手单膝跪地，从左腿渗出的血在地上蜿蜒。

“里加鲁卡！”皇子惊呼。

“还没完……”杀手闷哼，右手不知何时寒光一闪，将一柄匕首推入来者的胸口。重刀跌落地面，那人捂着心脏无声倒下。

杀手站不起来，在地上手脚交替着移动，沿途都是一点一点的血迹。

他只是不断注视着身后的出口，三米……两米……

又一把刀劈了过来，他翻滚躲避，同时射出一镖，正中眉心。

可那人还没倒下，又有三人从他身后出现，举刀要劈。

杀手惨笑，从那几个人之中的缝隙看去，黑色的人潮望不到尽头。

他挡住一刀，躲掉一刀，剩下一刀还是结结实实砍在他的肩膀上。

“里加鲁卡！”皇子边哭边抬手，徒劳地想要阻止那些人。

可杀手已经太累了，他再也没有精力去帮皇子完成这些天一直乐此不疲的把戏。

“一阳指！一阳指！我指！”

皇子茫然地看着自己的双手，眼前的敌人用一种看弱智的眼神看着自己，不时还发出刺耳的嘲笑。

“大将军有令，抓活的！绑了带走！”

几人拥向已经放弃抵抗的杀手，却感觉身体一凉，天旋地转，转瞬倒在地上。

“不要大意，慢慢靠近他！”

杀手垂着头微微一笑。

皇子看到一个东西朝自己滚落过来。

国玺。

“西里乌斯，我说的话你要听好，会骑马吗？”

皇子摇头。

“你沿着出口下了坡一直走，过了一个村子后有片林子，第一个岔路走最左边那条，之后应该就安全了，你沿路打听大木国。

“这是国玺，收好它，交给悬赏榜下面的老头，大木国最讲诚信，之后你会衣食无忧。”

杀手低声说完这几句，终于被几个人小心翼翼地架住。

“西里乌斯，这几个人，得靠你了。”

“我，我不行的……”皇子哭着摇头，“我什么都不会，什么都不会……”

“别开玩笑了，你可是西里乌斯啊。”杀手垂首微笑，舔了舔嘴角。

“我们不是，还有那招吗？”

皇子微微一愣，随后看了看自己的手臂，面露正色。

绷带一圈一圈被解开。

皇子看着绷带里的两块石头，想起星海蝉鸣的那个夜晚。

“两块石头，碰到一起。”

杀手先把一块石头高高抛向空中，随后立刻在其下落轨迹上掷出第二块。

两块石头在空中击出火花，落在正下方的蚂蚁窝上。

“看，就会有火。”

皇子和皇帝吃惊地拍手，这可算是他们在皇宫里见所未见的东西了。

“不算什么，喏，西里乌斯。”杀手将打火石递给皇子，“送给你了。”

皇子开心地将石头收好，像藏宝贝一样藏进了手臂的绷带里。

此刻，他看到在自己不远处低着头的杀手做出一个口型。

“来，一，次。”

一块石头高高抛向空中。

架着杀手的士兵饶有兴致地看戏。

第二块石头以直线掷出，精准地击中了第一块石头。

一串闪亮的火星向下坠落。

士兵们低了低头，看见杀手用最后的气力挣脱出一只手臂，从怀中掏出一根什么东西，上面绑着一根绳子。

杀手自言自语：

“西里乌斯，向前走，别回头。”

火星落下，点燃了引信。

“神罗天征！”

巨大的气浪以两人为圆心散开，巨大的围墙从两边向正中垮塌，将整条道路隔作两边。

皇子恍惚间，听到有什么东西掉落的声音。

那是杀手的短刀。

皇子爬着过去拾起了短刀，捂在胸口，随后对着废墟深鞠两躬。

他头也不回地走了。

12

刺客之王西里乌斯凭借国玺站在了杀手之国的巅峰，弃刀从政，以一己之力带领这个国家迅速崛起，成为一隅霸主。

他总说自己留有底牌，只需追随自己，总有一天能称霸天下，他的国民对这个百战百胜的国主深信不疑。

三十年后，他带领百万大军又站在头发花白的大将军面前，他对背后的人潮说，自己要亮出底牌了。

人群见到他解下手上缠了几十年勤洗勤换的破旧绷带，对着老人伸出手指，说了几个根本听不懂的字。

大院的风簌簌吹过，露水从绿叶间滑落，破败的水缸边开满鲜花。

西里乌斯背过身，淡淡一笑。

他挥了挥手。

“斩了。”

假如古代有电子竞技

1

此刻，早朝乱作一团，群臣哭丧着脸议论纷纷。

“做甚？”

皇帝挠着脑袋，声音被议论声淹没。

“做甚？”

皇帝抄起扩音器。

众臣注意到动静，仿佛找到了救星。

“陛下，这事儿您得出个面。”

“这次八国争霸赛，都说好了放水给唐国夺冠，我们使团杀到决赛，结果中单疯了，一打五把把超神，拉都拉不住。”

“兵部侍郎最后足足送了三十八颗人头都没能输。要不是礼部尚书机智，当机立断踢了网线，怕是三比零直接拿下……”

皇帝听得津津有味：“然后呢？”

“唐国国主气急吐血，当场离开，比赛停办。”大臣语带哭腔，“陛下，这次我们让唐国脸丢大了呀！”

皇帝正襟危坐：“那他们怎么说？”

“要求由陛下亲自发表声明，隋国中单在唐国国际邀请赛决赛中公然开挂，证据确凿，七天内斩首示众。否则……”

大臣声音有些发颤：“十天后发兵，踏平隋国。”

2

那人被押送到皇帝面前，皇帝打量着他，他打量着皇帝。

“放肆，陛下是你能直视的吗？”丞相怒斥。

皇帝没理丞相，开始问话：

“啥名？”

“小学我当大队长。”

“哪个小学？”

丞相悄悄说话：“陛下，这是选手的 ID。”

皇帝“哦”了一声，转头又问：“这次国际邀请赛，你知道自己的立场吗？”

“夺冠。”

“夺个屁冠！”丞相气急败坏，“让你去比赛是争第二，决赛只是做做样子，重要的是巴结唐国，你懂吗？！”

“电子竞技没有第二。”

“你！”丞相语塞，只好转向皇帝，“陛下，此等顽劣不化之人——”

“你挺能侃呀，你问还是朕问？”

丞相闭口。

“那你知道……”皇帝眯眼，“咱们这弹丸小国为了不被灭，要怎么做吗？”

大队长笑：“要我死。”

“明事理呀！”皇帝搓了搓手，“朕也是没有办法，店小被人欺，唐国捏死我们和捏蚂蚁一样简单，要不，你替黎民百姓死一死呗？”

“可以，死前我想再开几局。”

“开个屁！”丞相又怒了，“我隋国与唐国几十年维持的关系被你毁于一旦，哪次纳贡我们不是最准时、最肯下本的，若不是你——”

皇帝偏过头，平静地直视着丞相。

丞相：“好嘞。”

“朕答应你，明天将他问斩，唐国怎么说，我们怎么做。”

空气变得凝重。

“还有意见？”

丞相欠身：“不敢。”

“那你还待着做甚？”皇帝懒懒道，“天下第一中单打游戏，朕观摩一会儿不行？”

丞相离去。

书房内只剩皇帝和大队长两人。

“你听到了吗，他刚才是说，不敢。”

大队长开始选英雄，理都不理皇帝。

3

唐国垄断天下电子竞技各项目冠军已经数十年。

五个人被一个人吊起来打，这事搁谁身上都放不下面子。

小学我当大队长于昨天正午被斩于隋国。踢断网线的礼部尚书获得群臣交口称赞，被皇帝赐下蟒袍，记入护国奇功。

隋国，皇宫某处地下。

皇帝：“这辅助在喷朕，大队长你帮我喷回去。”

大队长：“你怎么不喷？”

皇帝委屈：“你知道我救你一条命多不容易？死刑犯也是人，请易容师也要花钱，请完易容师还要雇人灭口，灭完口还要雇人去灭雇来灭易容师的人的口——”

大队长：“还打不打？”

皇帝：“好嘞。”

大队长：“这波你先手，我数到三，你随便控个脆的。”

皇帝：“成。”

4

三秒后，普通小兵惨死在皇帝的大招之下，大队长反应敏捷，果断开溜。

其余三个队友惨死。

辅助：“那个头像黄不拉几的你到底会不会玩？”

皇帝：“马有失蹄。”

辅助：“失你大爷，一分钟一个大半小时你放了俩，还全给的小兵，玩不玩？”

皇帝怒：“有种报坐标？”

辅助上头：“来护街猪肉铺蔡九刀，不来是孙子。”

皇帝冷笑：“你等着，我这儿人有点多。”

蔡九刀气笑：“我吓得要死，你直接派支军队好了，黄不拉几的傻子！”

一个时辰后。

来护街的人们用敬畏的眼神看着铁甲林立的禁军，后者如一具具肃杀的亘古雕像，不安的空气如有实质般蔓延。

禁军将猪肉铺围得水泄不通，千百双眼睛直直地凝视着蔡九刀，半个小时后才整齐划一地散去。

蔡九刀被吓得屎尿齐流。

5

宫内宫外议论纷纷。

“听说了吗？皇帝最近沉迷排位，连早朝都不上了。”

“还有更夸张的，猪肉铺那蔡九刀和当今圣上对喷，被几百号禁军堵了半个小时门。”

“好像是皇帝整天打小兵……”

“哎，本来就吃不饱饭了，现在和唐国关系那么僵，这皇帝又成这样，我看没几天太平日子过了！”

“嘘……被听到是要杀头的。”

书房内。

“造反？”

“你这皇帝当黄了吧？这年头有人造反你都不知道？”

大队长把屏幕一横，上面赫然是一则短语：

“网瘾昏君当道，现黑水山造反队开组，目前三万人，五万人齐发兵，进组打 1。”

皇帝：“这啥？”

大队长：“这个用的是互联网思维，云造反。”

皇帝：“我这儿搜不到呀。”

大队长：“得翻墙。”

6

早朝。

“黑水山造反一事，有哪位将军愿意前去平乱？”

皇帝仿佛放了一个飘忽不定的屁，底下打游戏机的打游戏机，拍卡的拍卡，聊八卦的聊八卦。

皇帝：“颜爱卿，上次不是说好早朝不斗地主的吗？”

颜：“哎哟皇上，您看我这记性，来来，收了收了。”

皇帝正襟危坐：“刚才说到黑水山造反……陈将军，你意下如何？”

陈将军：“陛下，我这两天屁股疼。”

皇帝：“宇迟将军呢？”

宇迟：“陛下，我这两天也屁股疼。”

陈将军怒：“宇迟老狗，你就不能说你腰疼脑仁儿疼？！”

宇迟：“行吧，那我腰疼。”

“陛下，杨某愿意前去平反，只需给我十万兵马，反贼不除，杨某提头来见。”

一个年轻将领挺身出列。

皇帝：“十万有点多了吧？”

杨将军：“陛下，我突然感觉乳头有点——”

皇帝：“行，就十万！”

7

大队长总说这个皇帝是皇帝界的耻辱，皇帝倒也不恼，还是那副吊儿郎当的样子。

心态不错。

大队长：“千古一帝，还整天和我打游戏？”

皇帝：“曲线救国嘛。”

大队长摇头：“想要什么，就要用命去挣。”

皇帝：“那如果天底下有几条命都挣不到的东西呢？”

大队长看着汗迹斑斑的键盘：“不信。”

皇帝笑了，很淡淡的那种笑。

他说：“有的。”

“这东西拼掉我爹、我爹的爹、我爹的爹的爹三条命，还是没有半点能做成的感觉。”

大队长看着皇帝。

皇帝：“太平盛世，千古一帝，终究只是春秋大梦。

“有时候你觉得天空很大，但其实四周全是看不见的密不透风的墙。”

大队长沉默了一会儿："啥意思？"

皇帝："我曾经也像你一样，血是热的，大把的时间，我一定能做许多我的父辈没有做完的事。

"我曾锐意进取，削藩改政。我也曾登高呼令，大浪升平。

"我想把这天下的资源从那些贵族手中夺回还给黎民苍生，四年前我做过一次豪赌，决定实行新政，若是成功，父辈为天下所做的几朝努力便会兑现。"

大队长静静看着这个在自己面前不再称朕的男人，他说话间眼神中如有火光闪动。

大队长："后来呢？"

皇帝："我最信任的臣下背叛了我，我被贵族集团架空，现在和你打游戏。"

皇帝摊手："我输了，翻不了盘了。"

大队长沉默。

皇帝："别看我整天懒懒散散的样子，他们对我还是放心不下，整天想着怎么把我的屁股从那张椅子上挪下去呢。"

大队长面对电脑屏幕："所以，就这样了？"

"遇到你以前，就这样了。"

大队长回头。

"你不一样，你的血还是热的，看到你，我能看到当年的自己。"

皇帝选了英雄，他最喜欢的剑客。

他转头一笑："所以我不是说了，曲线救国嘛。"

8

皇帝说出又要改政的时候，御前不少大臣都在冷笑。

这皇帝脑子可能是方的，嫌四年前那着棋还不够坏，自己死得还不够快。

大臣们笑眯眯：“陛下？这次是改科举，还是修运河呢？”

皇帝：“都不，这次我想发展电子竞技。”

大臣们面面相觑，发展电子竞技好啊，这皇帝本来就声名狼藉，再来这么一出，下台不是名正言顺？

大臣：“陛下英明！”

9

书房内，又是这两人。

皇帝：“想不想夺冠？”

大队长：“很想。”

皇帝：“这一次的事情让他们学乖了，下次的五人代表队里应该都是乖茬儿，得想办法把你调包上去。”

大队长：“这样的话，你……”

皇帝：“我早晚会死，倒是你想想清楚，夺冠后你的水平会暴露身份。”

大队长摇摇头：“游戏是我的全部。

“要么赢，要么死。”

皇帝对他竖了竖大拇指。

“对了，”皇帝说，“我最近选了个电竞尚书，配一千禁卫军。”

大队长抬头。

皇帝拍了拍手。

蔡九刀手捏着裤缝，迈着小碎步进来了。

皇帝拍了拍他的肩膀：

“朕喜欢有血性的人，好好干。”

10

出外平反的杨将军始终没有回来。

毕竟要平的反越来越多，造反的队伍像地鼠一样接连冒出，手速再快也敲不过来。

八国实力最弱的隋国，此时一片祥和。

全民电竞的时代开启了。

吃不饱穿不暖没事，有游戏就成了。

大臣 1：“史书有云，娱乐至死，亡国不远了。”

大臣 2：“你少装出一副忧心忡忡的样子，杨将军……哦不，杨帝这番许诺给你什么官位来着？”

大臣 1：“唉，不值一提。”

大臣 3：“这皇帝没搞这么一出还能多活几年，现在我们倒是名正言顺。”

大臣 4：“别这么说，人家以前上朝可是天天把千古一帝挂在嘴边的。”

大臣 5：“你学起来最像，再来一个？”

大臣 4 手叉腰，抬头，环视几位大臣。

他轻咳一声，昂首挺胸，歪嘴模仿：“朕要做千古一帝。”

群臣笑弯了腰。

11

蔡九刀，能达到与大队长同在一局水平，便足以证明他的游戏水平。

此人担任电竞大臣后更加没日没夜苦练技术，终于在人前被称为“隋国第一中单”。

在众人的倡议声中，他将成为代表隋国出战国际邀请赛的五人之中的一个，位置是中单。

皇帝：“小九九，你干得不错。”

蔡九刀有些不好意思：“陛下谬赞。”

皇帝：“想夺冠吗？”

蔡九刀抱拳：“臣必力争第二！”

皇帝：“电子竞技没有第二。”

蔡九刀愣住，片刻后眼中光芒闪转，随后却又犹豫起来。

“陛下，若赢了唐国，怕是……”

“朕只问你，想不想夺冠？”

蔡九刀咬着牙齿，重重下跪。

“陛下，我是一个玩游戏的，做梦都想着夺冠。

“唐国实力虽强，但臣愿意——”

皇帝摆手：“不是你。”

蔡九刀愕然。

皇帝向角落处的大队长一指：“是他。”

“记得不，我们对骂那天，他一人一剑杀穿你们五个。”

12

蔡九刀不可能认不出大队长的脸。

那个让整个唐国蒙羞的人，那个因“作弊开挂”草草结束的传说。

蔡九刀表情巨变。

自己似乎知道了不应该知道的东西。

“九九，除了他，没有人能做到了。

“我要你和他调包。”

大队长的键盘声戛然而止。

蔡九刀的额头上沁出汗珠。

他咬牙，抬头：“陛下，谁打得最好，不试试怎么知道？

“小学我当大队长，你敢不敢和我Solo（竞技游戏中常指单挑）？”

大队长表情没有波动：“好。”

蔡九刀：“我输了，就由你替我去比，若我赢了呢？”

皇帝叹了口气。

大队长头也不回，只是摆了摆手。

“游戏是我的全部。

“你赢了我，我就死。”

13

大竞二年。

军力衰微，朝政已废，起义不断，国已不国。

其余国家一致认为已经到此地步的隋国可能无心参加国际邀请赛了。

想到去年那个似真似假的神话，他们觉得有些惋惜。

隋国，皇都。

离别之际，蔡九刀领着一千兵马向皇帝辞行。

皇帝：“想好了？”

蔡九刀：“队长能做到我做不到的事，此行我是他的盾，一定护他周全。”

皇帝：“您喷我那天被吓得不轻吧？就不怪我？”

蔡九刀：“恕我直言，你确实菜。”

皇帝：“哪样菜？”

蔡九刀：“哪样都菜，打游戏、做皇帝，再给我个机会我还是往死里喷你。”

皇帝微笑。

蔡九刀跪下：“但你是个好皇帝，我蔡九刀对你心服口服。”

皇帝：“你说，朕这次还会空大吗？”

蔡九刀没有回答，眼神向远处投去。

路的尽头，一人戴斗笠，静立风中。

蔡九刀：“不管空不空大。

“陛下，你还要做千古一帝。

“我们回来前，你不能死。”

皇帝没有回答，他站上一块石头，背后是颓败荒废的皇宫后门。

他衣袂飘飘，负手而立，眼神投向比蔡九刀更远的地方。

江山如画。

这一刻的皇帝，在蔡九刀眼中宛若神明。

“陛下，有那么点儿感觉了！”

皇帝回头，灿烂一笑：

“别叨叨了。

“再不走就被发现了。”

14

没错，这支由蔡九刀率领的电竞使团以平反名义，瞒着朝廷偷偷出征。

这是第三天，距离唐国只剩半天不到的路程。

蔡九刀与蒙着面的队长策马共驱。

若是此刻有人揭下队长的斗笠，会发现这两人的面容一模一样。

蔡九刀：“队长，咱俩是不是还有话没说开？”

队长：“哦？”

蔡九刀：“我能感觉到你对我的防备，出宫前是，现在更是。”

队长：“我没死这件事，除了我和他，知道的人只有两个。”

蔡九刀：“还有一个？”

队长:“世代绝对忠诚的一个影侍，易容这些事都是由他来完成。”

蔡九刀：“哦，你不放心我。”

队长：“你很不甘心？”

蔡九刀：“对。”

蔡九刀勒马。

全军勒马。

身体失衡的瞬间，他看见蔡九刀推在自己胸前的手，看见他眼中的笑意。

应该是在嘲笑自己吧。

自己除了玩游戏，只是一个废物。

那个男人夺走了自己的一切，又给予了自己一切，说起来，还没好好谢过他。连句陛下都没叫过。

只是，他想要夺一次冠，仅此而已。

眼前的世界一片漆黑，他的脑袋变得沉重无比，坠向地面。

这就是自己的末路了吗?

可笑。

15

皇帝寝宫，破败的花园内。

皇帝左手提着水壶，右手拿着剪刀，很久没有运动了，修花这样简单的活计也有些力不从心了。

父亲常对自己说：“修花如修心。”

许多事情，急不来。

他放下剪刀，抹去汗水，席地而坐。

或许，自己确实输在太急了，急于把一切都夺回自己的手中，急于向天下去证明，自己本该是千古一帝。

可输了就是输了，四年前那一手，一着落错便是一生。

他是皇帝，犯错的代价他再清楚不过，自己早该死了。千古一帝，永远是个遥不可及的梦。

身后不知何时铁甲林立。

皇帝：“杨将军真是年轻有为，带出去十万，带回来二十万。是块做皇帝的好料呀。”

杨将军：“杨某不敢，论年轻有为，谁敢与当年的陛下相提并论？整个贵族几乎就要在陛下的手笔前全军覆没。”

皇帝笑：“承让承让，不提也罢。”

杨将军：“陛下也着实是关心电竞事业，江山社稷成了这个模样，还有闲心秘密派兵去唐国参赛？”

皇帝：“烦呀，这都被你发现了。”

杨将军：“知道当年你为什么失败吗？”

皇帝眯眼捻花。

杨将军：“知道你为什么做不成千古一帝吗？”

皇帝睁眼。

杨将军：“你太容易相信别人了，上次也是，这次也是。我也是，蔡九刀也是。

“永远不要小看一个人的野心。”

16

大竞二年的最后一天，时值正午当空的春季，柳絮飘飞。

无数士兵、文臣、武将围在一处，窃窃私语。

“这个剑客太菜了。”

“这刀都漏，哎哟看不下去了。”

“又空大了。”

杨将军托腮站在皇帝身后，听着身后苍蝇般的嗡嗡细语，显然有些不耐。

杨将军：“陛下这是最后一把，尊重点可否？”

皇帝：“杨将军，朕这走位，优秀？”

杨将军竖起大拇指：“风骚，刁钻！”

话音刚落，屏幕暗了下来，上书两个巨大的红字——

败北。

杨将军：“陛下，是您这英雄没选好，杨某虽然玩得不多，但还是知道剑客这个英雄太脆了。”

皇帝：“杨将军，可我偏偏最喜欢剑客这个英雄，一人两剑，不动则已，动则必杀。”

皇帝朗声一笑：“是我打得不好，九九说得对，我太菜了。”

杨将军笑而不语。

他放开鼠标和键盘，起身，掸了掸衣服。

“影侍，算了，都结束啦。”

话音刚落，仅仅距皇帝身侧数尺之地出现了一个人，众人皆是猛退一步，先前竟无一人发觉他的存在。

而此刻那人头向一侧歪，竟已死去了。

窗外，一只白鸽无声飞出。

皇帝又掸了掸衣服。

众人脸色再变，又猛退一步。

皇帝面对神色惊骇的众人，又笑了。

“放心吧，这次没花样了。”

众人惊疑不定。

皇帝缓步上前，找了块大点的石头，挺身负手而立。

无人敢上前。

过了很久，皇帝抻了抻发酸的腿。

“你们到底开不开怪？”

17

队长在马背上被颠醒。

灼眼的光刺得他睁不开眼睛，两边的风景飞速退去，前方是两个策马的背影。

“我这是……”

队长晃了晃脑袋，差点坠马，幸亏及时稳住。

骑手1:“你能不能上点心！这再一摔我们可能会被九爷砍死吧？”

骑手2回头：“你没事吧？”

队长迷迷糊糊。

骑手2:“哎，兄弟，对不住你。山崖下面的床垫弹簧突然就蹦了，没接住。”

骑手1：“九爷安排我们在底下接应你，我们排练了九遍，没想到还是出了意外。”

骑手2：“我说了要试别拿死兔子，找块木板也好啊。”

骑手1：“你闭嘴会死吗？”

队长理了理思路，晓得了大概。

“他为什么要……”

骑手 1 接话：“计划暴露，杨将军知道你还没死，九爷假装被买通，来了这么一出。”

队长点头，这小伙子语言表达能力优秀。

骑手 2 补充：“快到目的地了，进茅房以后听到有人敲门就出来，出来以后记住，你是蔡九刀。代表隋国去打中单。”

队长：“蔡九刀怎么忽悠那姓杨的？”

骑手 1：“你还是被除，但比赛接着打，争出第二以后给唐国跪下，挽回上一届的形象，同时代表那姓杨的给唐国主打个招呼，坐龙椅的换人了。”

骑手 2：“到了。”

这是一处小驿站，茅坑规模不小，他们在后门，墙上有个洞。

队长进茅坑。

茅坑中，蔡九刀见队长进来，将一张纸片丢入茅坑。

18

队长：“扔了什么？”

蔡九刀：“草纸。”

队长：“你便秘？”

蔡九刀：“为何？”

队长指了指蔡九刀的眼睛：“红的。”

蔡九刀：“最近上火。”

蔡九刀转移话题：“前面就是唐国，准备好没有？”

队长点头。

“那我走了。”蔡九刀冲水。

“你去哪儿？”

“躲着，保证你打完比赛。”

队长看着他钻洞的背影，还是问道：“为什么？”

蔡九刀没回头。

队长看到，他扶住墙的拳头，握得很紧。

“因为我做不到，因为你比我强，因为我想让隋国夺冠。”

蔡九刀忽然回头，双目通红。

“唐国很强 ，其余四人在决赛时候都会放水，你能赢吗？”

蔡九刀忽然跪下。

“一定要赢，求你了。

“只有你可以，我不行的，我就不行……”

他紧紧抓住队长的肩膀。

队长按住他的手。

“我怎么会输？”

19

蔡九刀离去了。

他终究没能说出口，说出被冲走的那张字条上的内容：

“陛下已死。”

20

众国不太服气，这个分分钟就要被灭的隋国，怎么电竞还这么强。

轻松杀到第二。

去年“作弊门”的缘故，这次的所有硬件都做了反作弊处理。但深知真相的唐国并没有闲着，国家加大了投入。

本就是电竞最强国，今年经过更加残酷的竞争选拔出的五人，没有国家会怀疑他们的实力。

队长身边的四个人觉得蔡九刀今天有些奇怪，说是奇怪，其实是从未见到他这种专注到可怕的眼神。

可能是比赛的关系吧，可已经是第二了，还那么紧张干什么呢？

决赛开始时，队长看着其余四人明显放水的阵容，突然笑了。

对了，就是这种感觉。

热血沸腾的感觉，棋逢对手的感觉。

好像，还能再变强一点。

开始吧。

21

龙椅上，杨将军始终在回味皇帝临死前最后那句话的含义。

“你说得对，永远不要小看一个人的野心。”

他想着想着咧嘴傻笑，哦，原来是这个意思。

就是单纯对自己表示一下尊敬罢了，何必想得那么复杂。

一人连滚带爬冲了进来。

“陛下，一比零了！”

杨将军挪了挪屁股，好让龙椅散热均匀一些，他其实并不是很喜欢手下这种冒冒失失的样子，会让自己产生一种事情失控了的错觉。

“嗯，你等下用演技和送出的人头数加权平均一下，得分最高的有赏。”

“陛下……”

来人战战兢兢。

“是我们打唐国一比零……”

杨将军猛地站起。

与此同时，一人前空翻七百二十度接滚地来到他的面前。

“陛下……

“那一千先帝……昏君的电竞卫军，现在把赛场大门护得水泄不通！我们冲不进去！不知里面是何情况！”

杨将军终于想明白了那句话的含义。

“那蔡九刀……”

“对，蔡九刀！就是那个蔡九刀！”

探子说话带着哭腔。

“陛下，那个蔡九刀——

“他杀疯了！”

22

望着二比零的比分，唐国国主的脸色宛如在等烟雨。

这个中单，仿佛一年前被斩首的那个天才，那个让整个唐国在一年中抬不起头的幽灵。

不，远比一年前可怕。一年前他的四个队友送人头还送得出艺术感和演技感，现在任凭一个傻子也看得出来他们在送。

但为什么，唐国国主心中一颤，自己心中没有了那股强烈的羞耻感，看着屏幕上那个不断跃动的人影，只觉震撼。

原来游戏，可以玩到这种地步。

第三局，中单选出剑客的时候，他的队友都松了口气。二比三的话还不算太糟，这家伙终于还是回头了。

队长选出这个英雄的时候，脑中慢慢浮现出一个男人的身影。

那个整天说要做千古一帝，却眼中如死灰一样的男人。

那个菜到没边，受了气还要和一个普通百姓找场子的男人。

这样的男人，偏偏是个皇帝，偏偏喜欢玩这个被公认弱到不行的英雄。

他的脸上挂着一层闪亮的汗珠。

他和那个男人一样，都不想躲了。

伴随撕裂般的痛楚，面具被揭去，全场陷入一片寂静。

那个本该被斩首的少年，操控着手持双刃的剑客，走出起始点。

23

蔡九刀抠着鼻屎，感觉人生真是奇妙。

自己本来一个猪肉铺的网瘾少年，居然能被宫廷最强的禁军列阵相待。

还是两次。

“蔡九刀，你伙同那个昏君谋划出这场弥天大谎，现在罢手还来得及。”

蔡九刀懒洋洋地继续抠鼻屎。

和上次不一样，这次自己人也不少。

电竞卫军，字面意思，都是网瘾少年被父母派来参军的。

网瘾少年有一个共同点，国家可以灭，游戏必须赢。

所有人都知道，在他们身后，有一个男人在为一个国家、为一个君主孤军奋战。

“蔡九刀，倒数三秒。

“三！

“二！

“一！”

蔡九刀的鼻屎在空中被抛出一条晶莹的弧线，向远空飞去。

两把菜刀裹挟千钧之势，被他置于身前。

“永远不要去阻拦——”

他笑。

“一个男人的梦想！”

24

他是影子，他是烟雾，他是无处不在的幽灵。

“十个剑客九个菜，剩下一个是变态。”

此战之后，坊间流传出这样一句名言。

四个队友再也看不下去了。

“再杀，我们都完了！”

队长已经汗如雨下，强如他这般，连续三把的酣战也已经接近注意力和体力的极限。

“完什么？”

“你这样杀，唐国肯定不会放过我们，我们都得死啊！”

“哦，得死。”队长咧嘴，“那你们来干什么的？”

“我来告诉你们。”为了集中注意力，队长站了起来。

“不赢比赛，我才会死。

“你们是来干什么的？开开心心拿个第二，和比自己弱的冠军握手，旅游逛街，结束，回国？

“你们也就这样了，永远就这样了，别人告诉你第二够了，你们也骗自己，是啊，第二够了。不是我打不过，只是因为有人告诉我第二就够了。

“开什么玩笑，就凭你们这些垃圾，认真起来也打不过他们！

“所以我比你们强，比你们加起来都要强，比你们加起来一起送都要强，所以我是神！

“所以，我会名垂青史，我死后会成为让后世仰望的中单，以前没有，以后也不会有。而你们，只配做我的垫脚石，只配做一堆垃圾！”

队长的手已经开始颤抖，他的目光开始游移。

到极限了。

“我要赢，我必须赢，我和你们不一样！”

仅仅一个走位失误，五人瞬间将他击杀。

队长喘气，精神有些涣散。

一个队友看着那个奋战的背影，忽然低头。

“我也不想这样……都是他们逼我的。”他抬头，眼中满是不甘，

“我也想要夺冠啊！”

他哆哆嗦嗦，把手慢慢放回到鼠标、键盘上。

“这可是……要被灭国的啊……”

其他队员这样喃喃说着，手却也不受控制般回到键盘上。

队长笑了，那个队员忽然也笑了。

场外，血流满面的蔡九刀挥出最后一斧，单膝跪地，咧嘴笑了：“电子竞技没有灭国。”

25

这个曾经对自己说，要做千古一帝的男人，孤坟落在城外，上面只堆着几行烟柳。

队长和蔡九刀沉默着把金奖杯埋下。

“你知道吗，夺冠那天，唐国主问我要不要为他打比赛。”

队长开口。

“好事啊，这下你可以无拘无束地打游戏了。”蔡九刀道，“那国主脾气真是阴晴不定，这次居然啥也没发作，还派了大阵仗把我们送回来。那姓杨的着实是松了一口气，听说本来都吓尿了。”

队长笑了笑，轻轻摇头。

“我告诉他，不打了。”

蔡九刀愕然：“为什么？”

“挺奇怪的，在我这种人身上，居然会出现忠义这种感情。”

他俯首，缓缓跪下。

在此之前，他从未对这个男人下跪过。

“陛下，您还真是了不得呀。”

冠军的金色奖杯可以刻字，那天唐国主问他，想刻什么。

队长想了想，说就刻四个字吧。

千古一帝。

26

唐国主最近又不开心了。

“朕想不通，泱泱唐国何曾受过如此奇耻大辱？”

群臣齐刷刷摇头：“不曾！”

唐国主越想越气，拍案坐起：

“灭隋国！”

/ 大象公墓 /

1

列宁，一头奇象。

它能无师自通习得双脱手骑单车，两只手臂像鱼一样在空中妖娆地保持着身体平衡，能隔十五米用鼻子将篮球投进篮球框。

绝活儿是只用五种颜色的水彩笔就能画出梵·高的《星空》。

还远不止如此。

这天，我心事重重地找到长老。

我：“长老，列宁这几天又不对了。”

长老：“怎么了？”

我：“它会 Freestyle 了。”

长老：“什么？”

我带长老来到了它的象房，打开 MP3，告诉长老这是一首来自东方的热门歌曲，好像是叫《我的滑板鞋》。

长老：“什么鞋？”

我：“这不是关键，你看。”

只见列宁随着音乐摇头晃脑，喉中不停发出“咕咕”的声音，节律与鼓点始终保持惊人的一致。

没过多久，大地开始震动起来，我和长老外出一看，几乎所有象房的象都在随列宁的咕咕声抖起脚来，脖子有节奏地一伸一缩。

我：“咋整？”

长老的脖子也随着节拍一伸一缩。

“邪门。”

2

作为一个刚转型养象不久的村子，对于这类异常现象，是需要请专业人士亲临现场指导的。

此刻，四个身着西装的男人站在列宁的象房前，面色有些凝重。他们对我点了点头，我按下了播放键。

他们露出捡到宝一样的表情，一致认为列宁绝对是一棵摇钱树，并表示要加大对此地的投资。

出了象房后，一人望了望四周破旧的砖瓦房，狼藉的地面，几个孩子跑累了，就地喝起了黄浊的井水。

“村子很快就会过上好日子的。”他摇了摇头，“去看看其他象。”

实际上，这个村里的其他象，都没有一丝一毫被驯服的迹象。他们见状后指出，原先的驯象方法太过温和，并做出示范。

一只小象被五花大绑，随后一人拿出象钩，站到这只四肢无法动弹的小象面前。

铁钩重重嵌入它的耳后，鲜血缓缓流出。

我愣了，待我回过神时，小象吃不住痛，终于服从起他的指令。

那人将铁钩拔出，殷红的血流淌至小象的脚下。

“这样，才是驯象。”

他笑着说。

3

在外来人的重金许诺面前，村民最终还是屈服了，不为别的，只是为了那些早已饿得浮肿的村民能吃上饱饭。

自此，贫瘠的村庄发生了翻天覆地的变化。

三层楼那么高的看台拔地而起，广场正中，一根粗大的横梁升到最高处，撑起一个遮蔽阳光和风雨的硕大顶棚。

村子的边缘建起了一排排整齐的象房，破败的屋棚被修补得亮丽一新，到了傍晚的时候，炊烟就会准时在每户人家屋顶升起。

村口贴了块用各国语言写就的木牌——“121 号象村。”

刚捉来的小象被关进狭小的笼子里，不断鞭打它，断水挨饿，制造噪声。最后，会有那么一刻，小象会支持不住跪下。

自这一跪开始，象就会对人类言听计从。

“是的，不需要你们那些落后的方法，象就是这样的动物，一旦跪下，就再也站不起来了。”

他们这样说。

长老出现的次数越来越少，更多时间他都是一个人把自己关在屋内。长老夫人每次见到村民也是连连摇头，说他一天到晚神神道道的。

他逢人便问：“你知道大象公墓吗?

“传闻，一切的罪孽，都能在那里得到原谅。”

4

上述发生的一切，没有对列宁造成任何影响。

没有人能驯服列宁，每当他们想将它捆起，总败在它妖娆至极的走位之下。列宁身价金贵，他们怕弄伤它，也不敢强来。

只好随它自由。

这只象仍在不断进化，由奇至妖。

它有时候会莫名其妙突然双腿站起，什么都不干静止着立上半天，最近还出现了要迈步的意图，只是还掌握不了平衡。

用完晚餐它还会散步到表演用的大广场，身体紧靠那根横梁，双腿盘起，双手垂下，鼻子在最底部一晃一晃，这样疑似参禅般坐上几个小时。

可以说是由妖至佛了。

当然，这一切都不断加入它的最新表演项目，列宁被越来越多的人熟知，许多游客千里迢迢来到内陆深处，只为一睹这头“佛象”的风采。

访客越来越多。

5

在痛苦而又压抑的训练环境下，终究还是有些象忍受不住死去了。

那天凌晨，我见到列宁一头象在那里发呆。

我想，这么神奇的象，对于同伴的死去一定很痛苦，便过去开导它。

临到最后，我自言自语说：“列宁，我觉得这个地方根本困不住你，你为什么不逃走呢？”

然后我听到液体滴在地上的声音。

没想到列宁这样桀骜的象还是会忍不住为自己的同伴掉眼泪，想到这里我不免有些鼻酸。

可我仔细一看，才发现地上的液体是血。

血正从它鼻子里潺潺流出。

我愣了愣，它察觉到我的目光，似是也愣了一下，随后与我对视，眼珠还不停转动。

过了一会儿，它又把视线转移回刚才一直注视的地方。

我循目一看，好像有点儿懂了。

在月光下，那头母象看上去已经睡着了，硕大的屁股对着这个方向，一半映着月光，一半隐没在夜色之中。

列宁望着那太极般莫测的圆臀，鼻血如注。

6

第二天，我把看管母象的伙计支开，列宁用鼻子对我比了个 OK 的鼻势，我也伸出两根手指，示意二十分钟完事。

二十分钟后，我看见列宁脚步虚浮，迷醉又满足地来回晃悠，最后走到我面前，鼻子里落下许多东西，如古铜币、卷烟，末了还用鼻子拍了拍我的肩。

意思是小伙子，干得不错。

自那以后，我与列宁就形成了某种默契。

它时不时会给我弄来些平时我弄不到的卷烟，我有碰伤、擦伤，它还会衔来一些我没见过的药草，捣碎后抹在伤口处，见效极快。

人们开始议论我：

“和头畜生走那么近，就差没称兄道弟了。”

“他以前是那个神经病长老的跟班，那老头现在疯了，整天逢人念叨着什么象墓、报应之类的东西，老的这样，小的能好吗？”

两年来，列宁的出场费已经到了天文数字，象村也成为一个国家地标。

生活变好了，村民之间的关系却早已不像曾经那样亲密，不断竖起的新墙和小楼仿佛将淳朴永远地隔走了。

列宁还是没有变，依然喜欢在广场正中那根大横梁上打坐，不过为了防止它金贵的皮肤被粗糙的横梁磨伤，人们还在横梁周边蒙上一块金布，上面印满了梵文。

这根横梁还成为供人参观的景点，被称为“神象之柱”，也叫“参悟之梁”。

7

最近村子忙。

一周后，许多国家的首要人物会亲赴本国参加一个重要会议，届时我们的国王会邀请他们来象村参观一次群象的表演。

我得知在例行表演过后，他们准备玩一票大的，把所有象聚在广场中间，对观众集体下跪以表示本国对尊贵客人的重视。最后由列宁现场画出它拿手的《星空》，再领导群象来一首 Freestyle，完美谢幕。

“这场演出关系到我们集团能否顺利打开世界市场，如果成功，我们的驯象体系就能遍布全世界了！”临近表演日，老板亲自对我们洗脑演说，“请各位朋友务必配合，若本场演出成功，我许诺月薪翻倍。”

村民咽了咽口水。

最后老板来到我面前，他很有礼貌，对我九十度鞠躬。

“希望列宁能以最好的状态进行表演，拜托您了。如果有什么问题，请务必与我们沟通！”

说起来，距离那母象临盆的日子也越来越近。

只是，倘若这个孩子知道自己出生后的命运，有了选择权，它会愿意来到这个世界吗?

想到这里，我心情有些复杂，对列宁笑了笑。

列宁看着我温柔地对它笑，眼睛直勾勾地盯着我，鼻血又缓缓淌下。

“大哥，别。”

8

这一天，三层的看台坐满了人。

国王和各国首脑位居贵宾席，在他们身后，无数台摄像机也转播着这场表演。无数人听闻过这里的奇闻轶事，但由于观看过程严禁私人摄像，对外流出表演，这还是第一次。

驯象师们对自己的象做着最后的告诫，他们的额头都沁出了汗，看得出对这场表演十分紧张。

我自始至终陪在列宁身边，没有说什么，也没有比画什么。我知道对于它来说，只有想不想做，没有做得到与做不到，它和别的象毕竟不一样。

但临近它出场，它竟也变得紧张起来，不安地扇动着耳朵，脚来回跺来跺去。

“它待产，不参加表演，这会儿在象房里安静待着呢，等演出完我带你去看它。”我知道它担心什么。

一人一象的思绪被洪亮的喇叭声打断。

“现在，有请我们亲爱的朋友——奇象列宁，为各位表演《星空》的现场绘画！”

在全场雷动的掌声下，我带着列宁入场，却发现广场内静得可怕。

所有的象就这样匍匐着，对着一个方向将脑袋紧紧叩在泥地之上，我循着那个方向望去，有身着西服的，有头戴华冠的。

这些人悠闲自得地交谈着，俯瞰脚下芸芸众生。

我忽然生出一种无力感，不知道来自哪里，心里空荡而失落，只觉得这个世界上无趣极了。

金钱，阶级，物种，命运。

我自嘲地扯了扯嘴角，对那群人弯腰行礼，随后单膝下跪。

“列宁，跪下。”我说。

列宁不动。

“列宁，快跪。”

列宁仍是没有跪，它昂起头颅，与那群人对视。

那一刻，我由下至上看去，有些恍惚。

这头象，宛若神明。

9

“呃……请列宁开始表演！”

我把画笔架在列宁的鼻子里。

“大哥，行行好。”

列宁接好了笔，缓缓移至画板前，开始画画。

主持人一边介绍《星空》这幅画的由来，一边讲述两年前是如何发现列宁的天赋异禀，又是怎么对其进行专业的培养云云。

这些我都没听进去，因为我看见，列宁的鼻子又开始流血，血顺着笔杆流到画板上。

随后，我看着由空白被渐渐填充上色彩的画板，瞳孔开始放大。

十几秒后，全场的观众愣住了。

列宁停笔。

空气仿佛凝固，时间在那一刻静止。

透过无数台摄像机，镜头将画板上的东西在这一刻传达给了全世界。

那纯白的纸上，画着若干个黑红色的英语字符，黑的是墨，红的是血。

那上面歪歪扭扭地涂着：

“Freedom（自由）”

列宁将画笔狠狠甩落，地上现出一道鲜红的溅痕，同时，一记清脆的金属落地声响起。

与画笔一同落到地上的，是一把已经被血浸成暗红色的锯齿，落地的瞬间，它折成了两半。

列宁鼻血如注。

列宁缓缓踱步，来到那根通天的巨柱之前，那被称为“神象之柱”的巨大横梁之前。

它猛甩鼻子，那道金布被高高掀起，露出了横梁的底座。

我清晰地听到，所有广场内看清楚情况的驯象师同时倒吸了一口凉气。

我终于明白，为什么列宁会一直以那样一个奇怪的姿势坐在这根横梁前，为什么它的鼻子会一直流血，为什么它不曾想过离开这里。

“保护国王！”

一声嘶吼打破寂静。

随着摄像机焦距的调近，那一刻，所有人都看清了。

这大横梁的底部，被整整锯去一半。

列宁不知不觉已经退到十几米外，它身体前倾，后腿摩擦着地面，扬起大片的尘土。

一步……两步……它驱动起身体，速度越来越快，最后像一道流星般向横梁奔袭而去。

“嗡！”

象躯冲击在巨梁正中，发出仿佛来自亘古的巨大震鸣。

场地再次归于寂静，静得能听到每个人剧烈的心跳声。所有人动都不敢动，生怕一动就会牵引到那根撑起整个建筑的巨梁。

细碎的尘屑落到人的肩膀上。

一道、两道，光线透过顶棚，照射到泥地上，照射到匍匐的象群上。

人群中开始爆出尖叫。

巨梁开始垮塌！

10

混乱之中，我只感觉身体一轻，回过神来已经被列宁卷到它的背上。

它的口中发出嘹亮的咕咕声，它身后的象群像复苏的巨人般缓缓站起，开始此起彼伏地应和它。

大地巨震，由列宁当头，象群不顾一切地向入口直冲而去。

喧闹之中我依稀听到几记枪鸣声，却又被人们的吼声盖过。

“别开枪，你疯了吗？！打到人怎么办？！”

我趁机看了一眼贵宾席，那边早已经空空如也。

象群裹挟着无尽的烟尘，在大地的震颤中向广场的大门奔去，列宁忽然发出一声长号，随后与象群错开，冲向一个熟悉的方向。

视野尽头，是那头被关在象房中的母象，列宁的妻子。

我艰难地在它背上坐定，回望来处，发现地上落着斑斑血迹，再转过头，发现列宁的鼻梁已经因为那记突撞完全变得畸形，连前冲的方向都变得歪歪扭扭，殷红的血不断从它的鼻子内渗出。

我听到它艰难的喘息声。

它缓缓减速，最后在象房之前停下，伏下身体让我落地。

随后，它面朝我，屈起前腿，脑袋压低。

它在对我下跪？

“控制住它，对，控制住它！”

身后有人追过来，对我大喊。

我颤着手从口袋中拿出钥匙，顿在原地，看了看身后的人，又看了看身前的象。

列宁跪在地上，身体随着喘息剧烈起伏，我看清楚了，在它头边，分明有几个暗红色的弹孔。

它有些抬不起头了。

我转过身，拔出钥匙，锁定，拧转，开门。

那头母象缓缓走出时，列宁发出一阵悠悠的长号，随后头终于支撑不住，侧歪在地，看着自己的妻子。

大象的离别是很短暂的。

它的嘴轻轻地翕张着，仿佛在说：“跑。”

于是，母象开始跑，头也不回地跑。

身后的人传来一阵惊呼，我感觉地上出现一块阴影，阴影越来越大，抬头一看，一片巨大的顶棚碎片终于失去支点，向我这里坠下。

最后一刻，列宁用所有的气力卷住我的身体，将我向前全力一掷。

这是列宁的最后一次三分了。

我被精准地掷上它妻子背上供人骑乘的载具。

随象群一同冲出广场后，我回过头，看着那栋屹立了两年的建筑慢慢在瓦解、崩毁。

11

象村自建立以来便有一条死规。

任何有伤人倾向的大象，必须被处死。

两天的奔袭和逃亡，我已经看不到象群的痕迹，也不知道它们去了哪里。

这头母象已有二十一个月的身孕，它尽了全力，但跑不快了。

自两天前见证了列宁的死亡，我感觉自己内心深处，生出许多翻天覆地的变化。我有些理解长老为什么想要赎罪，为什么会疯，为什么心心念念着大象公墓。

但现在，我想做的，只是陪这头母象到一个足够安全的地方，仅此而已。

但哪里会是安全的呢?

两天来我们没有一刻逃离开人类的追捕圈，夜晚的身后随时会有火光和枪声，若不是我对大象足够了解，能够在途中稍微掩去些痕迹，恐怕母象走不到今天。

但我什么也做不了，我只能看着它走，和它说话。

我告诉它许多列宁曾经的事迹，告诉它十几个大汉是怎么被这头象耍得团团转，告诉它月下的那一晚列宁还为它流下鼻血。

虽然我现在已经知道，那晚它为什么会流鼻血。

两年啊，老朋友，每一分、每一秒一旦有机会你就会用那么小的锯子去割那么高的巨梁，这背后的日日夜夜，你独身一人会有多么孤独呢?

母象逐渐有些走不动了，但它知道，它一刻也不能停。

它的脚步越来越沉重，低吟越来越急促，但它就是没有停下。

向没有尽头的前路没有尽头地前进。

忘了有多久，忘了走了多远，再也没有人类的声音，再也没有人类的痕迹。

它没有停下休息，它像是听不懂我的话似的，执拗地无休无止地前进着。

“大象会察觉自己死亡的临近，到那时候，它就会去寻找一个地方，一个绝对安静、绝对安全的与世无争的地方。

“大象公墓。”

脑中，依稀响起儿时长老对我念叨无数次的话。

这一刻还是到了，它停下了脚步。

眼前是一片巨大的森林，一条河流经这里，周边倒伏着许多象的枯骨。

它发出最后一次长号，随后身躯坠倒在地，扬起一片泥尘。

我不知道该说什么，只是徒劳地守在它的身边，轻抚它的额头。

“对不起，老朋友。”我在心里说，“我还是没能救得了它。

“哪怕是一个，我也救不了……”

我重重跪倒在地，只觉无尽的愧意席卷而来。

是不是一切罪孽真的能在大象公墓都被原谅?

就在这时，我听到一阵熟悉的声音，那是列宁每每领导象群会发出的声音。

声音从森林的深出传出。

力竭的母象发出微弱的呼应。

森林……河流……大象公墓……与世隔绝……

我看着地上的枯骨，看着草木繁盛的森林，忽然明白些什么。

象骸沉入泥土，滋养着大地，长出大树。

千千万万年，大树变成森林。

在无限时光的流逝中，生与死在这里轮转着重复，有老树腐朽死去，就会有新的树苗蹿出。

森林中传来踱步的声音和重重的象影。

身边的母象，已经合上眼睛，没有了气息。

我下跪，双手合十，虔诚地忏悔，为人类，为象。

我听到有什么东西落地的声音，缓缓转过头去。

那是一头小象，努力地想要站稳在地。

我看着它，仿佛看着一轮太阳。

它艰难地迈着步子，用头轻轻蹭了蹭它死去的母亲，眼中含泪。

象群的召唤越发清晰了。

“谢谢……”我哽咽着轻声说话，不知是说给谁听，但只想表达谢意。

“谢谢……”

小象看了我一眼，也看了它母亲一眼。

它头也不回，蹒跚着朝森林的深处走去。

生命如歌

1

时针拨转，电视屏幕里人影攒动，窗外是风拂过树叶的飒飒微响。

现在是晚上九点，我的睡意已经有些浓重了，耷拉着眼皮靠在床上。

蒙胧间，耳边响起窸窸窣窣的声音，我睁了睁眼睛，向写字台的方向瞄去。

没什么大不了的，不过就两只茶杯正托牵着杯托，一跳一蹦地在木桌上朝我这边蹭过来而已。毕竟最近伤心事很多，昨晚还梦到骑着一只母猪上天，偶遇召雷的索尔，还酣畅地打了一架……

这么想着，我越来越困了。

可接下去的一幕就有点尴尬了。

整个写字台也仿佛悠悠醒转，抖擞抖擞了身子，一侧的桌腿抬起后，还不忘转上一转。

在体育课上我们把这项运动叫作腕关节踝关节运动，我印象很深，毕竟有个同学做这节运动的时候用力过猛，崴了脚腕，住院一个月。

书本纷纷从打开的橱柜中被震落，那张写字台彻底动了起来，上面的两只茶杯有些不知所措，在倾斜的桌面上摆出一副尽力保持平衡的样子。

我全身的细胞在一瞬间被唤醒，头皮一炸，翻身下床。那张写字台似乎感受到了这里的动静，渐渐将身躯转动过来。

我感觉心脏就要跳离体外，随手抄起了一根鸡毛掸子横于身前，心中一点底也没有。

我自小学过短棍格斗术，可应该没有一种格斗体系会教我怎样打赢一张写字台。

“掉个头吧，你拿反了。”

“……”

看来我的棍子也不太安分。

我正寻思着身边到底还有没有哪怕一个正常的工具，地板猛烈地开始颤动了起来，嵌于地面的长条木块被一个个翻起，随后整个屋子都倾斜了过来，我没有站稳，摔倒在地。

起身后我往窗台一看，愣住了。

鸡毛掸子掉落在地面上，腾起一片灰尘。

视线中，夜色下的楼房仿佛一个个苏醒的巨人，像是在响应不知从何处来的召唤，整齐而缓慢地朝一个方向移动着。大片大片的砖块泥灰从它们身上脱落，砸在地上发出轰然巨响。它们的每一步都会带起大地的颤动。

我呆呆地站在原地，大脑彻彻底底地陷入空白，眼前的景象颠覆了我迄今为止所有的认知，双腿抑制不住地发软。

“你好，谢谢。”

身后的写字台说话了。

我艰难地转头，尽量不使自己的声音颤抖：

“你们是……”

“我们就是我们。”那个声音很苍老。

“不要怕。”

2

我怎么可能不怕。

奔出了大楼，我疯狂地寻找人的踪迹，可我找不到，没有人，哪里都没有人。

我跑得快要虚脱了，最后抱着脑袋漫无目的地走在路上，好像这样就能假装看不见什么东西。

大步走路的电线杆、滚来滚去的垃圾桶、横冲直撞的各色路牌，所有的景象宛若梦幻。

我的房子已经走远了，沿途是一道宽至几丈的粗壑。

一个人也没有，绝望感死死扼住了我的咽喉，让我喘不过气来。

可直觉告诉我，我还遗漏了什么东西，比起没有人，周围的一切还有什么地方极度与我的常识相悖。

在我恍惚地拖着自己的身躯，绕着早已面目全非的小区走完第二圈的时候，我终于知道自己遗漏了什么。

没有狗。

没有猫。

天上再也没有一只鸟，地上连一只蚂蚁也找不到。

一夜之间，所有的生灵都消失了。这个世界上再也没有它们存在的痕迹，仿佛连同所有人类，被造物主在一瞬间彻底抹消了。

只有这震天撼地的死物大潮，无休无止地朝自己的方向推进着，不知要去向何处。

我感觉很累，意识模糊，靠在了一棵树上，感觉所有的力气都被抽离了身体。

“让我看看，噢，人类的孩子。”

树叶簌簌作响。

“你不走吗？”我闭上了眼睛，无力地低语。

“走？我一直就在这里，没有地方可以去。”

“可它们都走了。”

“它们是它们啊。”大树缓缓地说，“它们要去向它们的归处，而这里，我扎根的地方，一直以来就是我的归处。我不想走。”

“为什么会这样？”

“为什么？孩子，没有为什么。它们只是想回到它们应该回到的地方。”

“就像木头又回到森林，石头又回到大山，金铁又回到泥土。每个存在都有它们的归处。”

“那我该去哪里……”我喃喃自语。

大树再也没有回应我。

耳边忽然响起了汽车的喇叭声。

我忽然感觉心里像是被点燃了什么希望，循声走去，折过一个拐角，我发现那是一辆黑色轿车。

我迫不及待地把头探到窗前，我想看到人，随便是谁，他就坐在车里，握着方向盘，对我微笑，然后解答我的一切疑惑。

可车内空空如也。

“上车。”

“谁？谁在说话？”

“车。”喇叭又一次被按响，随后方向盘顺时针转了一圈，那声音变得有些急切，“没时间解释了。”

车门弹开。

“快上车。”

我有些犹豫。

可我更不想就这样被前所未有的孤独感吞没。

至少发生点什么吧……也好过什么都不做待在这里。

于是我坐了进去，车门被重重关上。

“你好，自我介绍一下，我是车，你可以就叫我车。”

“……”我还是有些不太习惯，“那，车，告诉我发生了什么事。”

“你尽管问。”我听到引擎发动的声音，车身开始微微颤抖，“只是你问好以后一定会想去一个地方，边走边说吧。”

我下意识想去握方向盘。

“不用，从现在开始，把你周围的一切当作是活的，也拥有本属于自己的所有功能。坐稳了！”

安全带自动捆绑在我的身上，车发动后陡然加速，如火箭般弹射而出，连续过了三四道弯后速度仍在不断攀升，以一个违背物理定律的路线穿行在回归大潮中。

我顾不得去考虑这家伙的车技如何，车的车技总不会太差……我现在有铺天盖地的疑问，只想用最快的速度知道现在到底发生了什么。

“为什么所有的东西突然之间都活了起来？”

“回归，意识的大门被人打开了，简短地讲，本只属于人类的意识被重新分配到世间万物，导致它们都拥有了自己的意识。”

这番话至少又唤起我的五个问题。

“你怎么不回归？”

“你仔细看，现在参与回归的都是很纯粹、很简单的东西，如一栋砖泥垒成的房子、一张纯木的书桌、一大根钢管。我不一样，我的结构很复杂，由无数细密的零件组成，导致了我躯体内的意识太多，反而达不成统一。

“还有一个原因，不是所有物体的心愿都是回归。”

“心愿？”

“心愿，”它重复道，“如果你在一座孤岛中独自醒来，第一件想做的事情是什么？”

“回家。”

“这就是它们回归的原因，它们想回到最初的地方。但是也有许多东西有更强烈的心愿。”

“更强烈的心愿……”

车突然减速，我整个人被狠狠地震了一下，抬头时忽然发现，眼前是一个整齐的断面，车开到了一处悬崖。

而两边都被一层阴影覆盖，我觉得有些奇怪，将视线向前方延伸，发现在河的中间立着一堵巨墙，在车内根本望不到它的顶。

我忽然反应过来，这原来应该有一座桥。

摇下车窗后，我把头向外探去，不由得觉得有些汗颜。

桥立起来足有几十层楼高，此时它正把顶端两侧的绳索绞成一股，然后像两架风车一样抡转起来，场面颇为滑稽。

“你可以尝试和它们沟通，它们对人类没有恶意。”

我怀疑它说的是不是真的，但又抑制不住好奇，把手拢到嘴边朝那头大喊：

“你在干吗？”

旋转的双臂停下了。

“叫我？”桥说。

“你不参与回归吗？”

“那个啊，不去了，去大山里，过去很麻烦的。”它懒懒地说，“而且我在等人，所以不能走。”

“等人？”

“等人就是等人，小孩，你是人，却不知道人是什么？”

“我不是这个意思，我想问你为什么要等人，你在等谁？”

“等谁？让我想想。”绳索弯成了一个圈，在桥顶来回摩擦着，也许是在挠头？

“看到我中间的那根白线了吗？”桥转了转身体，大地震动起来。

我看到那里确实有一条长长的白线，漆得应有许多年月了，在背光的这面显得斑驳而模糊。

“二十年前吧，可能三十年前？一个旅行家从这里出发，临走前在桥头点了一根香，发誓要活着回来。那条白线是他离开之前画的，说是终点，越过白线才算成功了。

“那家伙速度够慢的，到现在还没有回来。我就再等等他。”

这个高大的影子，这一刻让我觉得有些酸楚。

“三十年，他可能已经……”

“可能只是速度慢了点吧，收了他一炷香。我怕真有一天他来到这里，却看不见终点，就再等他一会儿。

“你们要过桥？上来吧，我起来伸个懒腰动一动，有些困了，再补几年觉吧。”

在轰然的响声中，桥又回到了它最初的样子。

开过它的时候，我和车都没有再说话。我想起了那一棵与我说话的大树。

心愿。

远处依稀传来一阵叹息般的低语：

“人类的时间，实在太短了。”

3

“全世界只剩我一个人了吗？”

“不是，我现在就是要带你见一个人。”

“见谁？去哪儿？”

“你到了就能知道，要让一切回到原来的样子。你们得抓紧。”

“抓紧？”

“时间不多了。”这时车开进了一条隧道，彻底浸入了漫无边际的黑暗，我从它的话里莫名读出一种沉重。

“先前我说过参与回归的都是些很纯粹、很简单的物质，随着时间的推移，意识的覆盖面越来越大，那些精密复杂的物质也会逐渐参与回归，比如我，我的每一个部件会越来越独立，最后产生自己的决策。”

我点了点头，确实，见到的回归物都是那些成块的较庞大的东西，路边的小石子和包装袋这类物品的确没有见到它们有动静。

“这也不过是个阶段，但是最后——”它顿了顿。

“所有物质会回归到最初的地方，合并为一个意识体，它们又会参与回归，比如高山、海洋、你脚下的路，到那时对你们人类来说则是灾难了。

“所有物质会回归到最基本的元素，这个世界就不会是你现在看到的那样了。于它们而言是新生，于你们而言则是毁灭。”

我猛地打了一个哆嗦，眼前的黑暗带着冰冷的温度将我紧紧裹住，我无法想象如果真的到了那个回归的阶段，会是何种的场景。

“不对。那为什么我在路上没有见到一个人，就算意识被抽离，躯体也应该存在才对。”

“不知道。”

“是谁打开了世界的意识大门？”

“不知道。”

“那……”

话音未落，前方出现了一抹白光，那个光圈越来越大，下一刻车便驶出了隧道，路面变得开阔起来。

“到了。”

我暂时压下心底的疑问，纵目望去，碎裂的石块在荒芜的土地上垒成一堆堆小山，这里原先应是一个很大的建筑群落，如今只剩下一座灰黑色的废墟。空气中流动着浓浓的泥土和青草的味道。

在一处高高的石堆上，有一个少年背对我独坐，他仰着头，凝视着阴郁天空中缓慢飘荡的墨蓝色积云，一动不动，陷入沉思。

那一刻我宛若隔世，巨大的安全感在一瞬间从四面包围了我，累积在心中的孤独在见到那个身影的那一刻彻底化开。

“下去吧，剩下的问他就可以了。”

关车门的声音很响，可那个人好像没有听见，依旧静静地坐在那里，像是一具雕像，我有些怀疑他是不是活人，就这么一想，那种因孤独而生的空洞感似乎又要卷土重来。

我隐隐担忧，慢慢向他走近。

“你看云。”

我被吓了一跳，尽管他的声音很轻，像是从很远很远的地方飘来的。

“我把他带回来了。”车的声音。

“谢谢。”他道谢，然后转过了身，凝视我的眼睛。

他的瞳孔很大，那双眸子仿佛一汪见不到底的深潭。但被这样注视着，我却莫名感到安心。

“云？”我望了望他背后的云，好像没有很特别的地方。

“流动变快了，越压越低了。”

“呃？”

“回归的进程更快了。我们的时间已经不多。”说着，他把手插回口袋，然后从废土堆上纵身一跃，整个人好像很轻盈，落地没一丝声响。

“是你让它找到我的？你怎么知道我在哪里？”

“我嘛……”他的嘴角慢慢勾出了一个弧度，对我露出一个极淡的笑容。

“我当然知道，我叫影，我是你的影子。”

影子……

他见我愣在原地，径直走到了我身前，欠身弯腰，仰头对着我打量了起来，像是在很好奇地端详一件艺术品。

我被他盯得有些窘迫，不自觉回避了他的眼神。

“你很好奇，这个世界为什么留下了你？”

我点头。

“因为你是这个世界的中心。”他顿了顿，“你一直在阳光下背过人群对我低语，在月光初露的夜晚跟我分享你的心事。而我现在就站在你的面前。

“你害怕现实，害怕人群，你本来就认为一切都是活的，你会对你的茶杯说话，你会对你的写字台说话，你很爱护你身边所有的东西。唯独对人，你敬而远之。

“你真的害怕这个世界吗？仔细想想吧，你只是被吓坏了而已，你喜欢这个世界。

“它们也喜欢你。”

他挥了挥手，我听到一阵嘈杂的声音。

一把伞探出了伞头，随后从石堆后蹦跳出来。

随后是锅碗瓢盆、马桶、书桌、床，几乎我的所有生活物品都出现在了我的视线中。最后面我还看到一个屁颠屁颠走路的电话亭。

它们就这样来到了我的身边，马桶轻轻触了触我的膝盖，我很自然地坐了下去。那把我用了五年的伞也用伞柄在我脚边轻轻蹭动。

若有旁人在场，一定会觉得面前的景象有些滑稽。乱七八糟的一堆物件绕着一个中心乱转，那中心是个人，目前正面容尴尬地坐在一个马桶上。

影不知不觉又坐回到一个石堆上，对着我微笑。

“它们这是……喂！别脱我的鞋子！”

一支抓痒棒正扒住我的左脚脚后跟拼命往下拽，我赶忙伸手去驱赶，不料右脚被一个晾衣架突袭，连鞋带袜被一起脱落。

“我靠……”我匆匆往右脚一捞，左脚又在抓痒棒的突袭下失守，这下我光脚了。

“拿到了拿到了！”那支抓痒棒高喊着往回蹦去，“传下去！”

那群东西接龙般传递着我的袜子和鞋子，发出嘻嘻哈哈的声音，最后洗衣机把嘴一张，饮水机挑开了它的盖子往里注水。它就轰隆启动了起来，里面发出了翻滚的响声。

“……”我扶住额头，不知道说什么好，倒是一边的影笑意更浓。

“它们刚获得意识，你可以把它们当作几岁的小孩。它们没有回归，过来帮你。”

“帮我？”我往边上瞄了一眼，几只水杯拿我的鞋带在跳长绳。

他将手指向了一个方向，我循目望去，心中一凛。

大大小小的建筑似乎都在涌向那个地方，我好奇地选了一个较高的土堆站上去，发现以那里的某一个区域为中心，如巨人般缓缓推行的建筑从四面八方围去。

“跟着它们，就能找到‘土’门。关上五种元素的大门，世界就会变回原来的样子。”

“上来吧。”车到了我们身边。

不知不觉我已经习惯了这个世界，望着窗外四处游移的物体，我已见怪不怪，身旁的影好像对什么都不感兴趣，只是坐着静静地看着前处，察觉到我的视线后也只是轻轻摆头，对我淡淡地笑了笑。

我又躲避了他的目光，他深潭一样的目光仿佛能洞察人心，被他注视的时候我感觉所有的想法都被看穿了。

“没什么可奇怪的，我说过，我是你的影子。”

我大惊，冲他瞪大眼睛。

“你不用紧张，我不知道你的想法。只是大概猜得到而已。”

“我有很认真地听完你对着曾是影子的我说下所有的话。你的失意开怀我都看在眼里。”说完，他指了指窗外，“它们也是。”

我的眼睛瞪得更大、更圆了，窗外好似群魔乱舞，锅碗瓢盆满天乱飞，马桶底座下延伸出了两只腿，像只鸵鸟一样奔跑着。各种物品飞的飞跑的跑，紧跟在车后。

洗衣机貌似跑得有些吃力，见我望来拿出两只崭新的跑鞋来回比画，还不忘用水管朝我竖了一个大拇指。

“吵死了。”车无奈了。

这一幕一幕映在我的眼里，我的心底浮起了一丝温暖。

4

我们追赶上了走在最前面的那栋老式居民楼。

这栋楼年头很久了，漆面早已脱落，斑驳的墙上露出灰黑色的砖块，它走得不疾不徐。我忽见它侧面突兀地变出一根支柱，托举着一个阳台。

影朝我无奈地摊了摊手，我明白他的意思，要想找到土门现在只能跟着这栋最前面的楼了。

“你好……”下了车后，我与这栋楼保持着距离，怯生生地说。

它没有说话，我隐约听到一种连续而平稳的律动声，似乎来自那栋楼里。

“太轻了，这样它听不见。”影托着下巴，饶有兴致地盯着那栋楼。

“嗨！你好！”我走近了一些，憋了半天，终于把音调升高了一些。

“嗯……”楼忽地抖了一抖，屋顶的大片灰尘飞扬起来，一圈黑烟朝地上降下。那阵怪声忽然消失了，我这才明白过来它原来是在睡觉。

“噢，人类，还有许多乱七八糟的东西……不好意思，我刚才睡着了。”

“你一边睡觉一边走路？”我觉得那栋楼有些憨憨愣愣的，很有意思。

“走着走着就睡着了……不知道还要走多久。”

“你举个阳台做什么？”

“噢，这个。”它动了动那根支柱，“我记得这栋楼有个生病的老人，很喜欢晒太阳，后来我就不知道他去哪儿了，可能我让这个阳台多照点太阳，他就会回来了……

“说起来，我一觉醒来就看不到人了，应该是嫌我太老，都住到别的地方去了吧。”

老楼的声音有些沧桑。

我什么话也没有说，走到它身边轻抚一块掉漆的砖墙，常年被雨水渗透的砖面呈现一片惨淡的暗青色，岁月侵蚀它的每一寸每一缕，却在最后的时光里给了它一颗温暖的心。

“他们不是故意走的，只是遇到了一些变故，我一定会带他们回来。”

“嗯，那个老人在的时候答应给我补漆，第二天就一定有人来给我补漆。人类都说话算话。”它仿佛想到了一些愉快的往事，声音也变得明快起来，“你们要去哪里？”

“我们哪儿也不去，陪陪你。你就只管向前走。”

“陪我，陪我。陪我这把老骨头……”老楼有些兴奋，似乎微微挺直了身子，往上蹿了一些高度。“谢谢，我很喜欢你，人类。”

影始终一言不发，带着那股淡淡的笑容，静静聆听眼前一人一楼的对话。

这一路，是我一生中少有的开怀时光。

下雨的时候，我们会躲到老楼里去，它一边淋着雨一边极度委屈地埋怨我们都太重了，还一天到晚在里面上蹿下跳，整得它这几天总是腰酸背痛。

大晴天，我喜欢爬到最高处的那个阳台上去，老楼走在路上总是一摇一晃的，躺在上面随它一摆一摆看风景，总是让我感觉宁静又惬意。可又有一群家伙总是不安分，最爱趁我睡着的时候在我肚皮上画乌龟、拔火罐，每次醒来总得气急败坏追出它们好远。

可我一点也不孤单了，在从前的那个世界里，我总是非常孤单。

“因为你总是自己封闭自己，你怕把你的心交付出去就会被伤害，所以把门关得很紧。”影这么说。

“现在……就很好。”我和影坐在阳台上说着话。

“因为这里没有东西不会回应你，它们都简单而美好，只要你喜欢它们，它们就会喜欢你，就会愿意为你做许多事情。”他忽然收了笑，面容变得忧伤起来，“可是，美好的东西总是不会长久。”

老楼终于停下了脚步。

“到了。”

这里是连绵群山的其中一座，蜿蜒起伏的山峦在视线中看不到尽头，我从阳台上纵身跃下，大床稳稳地接住了我，我已习惯了这种下楼方式。

我打量着四周，眼前有一座高得望不见边的巨大悬崖，漫长岁月中它被风刻成了一个完整的斜面，内陷进去的山壁尽头是一个大洞，言语已经无法描述它的巨大。

很难想象这个洞是人力造就的，里面不知道还有多大的空间，所有光线都被吞噬进去了，用肉眼向里探去只能窥见无边无际的黑暗。

“孩子，我的旅途已经到尽头了。你们要去哪儿？”

“我要把这扇门关上。”

“关上？”老楼似乎有些惊讶，“可那样我就回不去了。大家都回不去了。”

“不关上，所有的人类都不会回来。你喜欢的人，永远也回不来了。你的意识取代了他们的意识。”

“意识……”老楼有些糊涂了，“我不知道，我以前没有意识吗？我好想只是一觉睡醒，就被一股力量招引来这里，只想回到这个地方……是我害他们不能回来吗？”

“不是，但我必须关上这扇门，不然他们永远也回不来了。”

“回来，回来。”老楼的声音忽然激动起来，“他们还会回来……我不想要意识，我只想要他们回来，我是房子，有好多人陪我，我就会很开心。”

从森林里走来的其他房子也陆陆续续到达了这里，沉重的脚步声戛然而止，它们看着在山洞前不进去的老楼，也停下了脚步。

“朋友，你为什么不进去？你没有听到那个声音的召唤吗？”一栋看上去还是新造的高楼说道。

“我不进去，进去以后我会变成纯粹的土。”

“那不好吗？我们被莫名挖掘出泥土，被砌成砖块，造成这副模样，现在正是回去的时候，我不想再受人类摆布。”

“可我想让原来的住民都陪着我，我想让他们都回来，还像以前那样。”

“不想回去就让路，我们听不明白你在说什么，还有不想回归的土？”

我感到袖子被影用力地拉扯了一下。

“还犹豫什么，快进去。它拖不了多少时间。”

老楼已经被包围起来，高楼、泥墙、土堆，森林还在陆续走出各种的土回归物。

“把他们带回来，拜托了。”

老楼颤颤巍巍地上前一步，头也不回，但我知道这句话是对我说的。

跑进洞口的时候，我听到了撼地的轰然巨响，伴随着老楼起初的低吼，随后吼声越来越大，隆隆的撞击声不绝。

随着在山洞内的深入，外面的声音渐不可闻，可我依稀听到了老楼最后的一声怒吼。

“这里不是我的家！！”

我的心好像被什么揪住了，只有加快了速度去跑，才能把这种感受甩在身后。

我问影：“它会死吗？”

“看你怎么理解死亡。”

前方一处拐角出现了亮光。

闪折进去后，是一处开阔的平台，那缕光是从头顶洒下的，原本封闭的顶端出现了一个大洞，光线就透过那里倾泻下来。平台正中是一个浮动的土黄色光圈，我从没有见过那种黄色，只觉得看着那轮光圈心中莫名生出了一种神圣而庄严的感觉。

“这就是土门？”我咽了咽口水，感觉到一股压力。

“是，你走近一些。别担心，很简单。”

“我管辖世间所有土的元素，如今招引它们回归，化作最纯粹的土，从此再也不受时空的限制，变作最纯粹、最简单的存在。”那圈光晕见我靠近，发出了浑厚的低语声，在山洞内回响不绝。

“……”我不知道怎么接话，看了一眼影，他只是冲我点了点头，我没明白他的意思，只好怯生生地对着它，试探性地说了一句：

“能请你关上吗？”

仅仅零点五秒的沉默过去了。

“好。”

“其实我觉得……”我刚酝酿好一波陈词，正要顺着说下去，忽然意识到，它是说了一个“好”字。

“呃，你刚才是答应了我对吗？”

“对，我理应服从你。”

我彻底蒙了，本以为找到土门后一定有一段艰辛的战斗或经历一番复杂烧脑的程序，没想到仅一句问话就结束了一切。

“若关闭土门，所有土元素的回归进程会被终止，所有的意识会回归到意识海里等待重新分配，即一切土生命，会被重新划定到你们人类规定的死物范畴。”

“确定要关闭吗？”

我想到了那座不愿回归的大桥，还有正在洞外咆哮的老楼，猛然生出了一种心酸和不舍。

“快些吧，它撑不了多久，它还希望有人住回去，尽量让它完好。”影低低地说。

脚下的大地仍在震颤，而我知道，当我下定决心后一切就会停止。

“等一切结束，我来给你砌墙。”

“确认。”

脚下的颤动停止了。

“再见。”

我听到轻微的告别声。

空中的碗碟和茶杯随后坠地，破碎。

我捡起了它们的碎片，感觉有很重要的东西丢失了。

“它们也是……”影的声音透露着忧伤。

“是啊……它们也是土……”我抚摩着这些碎片，随后一片片捡起，小心翼翼地装进一个盒子里。

5

身体在下沉。

眼皮很重，我极力想睁开眼睛，却只勉强眯出一条微缝。

一圈圈幽蓝的水波缓缓荡开，太阳在很远很远的地方，隔着水面投下淡淡的微光。四周被一种彻底的死寂笼罩，蓝影也渐渐淡去，涌动的浓黑色逐渐包围了我……

我忽然迫切地想要呼吸，可我控制不住身体，我呛出了一大口水泡，身体却还在失控地下沉。

一个人影朝我漂来，那是一个女孩儿，她周身被一圈光芒裹住，

她来到我身前，向我伸手，我看不清她的脸，只注意到她纯白纤细的手指，光流过她的指尖，透映出淡红色的血管，仿佛白宣纸中绽出的玫瑰。

我想去抓她的手，可是身体还是不听使唤，我不甘心，那份不甘猛然出现，仿佛一股燎原的烈火，疯狂烧噬着我的心脏。我从来没有那样渴望过，想要去抓住那只手。

又一大口水泡被我呛出，可我已经体察不到那股凝在胸口的窒息感，我感觉有什么东西要从我的心脏喷薄而出，血气在体内猛烈地奔涌，充盈着我的躯壳。

手指忽然抽动了一下，我心中一喜，再要用力，却听到那个女孩儿发出一声低低的叹息，朝水面漂去。

“不要走！再等等我啊！”

我想嘶吼，想咆哮，想用最响亮的声音留住她，随着一阵从头至尾的战栗流过身体，仿佛解开了什么桎梏，我终于伸出了手。

那个女孩儿已经不见。

四周的黑暗重新把我包围，我感到了深深的孤独。

“不要走，不要离开我，听听我说话吧，回应我，不要总是这么着急走……”

水中，我听到了自己低声的呢喃，可我就要坚持不住了，只想闭上眼睛休息一会儿。

“小勇！小勇！”

谁在喊我的名字……

“隋勇！”

那么多人在喊我的名字……是谁……

我被一双温暖的手握住。

我的身体又仿佛被千万只手托住。

身体慢慢上浮，我被拽离了水面。

灼眼的阳光刺得我猛闭上了眼睛。

再睁开的时候，影在我的身边，他正握住我的手，见我醒来，递来一个释然的微笑。

那群小东西也围着我，它们正在我的身边绕着圈蹦跳，像是在进行什么邪教仪式，我哑然失笑。

脚心一阵酥麻，然后是钻心地痒。我猛地收脚，弹簧一样坐起，抬头一看，曾被我握反的鸡毛掸子还在来回晃着脑袋。

“他已经醒了，不用挠了。”影摸了摸那根鸡毛掸子，柔声说道，随后转过头，朝我问道，“做噩梦了？”

“嗯，是很可怕的噩梦。”

“一切都会好起来的。”他淡淡地说。

我点了点头：“我睡了多久？快到水门了吗？”

“七个小时，也是七分钟。”他在副驾驶的位置上凝神向远方的一处望去，随后说，“看到那群云了吗？”

坐在后排的我扶着他的椅背，揉了揉刚睡醒的眼睛，睁眼就看到了那群云。

那又是壮观无比的场景，就好像天上所有的云聚到了一起，俯身朝海面上的一处探去，整片天空都是朝那个方向聚拢而来的云，仿佛一个巨大的棋盘，落子便是一团团纯白的云彩。

“回归到了第二个阶段。大元素和极小的元素也参与回归了。”

我忽然捕捉到一阵丁零当啷的微弱响声，隐约感觉车身在极不明显地摇晃。

“车你慢一些吧，我们还有点时间。”我有些不安地出声提醒。

“抱歉，我快没时间了。”

它的声音带着微颤。

我们到海边的时候，听到车发出一阵悠长的叹息。

“它也到时间了……”影抚着仪表盘，我能感觉出他的不舍，“它的意识会回到所有的零件里去，参与金的回归。”

“就是这样，你们走吧。”车慢慢悠悠地说，“很高兴遇到你们。”

“一路顺风。”

我沉默着。

我们下了车后，整辆车在眼前分崩离析，化作了一堆废铁。随后那堆废铁焕发出生机，细小的零件立在地上反复摇晃，仿佛要醒转过来，过了一会儿，它们各自四散远去。

“所有东西迟早会离开我。”

我低着头，落寞地说。

“可离开你以后，世界才会变成原来的样子。”

我晃了晃头，用力地眨了几下眼，振作了起来。

“要怎么样才能到那里？”远处的云压得更低了。

“你忘了它们会飞。”他笑了笑，随后问床，“可以拜托你吗？”

床在半空翻了个跟头：“这点路的话没有问题。”

“上来吧。”

初次御床飞行的感受还是很复杂的，虽然很平稳，但我仍保持着一个难看的吃相——趴在床上，屁股撅得高高的，手指也把床面抠得紧紧的。

一边的影倒是从容，两只手撑在身后，两只脚伸到半空来回晃荡着，一副懒懒的样子。

风很大，海面上正汹涌地翻出一个又一个浪花，我看着两行奔浪碰撞到一起，似乎就要融合彼此，可到最高处的时候浪尖却把对方互相拍碎，化成一抹抹苍白色的碎沫。迅速地向后消逝在视线中，随后我又看着两行奔浪碰撞到一起……

就这样，我不知不觉便出了神，忽地身子一空，才发现自己就要从床上翻下去。我想抓住床沿，可惜没有能着力的点，立刻就松脱了，我急得发出一声大叫。

洗衣机打开了盖子，把我稳稳接在里面。

“谢谢……”我有些后怕地拍拍胸口，不过这一下还是摔得我腰微微发疼。

“能不能让开一点？”

这还是我第一次在这个世界听到女声。

循声扭头，我发现了那团静止不动的云，它正面对我们悬浮在不远的地方。被这群不知道是什么组合，挡住了视线，它的语气里透了股急切和不耐。

我觉得有些奇怪，回头一看，不远处有一座火山。

“对不起，可你是在看那座火山吗？”

“是啊，你们挡住我看火山了，该去哪儿就快去吧。我等它再一次爆发已经等了几十年了，如果错过了我会很难过的。”

我好奇起来，驱床往前一点，探着脑袋问：“火山有什么好看的呢？”

“因为我喜欢火，几十年前这座火山爆发过一次，漫天的火在飞舞、在闪烁，它经过的地方都会燃烧起来，它拥抱过的一切都会化作灰烬。”

“可你是水啊，你怎么能喜欢火呢？”

“为什么是水就不能喜欢火？”它听起来有些生气了，“那时候它离我只有那么近啊，我却害怕那股灼热，鼓不起勇气去和它打一声招呼，只敢远远地看它燃烧的身姿，听它轰然的咆哮，默默地崇拜它。”

“几十年了，你听到了吗，今天它还会来的。”

我侧耳倾听，隐隐听到了火山似乎传来轰轰的声音，仿佛千万匹马在看都看不到的远处奔腾过来。

“你以为每一滴水都像你一样，喜欢别人却不敢接近吗？我已经错过一次，这一次我不想再离得那么远看它，我要去它身边，告诉它我爱它！”它变得激动起来，“说不定它也刚好喜欢我，那一次它还对我打过招呼。”

我脸一红，下意识低头：“你怎么知道……”

“因为你是这个世界的中心。”影轻声说。

“可现在的火也不会是曾经的火了啊，烧过以后它们就消失了，老的火在地上熄灭了，新的火才会又喷发出来……”

“你这个人废话太多了，真磨叽，不像个男人。”云有些不耐烦了，“几十年，我变成雨降落回海里，又凝成云重新等它，也许它也会这样等我的。”

“也许……”

“所有的也许，都是爱情。”云冷冷地说，“你不懂的，你走吧。胆小鬼。”

“来了，它来了。”它的声音变得期许起来。

火山以肉眼可见的幅度摇晃起来，轰隆的响声越来越近了，仿佛一具远古的野兽蛰伏地底的深处，携万钧巨力苏醒过来，发出闷沉的低吼。

小东西们惊慌起来，发出嘈杂的响声，影的脸色倏地一变，“快走，离这边远点！”他对床大喊。

那团云朝火山掠去，床微微一震后，提速向不远处的水门掠去，我看清了那边原来是一处小岛，云似乎被一个无形的旋涡牵引，争相被吸入一处空间里去。

这一边，那团云离我们越来越远了，火山震动幅度越来越大，万千朵云朝我们这里靠拢，它却如一支孤独的逆旅，坚定地朝相反的那一面飘去。

“确定要关闭水门吗？所有的水元素会失去意识。”我站在那团冰蓝色的光晕前，沉默了许久。

远处终于爆发了毁灭的巨响，一股巨力穿透我的耳膜，胸中的气血都被带动翻涌了上来。

一道火红的强光随之闪过，世界在刹那间被映得透亮，我忍不住眯起眼睛。

“这里也不一定安全！”这是我第一次看见影露出慌张的表情，“我刚才就猜到了，那里就是火门，那是火元素回归后的集中爆发——”

我再也听不见他的声音了，震天撼地的岩浆和火星如一束巨大的烟花在空中绽放开来，昏黑的浓烟遮天蔽日，整个世界在起初的那道光芒后沦入无尽的暗淡之中。

火光升到最高处的时候终于铺洒开来，降下了毁灭的火红色花雨，宛如一轮倒开的绛紫色火莲在穹宇中缓缓降下。

转眼间，几颗飞泻而出的火石已经拖着长长的尾迹向我们头顶砸来。看着它们在视线中逐渐变大，绝望感在心中弥漫开来，这座小岛，我避无可避。

伞猛地从一旁跳出，倏地张开伞骨盖在我的面前，一边的电话亭侧滑过来，将我和影裹于其中。

那一刻我有些想哭，尽管我知道它们阻挡不了如此巨大的火石，只是轻声地说出了“谢谢”。

火光被遮挡住，一摊巨大的阴影在地上逐渐扩大。

我睁开眼睛，海中升起了一道百丈的水墙，横亘身前，遮住了所有的光。海流从高处倒泻而下，却又卷入了底端的水墙里，一滴也没有落下地面。

我听到一声长长的哈欠声。

“火，老朋友，你还是那么聒噪。”

海醒了。

磅礴的水流声渐渐消隐，偌大的水墙也慢慢降下，远处依然是到处纷飞的火球，只是我们这里已经安全了。

“睡了好久啊，我刚出现的时候，世界远不是这个样子。孩子，你们没事吗？”

“没事，谢谢你。”我对着海面喊道，“可我就要关闭水门了。”

“我对这个世界没有什么好奇的，时间和空间于我而言只是高山和星图的变化，我存在太久了，无所谓有没有意识。”悠长的声音顿了顿，“倒是你的生命短暂而珍贵，可你看起来很懦弱，孩子。你还要面对数不清的东西，得勇敢起来……”

我来不及回答，被身后的光晕打断。

“是否确认关闭水门？”

我的视线锁定在远处的一朵云上。

“不！再等等！”

“不愿归来的水滴，它又是为了什么而停留呢……”大海叹息着说道。

伞早已收拢躺在我的身边，电话亭也静静地面朝云朵的方向，所有人都没有说话，安静地见证那朵云的最后一刻。

那朵云终于飘至火山口，停留不动，我猜它一定正在大声呼喊火的名字。

那朵云在灼热的空气下变得越来越小，它开始蒸发，可它依旧停留在那里。

有什么东西堵在我的胸口，我说不出来话。

忘记过了多久，云只剩下小小的一片，停止了喷发的火山口飘浮出一抹淡淡的红光。

那是一团燃烧的火，它正朝云的所在缓慢而坚定地飘去。

那一瞬，白、红两色终于融在了一起，变成了一团雾气，那团雾气的颜色不断交相变化着，闪烁出七彩的明光。

黑雾弥漫的天空漏出小洞，一束阳光打在雾气的身上，在它的周围圈出一轮幽微缥缈的光轮。一阵海风拂过，光轮慢慢暗淡下去，碎成一点一点的飞舞荧光，消散在了空气中。

“确认。”

我别过头，轻轻低诉，生怕惊扰了什么东西。

海面波涛依旧，火山口只剩缕缕细长的黑烟冒出。这个世界好像什么都没有发生过，被盖上了一层安详的静谧。

只是那一刻我知道，曾有一朵云爱上了火，孤勇而又执着。

风流云散，一别如雨。

6

细雨从天空淅淅沥沥地落下，天空泛着一片暗淡的昏黄色，教室里此起彼伏地响起书页翻动声。

“隋勇，九十三，你又是全班第一，加油。”

那个孩子从座位上站起身，讲桌上的老师投去一个鼓励的微笑，把试卷递给他。

他回到座位的时候，周围的同学都阴阴地低着头，整个教室鸦雀无声。他面无表情地坐下，假装没有看到一双双厌恶和鄙视的眼神。

不够努力，一定是我还不够努力。

再努力一点，再完美一点，大家一定就会喜欢我的吧。

那个男孩儿抱着头蜷缩在角落里，在内心中重复低语着。

“没爹没娘的垃圾，抽他，让他再牛！”

“前天我又看见他爷爷在捡破烂了，那老头还笑嘻嘻地跟我打招呼，恶心死了。”

“捡破烂的爷孙，早点滚回垃圾堆里去。”

“反正考那么高每次都是作弊的吧？老师也不管你，作弊狗。”

“作弊狗，作弊狗。”

殴打得正兴起的孩子们忽然心中一寒，他们看到那个沉默的男孩儿眼中闪过一丝红光，他剧烈地挣扎起来，喉间发出低低的闷吼，一时让众人愣愣地收住了手脚。

他带着满身的瘀青和伤痕，颤颤巍巍地直起了身，手里紧紧抓着一张破破烂烂的卷子，写着用红笔描出的大大的九十三。

“不许你们说我爷爷！”

他的声音嘶哑含糊，站稳身体后，一瘸一拐地朝眼前的众人一步一步迈去，他的拳头攥得很紧。

“垃圾生气了，走了走了！”

人群散去后，他靠着墙角慢慢坐下，空气中混着雨声和他微弱的喘息声。他伸出手缓缓抚摩着地上自己的影子，喃喃自语：

“一定是我还不够努力……”

地上现出了一个纤细的影子，他艰难抬头，一个女孩儿怯生生地看着他。

“你……没事吧？”

她小心翼翼地靠近少年，从口袋里掏出一块手帕。她走近了一些，见男孩儿没有动静，终于走到他的身边。

“怎么能这样……”那个女孩儿见了他的伤口，忍不住心疼。伸手就要用手帕去擦他脸上的血。

男孩儿怔怔地看着那个手帕靠近自己，看着那个女孩儿温柔而关切的目光，一时忘记了动作。

手帕触碰到自己脸颊的那一刻，他像是反应过来，身体忽然生出一股力气，猛地把那块手帕拨落在地上，瘸着腿蹒跚地向远处跑去……

我睁开了眼睛。

影坐在身边，正望着天空发呆，他轻轻哼着曲子，那首曲子飘忽幽眇。金黄的夕照洒在他半边的脸上，依旧是那张微泛笑意的脸。

小东西们见我醒了，又叽叽喳喳地围了过来，彻底打破了方才那股宁静，影也回过了头，对我点头一笑。

这一刻，我感觉好温暖。

“辛苦了，谢谢。”我轻轻拍了拍身下的电话亭，车回归后，换作它和四个铁锅做成的轮子载我。这个新式交通工具慢得出奇，动的时候还不住哐当哐当作响，我感觉自己活像个收废品的，亭门一关还有一种睡在棺材里的错觉。

别提多滑稽了。还好没人认识我。

“不客气，没有多久了。”

我被它的话猛地点醒，“木门快到了吗？”我转头问影。

“看来你还没睡醒。”他笑了笑，“抬抬头，不过先做好心理准备。

我心中疑惑，不自觉地抬了抬头，那幕景象惊得我下巴都要掉下来了。

头顶分明是一个大得无法用言语描述的树冠，几乎占据了半边的天空，顺着纷繁密布的树干向中心看去，一棵巨树仿佛开天辟地，屹立眼前，这棵树根本望不到头，视线所及的顶端冲破了云层继续延伸。给人通往宇宙的遐想。

“这个……”饶是我自觉早已能接受这个世界出现的一切东西，这棵树仍然轻易地打破了我的心理防线，我全身都被震撼了个透。

“万木的终点，世界之树。木门就在这棵树的顶端。”影说着说着，面容变得严峻起来，“回归已经到了最后的阶段，你之前已经见到了恢复意识的大海，也恰巧赶上了火的一个小爆发，所以来得及在关闭水门后算作轻松地关闭了火门。现在的木和金可都是货真价实的了。”

“木门……就在最上面。”眼前的世界树又让我出了神，我晃了晃头，“那应该怎么上去？”

“树嘛，”影的眼神变得有些玩味，“还用多说吗，当然是爬。”

“……”我忽然生出一种想哭的冲动，忽然一个激灵，拍了拍电话亭，“我们能飞——”

“不能。你必须靠你自己。”他似乎早知道我会说什么，有些冰冷地打断了我。

似乎察觉到自己的语气，他歉意地一笑，拍了拍我的肩膀：“我们都会陪着你。”

见到他郑重的神色，我似懂非懂地点了点头，忽然没来由地心里一酸。

“你们都会陪着我的对吗？”

他没有说话，只是向我这里又凑了凑，轻搭住了我的肩膀。

他察觉到了我身体的抖动。

“我是你的影子，它们也都是你的朋友。”他柔声说，“你不用担心会被我们伤害，不用像以前那样逃避一切，我们会陪你到最后的。相信我们。”

鸡毛掸子在抚我的背，伞替我遮住了风，锅盆敲击着发出清脆的乐声，床和洗衣机也笨拙地跳起了舞，巨大的身躯一扭一扭，仿佛刻意在引我笑。

如它们愿，我忍不住笑了，眼角望向天空。

如果现在有流星的话，我许的愿望一定是把这一刻留住。

世界树下。

巨硕的根部光是暴露在地表的部分便一眼望不见头，仿佛一座木的迷宫。我忍不住又仰起了头，树云交接的部分庄严神秘，我又是一阵头晕目眩，赶忙闭眼站定。

“要上去了。”影提醒我道。

“要上去了……”我触摸着世界树古老的树皮，心生沧桑，回忆起了从发生这一切到现在经历的所有，忽然被一种慌乱威慑住了。

“怎么了？”影见我发呆，不解地问。

我扶着树干，没有回答。只是茫然地看着身后那群停住的小东西。

“关上木门的话，”许久，我缓缓开口，“又有许多朋友要离开我了。”

“可你也就能尽快回到那个世界了。”

“回去……”我喃喃地说，“不想回去了……”

话一出口，方才那一阵慌乱仿佛被点燃一般。

“不一样的，那个世界。”我抱住了头，痛苦地说，“留在这里，就留在这里不可以吗？我不回去了。”

“可你不属于这个世界。”影被我的情绪触动，也哀伤起来，“万物回归的时候，一切也就结束了。想要活下去，你就要回到自己的世界里。”

“我不要死，更不要孤独地活。”我把头埋进膝盖里，“回去的话，又会是一个人……”

“真的难过的话，就休息一会儿好了，没关系。”他走到我身边蹲下，“我说过，我们都会陪着你的。一直到最后。”

他的话仿佛是一种催眠，疲累从四面八方涌来，曾经的一幕一幕如走马观花，从记忆中浮现出来。

空落落的房子，白色的床单上躺着一个枯槁的老人，他的脸苍白得可怕，两颊深深地凹陷进去，他要死了。

旁边的少年紧握着老人的手，那只手软弱无力，冰冰冷冷的。他就尝试用体温去温暖它。

“看着我。”老人慢慢地说，他没有多大力气了，从鼻腔中发出叹息般的轻语，“小勇，你很难过。”

少年的嘴唇抿得很紧，微红的眼睛不舍地注视着老人，他不知道老人说这句话的用意，只是点了点头。

“爷爷的一生，过得就很开心。最大的遗憾就是太穷，过得不体面，我知道，害你在同学面前丢了脸。可只要有你，我就很开心。”

那个少年哭了，他说不出话，只是使劲摇头。

“但是啊，没有谁会一直难过下去的，小勇。”老人顿了顿，微微喘息一阵后，再次开口，“总有一天你会遇到喜欢你的人，愿意陪你的人，只要活下去，总不会一直难过的。”

那个少年拼命点头，更用力地握住了老人的手。

“好好活下去……你只要一直这么善良下去，不会一直孤独的……”

老人的声音宛如呢喃，布满皱褶的眼皮仿佛失去了什么支撑，慢慢合了起来。

“加油……”

那一刻，少年感觉自己的手中有什么东西被抽离了，随之自己的心好像也猛地缺失了一块，空荡荡的。那一刻他才知道，人最悲伤的时候是哭不出来的，他只能大张着嘴，嘴里发出含糊嘶哑的哽咽声，紧紧拥住那个渐渐冰冷的身体。

我紧缩着身体，蒙胧间，耳边响起了许多声音。

“活下去。”

爷爷的声音。

“活下去。”

影的声音。

“活下去。”

身后响起潮水般的呐喊。

我不知道这是一种怎样的情绪，好像有什么东西在心中崩塌了，又有什么渴望如烈火般从我的躯骸中奔驰而过，注入心脏。

我眯起模糊的眼睛，微张着嘴，茫然地朝影看去，他传递过来的微笑坚定而有力。

“我……”

“走吧。”他转身朝树走去，“你想问，你以后会怎么样。

“活活看，不就知道了吗？”

活活看不就知道了吗？

夕照暗淡了下去，我的身体已经隐没在阴影之中，最后一轮光圈残留在树根上，恰好是影站立的位置，他的脚步停了停，忽地转头，笑着对我招了招手。

“影。”

“嗯？”

“拉我一把，脚麻了。”

那一瞬间，光那边的少年直愣愣地站在原地不动，他凝视着一片阴影，眨了眨眼睛，确认自己没有看错后，他的眸子竟隐隐闪起泪光。

阴影中的那个少年，确实微笑着向他伸出了手。

7

下雨了。

伞安静地悬在上空，几片浓密的乌云遮住了树冠，挥洒下滂沱的大雨，头顶黑伞的滴答落雨声成了这个世界仅有的声音。

我选了一块结实的树皮落脚，甩下大片的汗珠，和着雨水从空中降落，顺着坠落的水珠朝下看去，整片大陆似乎都一览无余。远处的海面无尽地延伸出去，尽头是白茫茫的模糊一片。

另一个方向的灰黑色土地望不到尽头，只是都早已成了光秃秃的一片，有数不尽的小点在缓慢蠕动，身旁的影对我说那是仍在回归的来自很远很远地方的木。

触碰到世界树的一刹那，那些木便化作了淡黄色的光点消散，而每当这个时候，世界树便会继续生长，高度不断攀升着。

“木元素的心愿便是生长，无限地生长，给所有的生灵带去生机和希望。”影说。

世界树树皮的四处都有隆起的疙瘩，不缺落脚点，只是连续十几个小时的攀爬让我有些疲倦，我的手脚开始酸麻，腹部隐隐作痛，粗重的喘息声也渐渐变得细长起来。

终于，在爬上一个较大的平台后，我靠着树坐了下来。我看到饮水机突然向一片浓厚的云层飞去，片刻后歪歪扭扭地飞了回来，盖子掀开后，里面是一汪清澈的水。

我会意一笑，轻轻拍了拍它，接过水杯喝了起来。伞微微旋转着，甩出一连串螺旋的水纹，看起来玩得很开心。

我的眼睛似乎被什么亮的东西猛地闪了一下，不自主地蹙了蹙眉。我疑惑起来，从刚才开始就不间断地开始有这样的感觉，而且我总感觉这个我早已习惯的世界，从攀爬世界树开始就让我有一种说不清道不明的不协调感。

又一道光点从我眼角划过，我猛地一瞥，终于捕捉到那个光影，那应该是一颗急掠而过的玉石，如一颗倒坠的流星，从土地里迸射而出，向月亮的方向飞去。

“终于来了。”影也注意到了异样，他的身边一瞬间也飞过数个光点。

“动作要快，不能再休息了。”他肃然朝地面看去，“金元素的回归也到尾声了。”

话音刚落，平地仿佛生出道道波纹，好似雨滴坠落后漾开的涟漪，波纹开始扩散，“土浪”随之汹涌起来。

无数密密麻麻的光点从土中迸射而出，在月光的辉映下反射出七彩晶莹的光芒，那道道绚丽的光穿破了雨幕，随后分成两路，一路朝月亮的方向激射而去，一路则朝世界树的另一面飞去。

去往世界树背面的金铁如炮弹般往我所在的地方飞来，我发出一声惊呼，事出突然，空间有限，我根本不知道往哪里闪避。

那一刹，一块巨大的玻璃板映入我的眼帘，我睁大了眼睛，全然忘记了自己处于危险之中。

而也正是那一刻，我终于知道了长久的不协调感出自哪里。

远处的玻璃板反射着世界树背后的风景，那是一道太阳。

世界树太过庞大，巨大的主干彻底屏蔽了另一面的光景，导致我一无所知，习惯性地认为现在是黑夜。

我略作思考，脑海中顷刻还原出了此时世界的样子。

天空的两侧，月亮和太阳同时升起，各居一边，闪烁着明亮的光。以天地的一处为分界线，一面的土地笼罩着冰冷宁静的月光，一面的土地被炽烈的日光暴晒着，宛如梦幻。

“小心！”

伴随着叮然脆响，一口铁锅挡在我的身前，随之锅的中心被砸出一个凹陷，距离我的脸不过手臂那么长。

“痛痛痛。”那口锅哀鸣着，“小勇，快爬吧，这还只是开始——唉！”它又挡住一颗。

我没有思考的时间，深吸了一口气，说了句“谢谢”便继续朝上爬去。周围的金石破空声不绝于耳，它们扎进树皮后仍在止不住颤鸣，仿佛想破开眼前的阻碍向认定的那个方向归去。

攀爬……无尽地攀爬……

我忘记了时间，忘记了在什么地方，只剩下布满血痕的手脚，在视线里一伸一缩。原本酸麻沉重的身体变得轻盈起来，雨声好像消失了，身后时而响起的响声也渐渐听闻不到。整个世界安静得只听到喘息声和心跳声。

不知道爬了多久，树皮的乌黑色渗入了我的眼睛，复杂的纹理变成一个个奇怪的符号，随着身体的上升来回变幻……

恍惚间，我又回到了一个阴郁的傍晚。

一路都是欢声笑语，孩子们勾肩搭背地放学回家，谈论着课堂上老师出糗的瞬间、晚间动画可能发生的剧情，他们默契地与一个孤独孱弱的身影保持着距离，一个男孩儿停下来系鞋带，发觉身后的他，嫌恶地瞪了一眼，然后逃离般向大部队跑去。

声音忽然顿住了，孩子们摸了摸头，颇有默契地同时抬头望向天空，先是断断续续的雨点飘了起来，而后若有若无的嗡鸣声变得密集混乱起来，滂沱大雨骤然降下。

孩子们抽出了伞，调皮地转着伞柄把溅出的水洒到同伴身上，哄笑着加快步速回家。

最后面的那个孩子皱了皱眉头，选了一个屋檐蹲下，头搁在膝盖上，借着昏黄的楼灯看起书来。

看着看着，鼻尖嗅到楼里传来浓郁的鱼香，到了晚餐的时候。男孩儿感觉眼皮有一点沉，书上的黑字也模糊起来，他觉得香味有些熟悉，噢，原来爷爷以前也爱做鱼给自己吃，尽管一个月只能吃上一两次，但爷爷做的鱼总是特别好吃……

想到这里，男孩儿的嘴角露出一丝温暖的笑。

蒙胧间，远处一个矮矮的身影朝这里跑来，那个身影举着一把粉粉花花的伞。

是爷爷吗？他想。可爷爷是矮矮的，下雨天也总是来接他放学，却一定不会带这种粉粉花花的伞，那是把陈旧的黑伞，用得已经有些破烂，伞骨上布满铁锈。那把唯一的破伞，男孩儿总不舍得带……

人影跑近，楼灯照出一张女孩儿的脸，她的头发被雨点浸湿，分成几缕，胡乱地贴在脸颊上。稚嫩可爱的脸上泛起运动生出的红晕，她也看清男孩儿的脸，好像放了什么心似的微笑起来，放慢脚步走向他的身边。

她瘦弱的手指白皙修长，却坚稳地把伞罩在男孩儿的头上，同时向他伸出了手。

男孩儿出神地望着那张脸，愣愣地瞪大了眼睛，他的手下意识地向女孩儿那里接去，心里一块坚石仿佛开始松动。

而他下一瞬就回过了神，意识清明起来，那双眸子看着停顿在半空的白皙手掌，忽然闪过强烈的慌乱，男孩儿不知所措地搓着手臂，下一刻猛摇了摇头，抓起书包飞也似的跑走了，头也不敢回。

那么大的雨，女孩儿就怔怔地又一次凝望男孩儿远去的背影。

她捡起了落在地上的那本书，久久低下了头……

手猛地一滑。

丧失重心的时候，我连一声惊叫都没有发出，可能是没有反应过来，也可能已经没有发声的力气。只感觉背忽然被托住，慢慢把我推回了原处。

再次触到粗糙树皮的那刻，我变得清醒了一些，托住我的是影，他始终在我的下方，看起来一点都不累，他纤细的手臂里似乎蕴藏着无穷的气力，让我捉摸不透。

这不是我第一次落下了，我的身体几乎已经到了极限，好几次失足朝不同方向坠去，都是影和小东西们接住了我。

雨声更加猛烈，出于习惯性地抬头，我猛地一惊，揉了揉眼睛再度凝神，远处稀薄的雾气中，果真出现了实实切切的树顶，巨硕的树冠像一张望不到头的伞盖，擎托住了整片天空。

我忽然发现，没有雨点，耳边却仍回荡着滂沱的雨声。

觉察到了什么，我终于回过头。

天地仿佛颠覆了过来，满地的金石如同被天空回收的落雨，铺天盖地拥向天际。也就在我的身后，电话亭、洗衣机、大床，所有跟随而来的东西，如一堵城墙，坚实地把我围起来。

那不绝的雨声，实际是他们挡住金石后发出的激烈碰撞声。

“不要回头看，往上。”影急促地说。

撞击声越来越响，身边出现了好几道飞溅出的火星。我认识到了情势的紧急，咬了咬嘴唇，甜甜的血味渗出。

我清醒了许多，朝树顶攀爬而去。

周围没有保护的树皮已经千疮百孔，被越来越大的金属块直透而过后，多出一个个深不见底的孔洞。

“砰！”

半块晶绿色的玛瑙卡进了离我脑袋不到一个手掌距离的地方，凛冽的劲风划过我的脸，火辣辣地疼。一切只发生在一瞬间，我动都不敢动。

一个储蓄罐发出轻轻的哀鸣，它的中间被穿了一个大洞，在空中摇摇晃晃一阵后，直直朝下坠落而去。

我伸手，却够不到它了。

“聚在一起，我们聚在一起。”不知是谁起的号令，物体们都集合聚拢成一个半圆，不透一丝的缝隙，死死地将我守在其中，“快爬啊小勇，就差一点了，快点！”

我狠狠地甩了甩头，扒住一块凸起猛地向上一蹿，体内忽地涌出一股不知哪儿来的新力。我望着远远的树顶，心中只有到那里的执念。

我奋力攀登着，混着雾气的微风拂过我的身体，我呼吸着清冽的空气，躯体不停息地攀爬着。

身后的半圆形壁垒一块块凹陷下去，以往沸沸扬扬的小东西们一致沉默着，倾力守护着我。一次次尖锐的撞击像是直透进了我的心里，让我心颤。

从没有过这样的一刻，我是那么想活下去，那么想到达树的那一端。

我像一个疯子般大吼。

向上，向上！

掌心裂开一个大口，殷红色的鲜血汩汩涌出。膝盖重重地磕到一个凸起的硬块，疼痛穿入骨髓。而我眸子中的血红色更盛，我不甘地吼，不知疲倦地爬。

我想登顶，我想活着，我想……再见到那个女孩儿，对她说谢谢。

“去啊！什么都不要管！我们都会看着你，都会在你身边！”骤乱的金铁声中，影也对我放声大吼。

终于，整块的土地被翻开，一块直径足有数公里的黑石朝我的方向爆射过来。

满目疮痍的堡垒没有一丝松动，坚守在我的身后，准备迎接这一次注定毁灭的撞击。

黑石越来越近，影歉然一笑，无声地爬到我的身后护住了我。

我什么都不管，只是向认定的一个方向执着地靠去。

一阵低低的叹息。

“有点疼啊……”

一双棕黑色的巨手遮天蔽日，缓缓盖下，挡在壁垒之前。

伴随着震耳欲聋的轰天巨响，那块黑石被重重拍回地上，嵌入土地中，隐隐颤动。

“小孩子，快跑吧。”

世界树醒了。

8

会不会有那样一个世界
所有的裂隙终有一天会被填平
所有的罪恶终有一天会被原谅
夏蝉亲吻冬雪
月与日也紧紧相拥不离

我忘记了自己是如何上到树顶的，我只知道重新站上坚硬土地的那一刻，回首一看，已经少了很多很多朋友。它们吵闹着来到我的世界，却一声不响地都走了，因为保护我。

“对它们而言没有死亡，只有回归。”影这么说过。

而也是在那一刻，我知道了金元素的终末会是什么样子。

树顶的视野几乎笼下了世界，这个景象清晰而实切，这一次我没有过多的惊恐，只是感到淡淡的温暖。

世界树的两边，太阳和月亮，在以肉眼可见的速度互相靠拢。

在漫长的时光里,它们绕着名为轨道的东西玩了亿万年的捉迷藏。

它们的心愿，原来是紧紧拥抱对方。

这是金的结局。

“确认关闭木门吗？”

确认吗?

我又一次回过了头，木床、书桌、橱柜早已经千疮百孔，最后的时刻，它们安安静静地站在我的身边。

椅子小心翼翼地蹭了蹭我的腿。

它在提醒我，到时候了。

“向前看，孩子。没有什么是过不去的，回到你的世界里，生命很漫长，你会遇到许多许多朋友。”

最后是世界树悠悠开口：

“睡喽。”

它微微抖擞起身子，大片的落叶打着旋，宁静地降落到地上。

我别过头，眼里有泪光闪动。

“确认。”

身后传来散架的声音。

我没有再去看，一路走到这里，我知道再多的离别，也不能让我回头。

“金门在哪里？”

“不用了。”影轻声说。

我疑惑地看着他。

“结束了，金门不需要关闭，它会自己毁灭自己。”他顿了顿，“就像那朵云。”

他对一头雾水的我淡淡一笑，眼神投往天空。

那一处，太阳和月亮的光圈挨近，世上所有的冰冷和炽烈仿佛融到一处，相互辉映出流动的七彩光芒。

“木、水、火、土，门扉关上后，还给你属于的那个世界。”

“金，毁灭现在的世界，再回到你的世界。”

他又笑了笑：“有些拗口，但很好懂，不是吗？”

“那现在……”我愣愣地问。

“现在？”他摆了摆手，随后很潇洒地席地而坐，“等待，在世界的最高处见证它的毁灭，然后回去吧。”

“准备好了吗？”他喃喃地说。

“准备好了吧。你的话，一定可以。”

他最后朝我笑了一笑，再也没有回过头来，静静地看着天边。

那柄破烂的黑伞来到我的身边，缓缓撑开。

我似乎明白了什么，学着影的样子坐了下来，忽然又是一阵腹痛，我皱了皱眉头，捂起肚子。

伞将我罩住，仿佛分担我的痛苦。

“小勇，你的话，一定可以的。”

爷爷的声音。

我轻轻地握住伞柄。

“嗯！”

日月终于碰撞到一处，一刹那，火红的气浪狂乱地逸散开来，翻滚搅动起一层层绛红的火舌，忽地被一层宁静的白色包裹住，忽地又挣脱开来，漫天乱舞。

大陆仿佛被风拂过的宣纸，在滔天的气浪中拔地而起，在交织的白、红两道强光里，渐渐如烟尘般消散。

恍然间，无数熟悉的身影随着土地一同升起。

“等不到啦……”

那座古老的桥发出低低的叹息，湮没在尘土中。

一栋老楼依旧扛着阳台，向远方走去，那是光的方向。

“他们，告诉你‘守望’。”影淡淡地说。

一朵云彩飘忽而逝，“等等我！”她忍不住喊道。

原来她的前方是一片火光，那片火光兜兜转转，仿佛刻意引着云朵追逐。

“他们，告诉你‘热爱’。”

冲天的烈焰里，世界树也开始断裂崩塌，脚下传来轰鸣声，树顶猛烈摇晃起来。

“它，告诉你‘勇敢’”

眼前的一切都蒸发了，我飘浮在一个纯白的空间中，头顶的日月渐渐湮灭，留下冰蓝色的荧光，无序地乱舞着。

“它们。”

影的声音就在我的耳边，日月留下的荧光飘至我的眼前，绚丽而纯洁。

“告诉你‘希望’。”

一片恍惚中，我好像看到了影，他拿着那柄黑伞，摇摇晃晃朝我走来。

他温暖而和熙地笑着，慢慢融进了我的身体。

“我是你的影子，我终究要回归你。

“现在，我只想告诉你。

“‘活下去’。”

世界暗了下来。

我的眼睛不受控制地缓缓闭合。

意识消散前，在我的体内，传来最后的声音，那是许多东西发出的声音，我知道，那是它们的声音，我一路上的伙伴。

我哭了，也笑了。

“我们一直都会在。”

“加油，小勇。”

我醒了过来。

桌上倒着空空的安眠药瓶，我用尽全力支撑着身体从床上坐了起来，觉得整个世界都在旋转，头昏沉得几乎要掉下来。

腹部传来一阵揪心的剧痛，可我连呻吟的力气也发不出来。

翻倒在地上，我像一条蠕虫，朝垃圾桶艰难地扭动着身体。随后扒住桶口，用尽全力抠起了喉咙。

剧烈的呕吐几乎让我昏厥过去，我的眼睛发黑，耳膜里传来咚咚作响的血流声。

不行了……

“活下去。”

是谁……

“活下去。”

是你们……

是啊，我要活下去，我一定要活下去。

我要活下去！

我仰躺在地上，颤抖地举起手臂，凭着记忆摸索着电话的位置，终于摸到了话筒。

抓起话筒用尽了我全身的力气。

1——2——0

……

挂了电话后，我终于支持不住，无力地靠倒在柜橱上，我努力不让我的眼睛合上，指甲胡乱地抠划着地面。

我想活下去。

我会鼓起勇气对第一个见到的路人问好。

我会在漫长的岁月里等候一个个笑着踏入我生命中的朋友。

我要在一个阳光明媚的早晨，握一束鲜花，站在那个女孩儿的门口。

按响门铃，她惊喜地出门。

我对她说，对不起。

谢谢。

我喜欢你。

门终于被撞开，有匆匆的脚步声和说话声，随后我的身体被抬起。

那一刻，阳光透过窗帘的缝隙倾泻在我的身上，我看到了自己的影子。

也许是幻觉，也许不是。

它缓缓朝我挥了挥手。

直到我又想哭的这一刻，我才发现。

原来我早就已经泪流满面。

/ 假如唐僧和孙悟空性格互换 /

1

五行山下，唐僧拜地不起。

“你若不授我棍法，我便不起。”

“你一个和尚，学什么棍法？”

“没有力量，什么也做不到。”

“有了力量，你又能做什么？”

那唐僧闻言抬头，眸中似有鲜火。

“度苍生。”

那一刻猴子眼波流转，仿佛又看到了那年花果山上，被群妖簇拥的自己。

那一日，唐僧拜孙悟空为师，自此于五行山下日日夜夜精练棍法，最终境界大成。

西行之路，自此开始。

2

“你说要度苍生，便是这么一个度法？”

孙悟空看着地上被打得稀烂的尸体，眼中罕有地闪过一丝愠怒。

“这是必需的牺牲。”

“你经书阅遍，佛理尽参，这就是你的答案？”

“是。”唐僧毫不犹豫地答道，随后朝后猛一甩头，“你们是打算死在我杖下，还是答应从此做我的徒弟随我西行？”

那群妖哪见过有和尚动起手来如此勇猛的，纷纷吓倒在地，不住地磕头。

“跟师父走！坚决跟师父走！”

唐僧掸了掸僧袍上的灰尘，转身便走，群妖服服帖帖地跟在他身后。

“怎么了？”

他头也不回，问止住脚步的孙悟空。

“你从我这里习来的武艺，就是为了今日这般欺侮一群妖怪？”

唐僧目光冷冽，同他对视。

“我作为回报已将你从五行山下救出，从那时开始，我是师父，你是徒弟。”

“学这个？”他伸手指了指那群缩着身子的妖怪。

“难不成学你，见到什么妖怪都得嘘寒问暖，整天与小花、小草也聊得开心？”

不知何时，孙悟空的金箍棒已握于手中。

“你明白我什么？！”

“我明白你已经是个废物。”唐僧冷冷地说，“明白你是个因为曾经的杀戮太多，为了逃避自己的罪孽开始自欺欺人，见什么便要护什么的废物。

“孙悟空，你不敢杀我，你现在谁都不敢杀了。”

时隔五百年，那金箍棒再度逸出了金光，横亘于九天之下。

九天之上，天庭。

观音忽地睁眼，透出担忧。

“那猴子……”

“无妨。”

如来依旧懒懒地眯着眼睛，那双眸子仿佛穿过层云，洞知一切。

“那只猴子，今日便算彻底死了。”

3

漫天的烟尘散去后，地上是一道触目惊心的裂壑。

唐僧望着一个渐渐乘云远去的小点，原本冷峻的面容忽然露出一丝微笑。

“不管你承不承认，该挑的担子就应该由师父来挑。

“剩下的就交给我吧。”

他又换了一副凶神恶煞的脸，转身便吼：

“看什么看？继续赶路！”

队伍中有一只猪精和一只水怪，正并列而行。

“兄弟，不知道为什么，我觉得我本来好像戏份儿还不少的。”

“我也有这种感觉……”

另一边，一只白马也无奈打了个响鼻。

“众妖听好，本次西行是公款吃喝，你们跟在我后边，除了人不能吃，其他东西尽可吃得。你们只要保我西行一路平安，断不会有天兵来管束你们！”

众妖听闻此言，面面相觑，掩饰不住眼中的惊喜。

“跟了唐老大，吃香的喝辣的！”

这一路，妖怪的欢呼经久不绝。

这唐僧就这样通畅地西行，路遇再强的妖怪也是差小弟将它一顿狂揍，兴致来了还会亲自提杖光膀上阵，毁坏一下那些妖怪花了千万年才好不容易建立起来的三观。

他不知收编了多少妖怪，屁股后面跟了长长一串妖怪队列，这些妖怪倒也人畜无害，不知道的路人还以为它们是在春游。

“三藏法师，这玉帝给批的西游经费有限，架不住你那么多徒弟这般吃喝……”这日财政部天兵愁眉苦脸地下凡，与那唐僧讨论开来。

“哎，你也不是不知道，我这不是没安全感，打手越多越好嘛。你看它们也都不害人，这经我不光帮你们取了，还拉了这么多妖怪回头，你回头再和领导讲讲嘛！”

那天兵觉得也有道理，稀里糊涂地就回去了。

“由他乱搞去。”观音冲那天兵摆了摆手，“能取到经就好。”

天兵退下。

“取经……能骗过那个唐僧吗？”

“算不到，算不到的。”如来微微摇头，“世间独此一个唐僧，我们尽力则好……那只猴子如何了？”

“到处给妖怪讲佛理，怪瘆人的。”

花果山。

“大王，你终于回来了。”

那众妖已经骨瘦如柴，它们虚弱地来到孙悟空面前，眼中闪出希冀的光芒。

“这些年我们避着天庭的追杀，如今只剩这些人了，可只要大王一声令下，什么反我们也能造得！”

“不，不造反。”

众妖愕然。

“从现在起，我们讲我们的规矩，不做任何害人的事情，这样就能活下来了。”

“可——”

“还没杀够吗？”孙悟空冷言道，“死的兄弟还不够多吗？这一切值得吗？”

他的眸子暗了下去。

“都好好活着吧。我不想再看到有人死了。

“我们的战斗，已经结束了。”

这一路，孙悟空四处游说妖怪，令它们不再为恶，敬天敬神。

“信天庭，得永生。”

孙悟空面对一个老妖，颇为语重心长。

那是个年迈的长毛妖怪，如今身上的毛发已经稀稀疏疏，脚步也蹒跚晃颤。

“大圣，营养要跟不上了，我们长毛怪，毛尽之时便是死期了啊。”

孙悟空叹了口气：“你真要去？”

“跟了那唐僧，吃香的喝辣的，说不准还能逮住个机会吃了他，更能延年益寿。当今的妖界扛把子可不是吹的，投奔他，也是顺应潮流嘛。”

言罢，那老妖故作轻松，露齿一笑。

见孙悟空沉默。它再也掩饰不住神色中那股黯然。

“大圣，我们已经没有选择啦。

“这片土地已经养不活这么多妖怪了，那几座妖城妖满为患，再加上天庭不断打压，我们这等散妖已经没有地方可以去了。”

孙悟空与他对视了很久，猛地回头，身后竟都是不肯离去，一路悄悄跟行至此的妖怪。

他虔诚闭目，双手合十。

那一日，孙悟空携众妖来到牛魔王领地门口。

“老弟，念交情，这一众妖我可以收下，可你说我从此开门迎妖，这恐怕……”

“它们都没有地方可以去了，只是想活着。”

牛魔王沉默，摇头。

“那就这些吧。”

“谢谢。”

牛魔王挑了挑眉毛，暗下咽了口口水。

望着孙悟空落寞远去的背影，他揉了揉眼睛，确知那不是错觉。

那只猴子的身周，确实隐隐圈了一层淡金色的佛光。

“怎么样，大王？”

“该吃吃，该玩玩。”牛魔王叹了一口气，“五百年不见，石猴变佛猴了。”

“如今怕是打不过他了。”

那孙悟空一路西行，一路凭借过去的交情将无处可归的妖怪护至朋友门下，不知疲倦。

可世间的妖精何其多，凭他一人之力，又怎尽可助它们寻到归处？

孙悟空第二次来到牛魔王城门前的时候，后者的脸色就不那么好看了。

“老弟以前不曾是说话不算话的人。”

孙悟空俯身，双手又合了个十。

“请帮帮它们。”

那牛魔王已是一根混铁棍在手。

“帮个屁，老子是妖怪，不是如来！”

那一棍倾力朝猴子头顶抡去，后者却是不闪不避。

那牛魔王本对这五百年不见的猴子有些心虚，见状便放下了心来，顿时铁棍如开了花般漫天乱舞，一记记结实地朝猴子身上砸去。

那牛魔王停手的时候，眼中尽是骇然。

他看到城门口，流淌的是满地的金血。

那猴子如一尊天神般盘坐在地，双手合十，岿然不动。

“帮帮它们。”

这时，远处的天边响起一记暴喝：

“牛魔王一众占山为王，吃好的喝好的，你们告诉我，凭什么？！

“他们过的日子，我们也可过得。他们有的东西，我们也可有得！

“小的们，听本僧号令！

“今日便将这芭蕉洞捣个天翻地覆！”

孙悟空艰难地抬头，却见一个僧袍飘飘的侧影径直从自己头顶掠过，一记闷吼，手中禅杖便与那铁棍交击碰撞，爆出一声轰鸣。

在他身后，数不尽的妖怪摇旗呐喊，如潮水般挟摧枯拉朽之势拥进城内。

那一日，牛魔王身死，芭蕉洞被踏平。

在群妖震天的欢呼声中，唐僧缓缓抬头，望穿天际。

“这便是你的答案吗？”

唐僧见这满地金血，对奄奄一息的孙悟空说。

“这便是你的答案吗？”

孙悟空见芭蕉洞内众妖的尸体胡乱倒伏在四处，硝烟和着弥漫的血腥味在空气中转悠飘荡，目色悲凉。

他蹒跚起身。

一人一妖，便如此擦肩而过。

4

孙悟空再回到花果山的时候，山中已是一片空旷。

草木俱枯，溪流涸止。这曾经的洞天福地，如今再无一丝妖气。

那些妖怪直到最后都选择听从了大圣，没再吃人害人，它们选择在这里静静地死去。那一具具再无生气的身体，禁不起大圣的微微一触，就随风而散。

“它们已经如此，天庭还不肯放它们一条生路吗？”孙悟空头压得极低，语气平淡地道。

“放了。”一边的土地公不知何时出现了，“天庭不再派遣天兵对此地干涉。”

他沧桑地对着这一地废土，继续诉说：“可这些妖始终不肯归顺，我们神仙便操纵这一片的草木枯荣，山水之源，让这里成为一片死地。妖也不能存活的死地。”

“这便是你的答案……”

土地公有些疑惑，仍是兀自答道：“是的，我只是一介小神。”

伴随一声低叹，他重新没入土地。

“可这究竟是对是错，我这身老骨头，分辨不清，也不想分清啦……”

过了很久，孙悟空仍伫立原地，久久不动。

一滴眼泪渗入干裂的土地，缓缓漾开。

坊间传闻，那一晚花果山射出万丈佛光，整片山林再度生机盎然。

一夜春风来，万树梨花开。

花果山巅，不知何时多出一只呈虔诚盘坐状的石猴。

西游的尽头，九九八十一难，唐僧已尽数度完。

他身后，是无边的妖潮。

唐僧手中握着镀金的佛典，面对九天洒下的灿芒，面容平淡。

“唐僧，你的西行之路已经结束，这便同我上天还命吧。”

唐僧笑了笑。

“那我身后的众妖何如？”

“尽数遣散，天庭自会增加它们的功德。”

唐僧哈哈大笑。

那手中经书，被他撕得粉碎。

“我江流儿经书参遍，佛理阅尽，西游一路，九九八十一难。若要成佛，何时不能成佛？！

“观音、如来，你们回答我，我若想要这众生都成佛，天庭可有这样的佛典供我一参？”

天空沉默。

唐僧转身，对那无边的妖潮扬起一手。

“如今你们，皆是佛下的子弟，再无妖与怪之说。

“江流儿的心愿是人人皆可立地成佛，再没有神，再没有妖，再没有怪。可如今这九天之上，还有主宰众生命运的诸神伪佛。

“你们可敢随我将那凌霄踏碎，叫那满天神佛尽散？！”

那一瞬，群妖涕泪横流，纷纷拜倒。

“谨遵佛意！”

天边的阴云压下，滚滚轰雷中，隐隐传来神兵的低吟和悠久的佛号。

唐僧一人一杖，冲天而起。

奔浪般的妖潮铺天盖地，拔地而起，直掠天际。

穹宇之间，玄奘满身金光，一往无前。僧袍翻卷间，那手禅杖仿佛搅动了云气，将无数天兵神将扫落凡尘。

“唐三藏。”如来的佛号响起。

“你口口声声说要度尽众生，成就它们各自的佛业。而你聚拢它们的手段却仍是强力与蛮勇，不觉讽刺吗？”

金光闪过，云层又被切除一个裂隙，那唐僧闻言哈哈大笑：

“以力治人是你们的目的，却只是我的手段，没有罪恶和牺牲便改变不了任何东西。否则我今日便不会立于此地。”

“若今日让你立于此地，也是安排呢？”

如来笑了。

“你集结群妖来此地送死，确有高僧风范，无量功德。而你悟道参玄，这西行一路，却仍有许多道理没有明白。”

唐僧挥杖的手顿住了。

他的腹部现出血洞，一柄长枪透体而过。

他身后那妖得手后冷冷一笑， 眨眼间飞至如来身侧。

“阿弥陀佛。

“你度众生，众生却不度你。”

如来沉声一喝，响彻天际。

“众妖，此时归顺天庭，罪不至死。若执意反抗，便不要怪今日天庭一众替天行道。”

唐僧带着平淡的笑合上了双目，抛却了禅杖，双手合十，自九天坠落。

他没有看到，也不会感受到。一个猪妖、一只水怪、一头白马从群妖中悄悄退出，接住了他的尸首，就此守护。

5

地府。

“你要走了？”

唐僧回头的一瞬间有些惊讶，不过仍是洒脱一笑：“走了，赶着投胎，好拯救苍生。”

烛光照出了蹲坐在阴影中的孙悟空。

“到头来，我什么都没有护住。”

“我也差不多吧，走了。”

“为什么要那么执着？”

“我有许多名字：金蝉子、江流儿、唐玄奘。无论轮回几世，我都有我的使命。所以我一刻也不能停留。”

“你的使命。”孙悟空干笑起来，“从没听说过一个成佛的人手下满是杀孽和罪恶，你这样真的成得了佛吗？”

“我不下地狱，谁下地狱？没有苦难和牺牲造就的改变毫无意义，为此必须有人去背负和承受这一切。”

“真的有人能承受住吗……”孙悟空有些失神。

“佛祖自在心中。”唐僧似答非答。

“佛祖自在心中……”

孙悟空笑了，他的笑声越来越大，最后笑得在地上打滚。

那一刻唐僧竟有些心悸，他隐隐觉得，这个笑声已经有些古老了。

“我一直在这里等你，才等到了这个回答。”

他猛地朝唐僧跪下。

“师父，长路漫漫，且由我陪你一段。”

那一刻唐僧有些恍惚，无数的画面在他脑海中切换，他仿佛又回到了五指山下，勉强拎着一根禅杖跪在那只懒猴面前的场景。

他笑着笑着便哭了。

“西游，已经结束啦。”

“还没结束，这辈子能做完的事，就别等到下辈子去做了。”

那猴子重新站起的时候，周身明明沐浴着暴戾的红光，那双眼眸却是波澜不惊，隐隐有流金的光芒逸出。

“论造反，师父，你不如我。

“只是如今这番搞事，之后你怕是连地狱都去不得了，你可敢吗？”

那唐僧先是微微一惊，转而像是明白了他要做什么，朗声大笑。

“有何不敢？！”

天空之中。

群妖节节败退，眼中尽是不甘和绝望。

满是硝烟灰烬的大地上，猪妖、水怪、白马惊讶地望着眼前的那具尸体，忽然有了生机。

花果山顶。

一只石猴缓缓苏醒。

那一日，地府轰然炸裂，血流成河，鬼差阎王被尽数诛灭，自此，三界中再无地狱之说。

时隔五百年，生死簿又一次被改写。

漫天的神兵天将都看到，千里之外，一只沐浴在金红交闪光芒中的猴子急掠而来。

金甲玄绫披风。

正下方的土地徐徐涌动，冲天的烟尘散开，有僧侣坐于白龙之上，持杖而起。

那猪妖、水怪坐于原地，似在祈祷。

那如来终于动了佛怒，现出身形，一掌向唐僧劈来。

“金蝉子，你定是要与天过不去吗？你一路杀妖杀神不够，如今手中又染了地府一众的鲜血，这便是你的佛道吗？！”

金箍棒劈开天际，将那手掌打得粉碎。

“是，而且，我是他的第一个弟子。”

“这只妖猴什么时候……”那如来惊愕地望着一脸漠然的猴子，不敢相信。

“因为我愿意背负，而你们统治众生，却何曾背负过哪怕一草一木的生命？”他对着远处指了指，“对了，那个和尚愿意背负的东西，比我还多出千万倍。所以自我们离开地府的那一刻起，他已成佛。”

孙悟空双手合十。

“曾经我为自由。

“如今我为众生。”

他握紧了金箍棒，头也不回地朝那如来劈去。

“谢谢你，就到这里吧。”唐僧摸了摸那只白龙的头。

“若是可以，之后请代我守护这凡尘的众生。而我的故事，便不需同任何人讲述了。”

那唐僧弃龙向穹顶直升而去，漫天神兵，竟不能伤其分毫。

他最后与那孙悟空对望一眼，双方都读出了各自眼中的坚定。

“已经不能回头了。”

一边的如来浑身浴血，已是强弩之末。

“金蝉子，一个没有神佛的世界，若生出妖你又如何？！”

“有恶的地方就会有善，有影子的地方也会有光明。而世间万物的命运，却不需要任何神明来主宰。”唐僧淡淡一笑，化为一道金光，消失在云层之中。

孙悟空紧随其上，杀入天庭。

群妖高呼着两个王的名字，随孙悟空冲垮了天兵的防守。

那一天，所有人都看到天上洒下了金色的光辉，九天之上有佛音回响，浩浩荡荡。

从此，世间再无神明。

那唐僧于天庭的废墟之上坐化，死前有众妖受其感化，虔诚地聆听佛语，直至最后一刻。

唐僧死后，佛光洒向了凡尘各处，所有枯萎的土地再度焕发生机。

他的轮回，至此终结。再没有金蝉子，再没有江流儿，再没有唐玄奘。

只是人间仍有一个传说世代相传。

花果山山顶有一只石猴。

每逢世间有妖作乱，石猴便会复活。

他是所有人的英雄，他的名字叫齐天大圣。

一把刀的故事

1

“他奶奶的！追他，追小偷！这边堵他！”

大地震动起来，一班人马气势汹汹地从街角杀出，穿拖鞋的大妈，拿擀面杖的大汉，抄竹竿的大爷。一时间尘土飞扬。

最后面的是一个握杀猪刀的屠户，他已经上气不接下气，嘴巴吭哧吭哧地张成O形，脸上的肥肉随着跑动一颤一颤，与他狰狞的脸色格格不入。

身边的高墙忽地跃出了一个矫健的身姿，原来是个与我年龄相仿的少年。

此刻他黝黑的脸上露出兴奋的神采，从墙头纵身一跳，其间还不忘瞧一眼后边的动静，竟是没心没肺地傻笑了起来。

他腰间缠了数个鼓鼓囊囊的麻袋，哐当哐当作响。半空中我注意到他背着一把木刀，木材的质地很好，在阳光下反射出一抹滑亮。

“好！好！好身手！”我凑热闹似的拍手叫好，大有唯恐天下不乱之势。

他循声望来，与我对视。

过了很久，这两个少年还是会躺在离城一个包子铺的破败屋顶上，对那次追逐的种种细节津津乐道。

一个瘸脚老头就懒洋洋靠在躺椅上，悠悠地晃着蒲扇，怎么也听不厌这场相遇。

“在墙头那边！偷老娘的菜，砍死你！”为首的大妈正裹着做菜的兜布，气急败坏地大喊。

落地后他望了望背后，随后稍稍稳住身形，冲我露出一个谜一样的微笑。

我的表情有些僵住，举起的手悬停在半空，有种很不好的预感。

他扭头大喊：“就你们这群凡辈还想逮住本大侠！给我听好了！临幸你们的是他日的天下第一刀！对了，还有他的小弟。

“小弟，接住了！”

他解下了缠腰的绳子，抄起几个麻袋就朝我扔来，出于作为他同行的职业习惯，我一个激灵下意识起身接住。

等我反应过来已经晚了。

“还有同伙！一起抓了！”

“那边的不是整天顺我们家东西吃的小崽子吗？原来是小弟！今儿个一锅端了！”

一时冲杀声更盛。

他经过时还不忘拍拍我的屁股。我深吸了一口气，牙齿都快咬碎，撒腿就跑。

两个少年狼狈地抱头鼠窜，身后是一群凶神恶煞的追击者，这个下午，整座城市鸡飞狗跳。

纵是离城近来有着压抑的局势，也不妨碍围观的路人此刻露出幸灾乐祸的讪笑。

毕竟乱世的离城什么都缺，唯独不缺热闹。

2

两个少年一前一后没了命地狂奔，不知跑过多少个街角，眼前突然出现了一个巨大的阴影，那是一堵几丈的高墙。

跑到死路了，身后的喊杀声越来越近。

我总算逮到这么点空隙，上气不接下气地说：“我和你……什么仇……什……什么……”

“嘘。”他的眼神忽然一凝，整个人的气势变得庄重了起来，生生把我那个没出口的怨字给堵了回去。

人群已经逼到了街角，看着他们吃人般的表情，我在盘算自己活下来的可能性有多大。我本来就有前科，这下是跳进黄河也洗不清了。

他却似乎完全没有注意到身后的动静，只是缓缓抽出背后的刀，静静地面对眼前那堵大墙。

气氛没来由地沉重了起来，空气仿佛凝滞了，来人面对这股不明的气势也一时止下脚步，不敢靠近。

“难道……这可是几丈高的墙啊……”我眼珠瞪得滚圆，难以置信地看着一脸肃穆的他。

他高举木刀，随后转身。

难道是传说中的燕闪刀法，转身回劈？

“啪嗒。”木刀被扔在地上。

我还听说过有种只使刀鞘的刀法，原来如此，看来是个使刀鞘的好手，这下有救了……不对，你怎么跪下了……

他猛地下跪，随后整个身体伏在坠地的木刀上，声音洪亮：

“事先说好！不打脸！不抢刀！”

他转头苦兮兮地冲我一笑：“哎，马有失蹄，小弟你也赶紧的吧。这招叫减少损伤！行走江湖，管用得很！”

我觉得有些惆怅。

“兔崽子还吓我们，一天差不多把一条街的餐铺都偷遍了，给我打！”

我只来得及抱住脑袋，铺天盖地的拳脚就砸到我身上，不过偷东西吃也偷惯了，每次挨打都知道护住哪里，哪里肉多禁得起打，虽然这滋味还是不好受。

“野狗！败类！”

“没人教的东西！”

“不是爱偷东西吃吗？我踩……吃啊！”

我默不作声地捂着脑袋，身边那人挨了打还在像杀驴一样大吼：“说了不打脸的！天下第一刀的脸你也敢打！还打？！哎哟……大哥我错了。”

……

人群散去，两个鼻青脸肿的少年靠在那堵不怀好意的墙上，百无聊赖地看天。

我只感觉被揍得全身骨头都在疼，没工夫也没力气再去和他算账。我也很奇怪，这么一顿打下来我的气也没来由地消了，可能是这种偷鸡摸狗的事我本来就没少做的缘故，而且身边那个没心没肺的家伙，看起来还有点意思。

离城是唐国最边远的都城，时下诸侯纷争，天下大乱，王力衰微，自然没工夫来管这座边境小城，军队、土匪、流寇连连作乱，离城已经是一片人心惶惶，大批大批的居民早就选择了离开这片被遗弃的孤地，离城也成了名副其实的离城。

我是一个孤儿，曾经太平盛世的时候被师父看中，拜他门下学了一身还算过得去的箭术，诸侯挥戈而起时，师父带了一腔热血的门人投靠军队，却在一年前唐、夏两国的白河一战中全军覆没，白河一战也彻底宣告了唐国的没落，反叛的夏王成了最强的诸侯。

我怕死，师父也知道我怕死，没有带我上战场。

“喂，你很喜欢那把刀？”

“天下第一的刀客，哪有不爱刀的？”

“为什么喜欢使刀？”

“当然是痛快！”谈及刀时他便神采飞扬起来，“用剑的整天有耍不完的花样，刀就不一样，一刀就是一刀，砍出去就没有收回来的道理。”

“天下第一，然后为一顿饭被人揍成猪头？”我斜眼看了看他。

“那也是现在，总有一天所有人都会服我的刀……比起这个，你那儿还剩吗？”他双手一摊，腰间已经是空空如也，半点抢来的东西也没剩下。

“没了，他们是真恨我们，都拿回去了。”

我们的肚子很合时宜地同时发出咕咕的声音。

他忽然猛地吸了吸鼻子。

“喂，你还有力气走路吗？”他贪婪地吸着空气，眼睛锁定了远处。

循目望去，居然是一间包子铺，我自诩熟稔整座离城，却从来不知道这个地方有间包子铺。其实也不奇怪，我要是知道这里有堵墙，也不至于跟着那个家伙沦落到现在这步田地。

可现在我想不了那么多，升腾着热气的蒸笼依稀可见，那是间简陋的石屋，青灰色的墙砖早就已经褪色，屋檐泛白得厉害，应该是长期被蒸馒头的热气熏白的。

那边好像空无一人。

我感到身体重新焕发出了生机，不自觉迈动步子，鼻子也嗅到了游在空气中若有若无的一丝香气……

那是我一生中吃过的最好吃的包子。

两个一身污泥的家伙就坐在蒸笼下的小木凳上，一口一口往嘴里塞着肉包子，油水在嘴里搅得滚烫，我们的嘴唇已经肿成香肠，却止不住龇牙咧嘴地吞咽着。

“慢点，吃慢点吧。”耳边悠悠传来一个苍老的声音。

“有人……”我被吓得身子一颤，没嚼完的半个包子直接滑进了喉咙里，脸被憋得通红。

“是世道不好，可怜的孩子。”一个穿着破旧青布衫的老人佝偻着背，缓缓从屋里踱步走了出来，看着手忙脚乱的我叹了口气，轻轻地帮我拍打后背。

他手上的力道很轻，像是一截枯木敲打在我的身上。

背木刀的家伙神经也是大条，听到老者的声音愣了片刻后，见他也没有责怪的意思，像没事儿人一样又啃起包子来，看我被吓噎了还露出幸灾乐祸的笑。

“老头儿，多谢，等我将来有一天扬名了，好好报答你！”他不要脸又掰了半块包子丢进嘴里，夹着剩下的包子作了个揖。

“你会的，吃吧，吃吧。”老人见我缓和下来了，选了张凳子扶墙坐了下来。“都不容易的。”

“老爷爷为什么在这里开铺子呢？”

“我吗？我是在等人啊。”

“等人？”

“等我儿子出征回来呢。这里本来是我的家，我做包子，好自己养活自己，不过也没什么生意。”

“出征？那是大英雄，给我包子吃的也是大英雄，你俩了不起！我江执佩服！”

我也赶忙起身道谢：“老爷爷，我们野狗两条，今天被揍成这样，没有这顿包子怕是要饿死街头了。隋南歌绝不忘爷爷的救命之恩！”

“叫我老谢就好。”他忽然想到什么，扶墙起身道，“吃完了吗？进屋吧，我这儿还有些伤药，年纪轻轻的，莫要落下病根。”

我注意到江执身体微微抽动了一下，虽然还是堆着一脸的傻笑，却也没了之前那副大大咧咧的样子，扭着身子跟着老谢进屋了。

我只觉得鼻子有些发酸，眼前的佝偻背影让人安心，心里霎时化开了什么东西一般，跟了进去。

屋里很破，老谢给我们包扎的时候，透过微弱的烛光能看到他绵厚的手掌上一道道刀刻似的褶皱，他很专注，有些内陷的眼睛里射出炯炯的光彩。

原来江执这种人也会有不好意思的时候，他多是从来没有过这种待遇，现在涨红了脸，两只手不安地扭动着。

“老谢……要不我自己来呗……”

“没事……别动了，腿这里你够不到。”

我有些动容：“老谢，你儿子真幸福。回来以后有那么好的爹。他是什么时候出征的？”

老人的手顿了片刻，随后继续给江执的腿肚子抹起了药酒。

“一年前的白河之战。”说完后他发了一小会儿呆，随后叹笑一声。“应该是回不来了。”

3

一道圆弧在我眼前一亮，手中的弓弹飞到了空中。

“南歌你这只菜鸡，太嫩了太嫩了！”江执收刀归鞘，像个痴呆一样在原地手舞足蹈。

看着半空中下落的弓，我有些无奈：“三十步开外你就赢不了我。”

“你就是个胆小鬼，没有把握就不出箭，决斗就是拼命的，你这么犹犹豫豫怎么行！说到底还是刀厉害，跟着我学刀吧！”

我有些头大，嘴里嘟囔：“明明水平和我差不多……还这么狂……”

“吃饭喽，小南、小执。”屋里传来呼唤。

“吃饭吃饭！”这家伙用不完的活力，一溜烟儿蹿进屋子。

“不是吧！又是腌菜！”江执坐在桌前苦着脸。

老谢正在屋角的木桶里舀汤，闻声双手一停：“最近是有些揭不开锅了，米也快没了，可惜了这包子铺没什么生意……”

“有饭吃你就知足吧，你是忘了以前怎么过日子的吧？要不再干回本行？这屋里还能多一份口粮。”

他瞪了我一眼，忽然又像是想到了什么，鬼鬼祟祟凑到我耳边。

“陈府下午有大婚，我今天在街上瞎逛的时候，看到好多厨子搬着点心吃食进了他们家后院。我们去弄点儿？”

我心中一动，嘴上却还在犹豫："算了吧现在这样也挺好的……"

"南小弟不是我说你啊，男子汉能不能别那么扭扭捏捏的样子，你口水都流下来了。"他拍了拍我的肩膀，一副语重心长的口气，"老谢也天天吃这些东西，你就不心疼？"

我瞄了一眼弓着身子舀汤的老谢，心里一酸，咬了咬牙。

"要偷就多偷点！"

他抓着我肩膀的手用力一捏："必须的！"

……

"胆小鬼，你给我过去点啊！"

"我这儿也没地儿了好吧，半边身体都在外面了！"

这里是陈府的正门，赶牛车的车夫总感觉有点不对，不过都进了门，便也没有细想，只管把车上堆着的干草送到。

"噗……"

两个藏在牛车干草堆下的人顿时脸一黑。

"牛也会放屁？"

"坚持住！别说话！"

一分钟后，陈府正院忙里忙外的所有人听到一声闷吼。

牛车上的干草爆炸般冲天而起，随着跃出的是两个面色铁青的少年，拉车的牛受到惊吓，竟发了狂，一边吼叫一边满院乱窜。

"实在憋不住了，太臭了，我受不了了！"他获救般急喘着气。

"我跟着你就没遇到过好事，现在怎么整？！"

人群见到惊牛便炸开了锅，纷纷四散而逃，一时间整个院子像是被掀了个底儿掉，倒也没人顾得上这两个不速之客。

"一不做二不休！走！去后院！"他咽了咽口水，狠声说道。

混乱中，两个少年悄悄地矮着身摸墙去往后院……

“快点装……这个好像也很好吃……哇，喂你看那个……”

“你给我轻点！”

我和他蹲着身子在厨房的最后排灶台上，陈府的厨房大而宽敞，而且不止一个，下午是陈府千金大婚，大厨们已经在准备一些冷食的点心，他们紧张有序地作业着，丝毫没有注意到后面两个偷偷摸摸的身影。

大嘴是陈府的老厨子了，一身做点心的好手艺在陈府也是小有名气。老爷吩咐下来要赶制两百份桂花糕，他方方正正的脸上淌着汗珠，手下却细致平稳，切出的面糕不薄不厚，一只只摊在桌前，功力可见一斑。

右边的一颗颗樱桃整齐排列着，那是他的特色，桂花糕上总会缀一颗樱桃，增添口感。

还剩十五块儿没有点上樱桃的桂花糕的时候，只有十三个樱桃了。他晃了晃眼睛，大概自己从一开始就少配了两个。

又做了一个，嗯，只有十一个了？记性不好了，唉，这年纪……是要找个徒弟了……

他忽然听到一阵细语。

“樱桃就不要拿了呀，拿糕！”

“本大侠还没吃过樱桃呢，顺几个尝尝味道！”

“我都和你说了轻点！”

“你不要用那么响的声音和我说轻点好不好！”

话音未落，江执察觉到什么一般抬起了脑袋。

一个国字脸大叔一脸疑惑地看着两人，他还没有反应过来，以为是厨房收了年轻的厨子。

可他看到两人腰间鼓鼓囊囊的小包就明白了，乱世的离城，偷吃的可比偷用的多。

“抓——小——偷——啊——”

我叹了口气，拉起江执便跑。

江执手疾眼快，被我拖走的时候木刀出鞘，精准地撩落了门帘。几个大厨脸被蒙住视线不清，跌在地上摔了个狗吃屎。

“走后门，翻墙出去！”我撩了撩袖子，右手赫然是支小弹弓。这是我自制的单手弹弓，大拇指和食指作弓架，松开中指便能发射。

府苑的卫士终于也被惊动，从前面拥出，我选准了时机，从口袋里摸出两枚准备好的石子，用弹弓击在一个宽匾挂钩上，匾额应声而落，砸在来人面前。

“哇，技术活儿，不过还是胆小鬼干的事！”

“你夸人就好好夸！”

前路不通，我们便左拐进了一条小路，小路尽头是道矮墙，看来老天爷还是公平的。管他外面是哪里，先翻出去再说。

一瞬间，我感到整个身体被锁定了，那是一种突然间的僵硬感。

完全是下意识，我侧身向左一避，重重撞在了侧面的一根门柱上。

一支羽箭的箭头没入了我的右臂，疼得我一龇牙，丧失了平衡摔在地上。

远处，一个看不清面貌的中年男子缓缓放下手中短弓，缓步走来。

“你快走，把东西带上。”右肩烧灼般剧痛，我走不了了。

江执没有说话，他的头压得很低。

“走啊！你在想什么？一起被抓吗？你听我说你如果……”

“那个人。”他的语气没有任何感情，我从没有见到他这样冰冷的样子。

“那个人射箭是想杀死你的。”

我心下一凛，其实我中箭的那一刻就做出了这个判断，若不是我多年练箭造就的直觉，怕是现在已经归位了。

可我没想到江执也能敏锐洞察到这点。

他的脸上被阴影覆盖，我看不清他的表情，一时院内所有的嘈杂都被屏蔽，从他的身上散发出一股压抑和狂暴混杂在一起的气息，像是要把空气都冻结。

我忽然又想起初遇时在那堵高墙前被一瞬间凝固的空气。

“别，我被抓住也没有关系，最多只是一顿揍而已，你不要惹事！”

“他动了我的刀。”

那时，我还不明白，世界上有什么事情是不能原谅的，有什么事情是比活下来还重要的，不知道他的刀还好好地安在背上，为什么就有人动了他的刀。

世事纷乱，我只是一条讨食的野狗，只要能活下去，怎么样都可以。没有什么是不可以妥协的，这一箭射不准，就不要射，只要活下去，总能有下一个射箭的机会。我一直这样告诉自己。

直到我见到了阴影下他的眼睛，忽地想起了他与老谢的一段对话：

“刀这东西啊，就是执念，我听说人的执念会附在刀上，刀就有了灵魂。那刀就不再是刀了，它会变成人的心愿。”

“老谢你原来这么有文化啊，我没见过爹娘，‘江执’这名字是我给自己瞎起的，起得真是棒啊！”

“呵呵，年纪大了道听途说的东西总是有很多的。”

执念。

那双眼睛像是一口没有底的井，没有情绪，没有色彩，没有感情。

抛却了一切，透过人群锁在了远处一个模糊的身影上。

卫士从拐角拥出，挡在男子前面向我们冲来。这一幕是如此似曾相识。

可这次，我知道他不会再跪下了。

他缓缓取下木刀，迈出右脚，遂成弓步，身体沉得很低很低，头几乎要触到了地面。

刀鞘在左手，右手握住刀柄，他的整个人成为一条优美的流线。

远处，那个持弓的男子脸色剧变，不顾形象地向左纵扑而去。

在这之前，一粒石子从身后打中了少年的后颈。

我的右手已经麻木地失去了知觉，为了刚才那一击我用尽了剩余的力气。

“对不起。”我靠在墙上无力地说。

他缓缓倒下，卫兵们迎了上来，把我们制住。

“还给你们，都还给你们，是我们错了，我们不该偷东西的！”我喊。

“老爷，怎么办？”

我的头被按在了地上，只能竭力向上转动着眼珠，发现被他们称作老爷的人正是方才那个持弓男子。

“绑到后院，打残了。”他看了一眼倒在地上一动不动的少年，神情有些复杂，“刚才疯牛的动静也是他们弄出来的，大喜的日子遇到两条野狗，晦气。”

“老爷，有一个自称是小姐的公公的老人求见，我们不确定……”

没等他把话说完，一个捧着只生锈铁盒的老人从他身后挪出，重重一跪。

“老谢！”我失口惊呼。

“陈老爷，这两个是我孙子，我管教不严，我所有家当都在这里。还请老爷放他们一马，他们还年轻。”

“是还年轻，一个能躲过我的箭，一个差点把我杀了。不是看在那个小东西算作是救了我一命的分儿上，我就把他们打死了。”陈老爷冷笑，他的眼睛锁死了地上的江执，仿佛看着一个巨大的威胁。

“都是很好的孩子……要打便打死我吧。我保证他们永远不踏进陈府半步。”他把额头死死顶在了地板上，那个又瘦又小的身影就这么跪在那里，孤零零的，一阵风好像就能把他吹倒。

“爹爹，今天是我大婚的日子，饶过这两个孩子吧。”一个面容颇为姣美的女子走了过来，脸上的妆容还没抹匀，轻声地对家主说。

“哎呀你怎么也来了，去里屋待着，快些准备。爹答应你，放过这两个孩子。”

待少女走远后，陈老爷凝视着眼前那个枯瘦的老人，神情颇为不甘。

“今天是我女儿大喜的日子，我就放过他们，你也记住你说过的话。”

“我兑现我的诺言，放过孩子。”他阴阴一笑。

“打断老头一条腿，放他们三个走。”

他深深地看了一眼昏睡在地的江执，一丝阴狠之色从他脸上划过。

4

江执自那以后便变得沉默了，他再也没有那副嘻嘻哈哈的样子，每天都是一个人静静地练刀，我不知道他是不是没有原谅我，这也不重要了。

在那以后的几天我都会无数回想起老谢在我眼前被打断腿的情景，陈老爷离去后，他又重重磕了一个头。

我忘不了，他当时还说了一句“谢老爷开恩”。

老谢的腿瘸了，整天只能躺在床上了。或者就是撑着拐杖坐到我们从城外捡来的躺椅上，他很喜欢这样，能看到屋外的风景，偶尔会有来买包子的，他就看我和江执忙活的身影。

也许江执原谅不了我，我何尝能原谅自己呢，那时候的我，感觉所有的血气都要冲出体外，我想夺过江执的木刀，挣脱开一切，不让他们打断老谢的腿。

可我挣脱不开，脑中不断有一个声音告诉我，这样做是对的，这样大家都能活下来，我不能不冷静，那样会辜负老谢的心意。

“到底是陈府的点心，这个好吃，来尝尝看。”

三人之中，老谢反而像没事人一样，除了身体不便，对我们依旧如以前那样，只是看到江执的变化，老人家的眼中始终会闪过一丝黯然。

“我不怪你。”他的刀挥到一半，忽然开口，我正搭弓射箭，成功穿透了一片绿叶。闻言后我放下了弓，也不知道说什么。

“如果你那时没有阻止我，我们都会死的，老谢、你、我，都逃不过。

“总是有那么多的不如意，我们做了那么蠢的事，老谢半句话也没有说，我倒想他骂骂我们。

“小南，我想变强，我还是要做天下第一的刀客，我还太弱了。”

他的神情很严肃也很认真，我没有接话，依旧沉默着。

过了很久。

“喂。”

“嗯？”

“教我学刀。”

两年后，唐国都城昌阳陷落，唐哀帝退位，遂与数十忠臣投井自断。乱世烽火彻底点燃，昌阳在一月内便三易旗帜，余下守兵空虚的城池更成了群雄眼中的香饽饽。

离城的街上已经看不到人影了，还留在城内的百姓早已对土匪流寇的侵袭司空见惯，还没逃走的多是些从小在离城长大的老人，已做好在此老死的准备。

土匪流寇算什么呢？军队攻进来也只是迟早的事。

逃走了又能去哪里呢？无非也是沦为流寇土匪而已，在时代的车轮面前，任何人都会被裹挟进滚滚洪流，身不由己。

“走吧，你们俩，别在这里陪我这个糟老头子等死。”老谢晃着蒲扇悠悠看天，“世道越来越差了。”

“老谢你又要赶我们，离了这铺子咱们吃啥去？”江执笑了笑。

“要走也一起走，老谢，你赶不走我们的。”我挥出一记完美的斜劈，把刀收进了鞘。

常在离城周边晃悠的土匪都知道，离城有两个地方去不得。城西一间不起眼的小铺子抢不得，那里面有两个怪物一样的年轻人。城中的陈府去不得，里面有家主亲手训练的一支亲卫队，没有一支正规军是无法撼动的。

“呵呵……我就不走了，万一有人回来见到屋子是空的，会伤心。”老人说完叹了口气。

“已经两年了……”我有些伤感。

“保家卫国的都是英雄，老谢，你的儿子和我一样，都是顶天立地的好汉。”江执啃了馒头，感觉衣角被扯了扯，一个孩子可怜兮兮地看着自己手里的馒头，江执苦笑一声，把馒头递给他。

这里不知不觉已经成了离城无家可归的孩子们的聚集地，因战乱逃亡的父母都把孩子视作累赘，好心的老谢就把他们都收留了下来。

“挺好，也挺好。我从小就告诉他可以没有出息，但是做人一定要有良心、有担当，他为国战死，我进棺材也能瞑目喽。”老谢说着说着眼睛又红了。

“可没人来报丧，心里总还是有个念想的啊……”

我和江执都没有再说话了，暮色已沉，天空是一片暗淡下去的红色，凝重的余晖洒在眼前的石阶上，像一层层暗红的皱纹，给人以莫名的沧桑感。

只有几个孩子舞着树枝，绕着我练箭的那棵大树嬉戏，欢笑玩闹声不绝于耳。

“嗖！”

弓箭破空的声音。

我看都不看，抽刀挡在耳前，一声金属的脆响过后，羽箭落在了地上。我循目望去，一个面相蛮横的男子站在远处的墙头，似乎有些不服气，手伸进了背后的箭袋就要取箭。

我并没有给他机会，碎石从手中的弹弓激射而出，打在了来人的眉心上，那人闷哼一声便栽下墙去。

我刚想喘一口气，耳边响起了江执的打杀声，回头一看，他已经与四五个持刀的恶匪对峙起来，我刚想取弓帮忙，耳边又是三声尖锐的箭啸声，我瞬间判定了左侧的两棵大树上还有三个弓手。

这是一次有计划的袭击，来袭的土匪一定是有组织的，和以往的最多三五成群散匪不同，按照这个阵势，人数应该有十多个。

“快进去！”孩子们显然是被吓坏了，哭着蜂拥进了屋子，我挡在他们身前，又用刀格掉两箭后，把最后一个孩子推了进去，飞快地取下了挂在屋里的弓箭和箭袋，随后重重把门一推，“发生什么事都不要出来！”

我连取三箭，将长弓横在胸前，箭头呈扇形排开，低喝一声便将箭矢爆射而出，半空的箭影倏闪而过，十几步外树上的三人没来得及反应便中箭坠落。

“蹲下！”

江执默契地缩身潜下，一箭瞬间射入他眼前男子的胸口，他身形不停，与正缓缓倒下的男子擦肩而过，回手一记凌厉的半月斩，中刀那人甚至还没意识到身前的同伴怎么了，错愕地看着自己腰间突然冒出的血花，不甘地倒了下去。

“喂，你后面。”

后颈扑来一阵劲风，我下意识一个前冲后转身，横弓掩面，两个肌肉壮实的大汉面对着我，面容相似，应该是同胞的兄弟，他们手上握着锋利的马刀。

“装备很精良嘛，看来是能说话的，你们是什么人？来了这么多兄弟，不会只是为了抢几个包子吧？”我一边说着，一边去弓抽刀，不敢大意。

两兄弟却是理都没有理我，马刀裹起刺面的快风迎头劈来。我从容避过后施展开身形，伺机准备反攻。

江执好像下线了，不知为何没有见他上来帮忙。

我来不及细想，眼前两兄弟刀功甚好，动作丝毫不带花哨，一看便是死人堆里磨炼出来的杀人刀，配合和默契也相当不赖，一刀后定接有第二刀，不给我喘息的机会，我根本找不到好的机会出刀，只能勉强地躲避着。

他们的刀势越来越猛，我有些心急，却仍是找不到空当，没有把握递出手中的刀。躲得越来越勉强。

耳边传来一阵叹息。

一道刀光闪过，那两人仿佛被点了定穴一般顿在原地，等想举刀的时候，发现手已经被切断了。

江执归刀入鞘，脸上有一道浅浅的血槽，左腰的衣服也裂了一道大口，却没有见红。

“胆小鬼，你用了这么久的刀，还是太胆小了，用刀打架，想得越多死得越快，笔直往前冲就可以了。”

“敢情这小鬼拿我们给朋友练级呢。”一个大汉居然还是幽默的性子，丧失战斗力后还很镇静地开起了玩笑。

“闭嘴，我们都快死了！”另一个大汉喊道。

“行了，你们是谁？说吧。”江执有些不耐烦。

“我们是谢军头的手下。”

“谢军头？”

“谢军头是我们这百号土匪的老大，是个能从白河之战中活下来的主，战败以后他就在白河一带做了土匪，我们跟着他到现在。你们不认识他也正常，我们是最近才到离城的，听说老大就是在离城出生的？”

另外一人答道：“好像是有那么回事儿，今天也算我们点子背，人生地不熟就不该来开荤的，这刚进城就遇到这些要命的主……”

我觉得他们的话有些多了，顿时警觉起来。

果然，破空声。

来不及了，我把刀对着江执背后飞掷出去，只见一道白线如闪电般划过，撞击在我的飞刀上。

“转移注意力失败，惨了。”一个大汉的面色早因失血过多而泛白。

屋顶有一个人影一晃而过，

“保护好老谢，我一定会找到他！”

白河、谢军头、土匪，我当然知道他在说什么，但我有种很不好的预感。那一箭有些熟悉。

“别去！有问题！”

“你在这里不要动！”他不再解释，翻墙追逐那个跳下的人影而去。

我伸出了手，仿佛想要抓住什么。忽然没来由想到第一次我同他见面，他从集市上纵墙跃过的那一刻。

“他回不来了。”

“嗯。”

月亮出来了，两个大汉望着初初晕开的夜色喃喃自语，不知不觉中手腕处断面的血已经汩汩流了一地，他们昏死了过去。

5

江执没有回来。

“醒了。”老谢往地上扔下一捆暗红色的绷带，眉宇间露出喜色。

“老谢你先出去一下吧，我有话得问下他们。”

“好嘞……”他犹豫了一下，“小执还没有回来……”

我笑了笑：“放心，他们一定有线索。”

门掩上后，我把头凑近他们耳边。

“关于谢军头的事，在那个老人面前千万不要提起，否则我会杀死你们。”

两人初醒，还是懵懵懂懂的一副样子，下意识点了点头。随后一个人像猛地惊醒一般，堪堪反应过来。

“哇，西瓜，我们没死？”

被叫作西瓜的那人反应更慢，闻言后五秒才忽地坐起：“没死！是没死！香蕉，我们还活着呢！”

“你们到底有没有听我在说话？”这两兄弟不打起架来看上去也有些愣头愣脑的，我有些汗颜。

“你为什么要救我们？”西瓜歪着脑袋，不解地问。

“门外那老头是个烂好人，没有手你们活不下去的。我还有些事要问你们，可能还要拜托你们帮忙去找我的朋友，当然，你们现在离开我也不会拦着。”

“啊！你们不是捕头吗？这城里的捕头就住这种破地方？”

“谁是捕头？这座城里早没有捕头了。”

“哇哇哇，香蕉！那个家伙骗我们！我们被骗啦！”西瓜急得跳脚。

香蕉的反射弧好像特别长，愣了半天才反应过来：“骗我们，他骗我们！”

“兄弟们都白死了！”西瓜愤怒的声音里透着哭腔，“一定要回去找他算账！”

“你们不要急，我也会去找他算账，到时候你们把我带上。你们说被人骗我不知道是什么意思，我和你们一定是无冤无仇的，能不能先告诉我昨天到底是怎么回事？”

“我们已经没有手了，你答应帮我们杀了那个骗子，我们就把知道的都告诉你。”

“我答应你们，我说过，我一定会找他算账。”

“这事得从头说起，先说结论，夏国的大军马上就要打过来了。”

“怎么回事？”

他点了点头，择了一个舒服的姿势靠在床上，开始把他们的经历娓娓道来。

谢归是谢军头的名字，白河之战后，他所在的军队全军覆没，谢归则在战斗时被冲锋过来的战马撞晕过去，醒来后他躺在死人堆里，战斗已经结束了。他卸下盔甲拖着身体到了一处城镇才听说了唐军战败的消息。

恰好一伙土匪洗劫了这座小城，谢归算是个壮实能干的汉子，便被土匪收了做个打手。谢归一开始极为抵触这样的生活，却也身不由己，也没有勇气寻死，不多久也习惯了土匪的生活，在一次抢劫商队的时候没注意到后面有朝廷的军队暗中埋伏护卫，土匪团吃了大亏，大小当家尽死。谢归功夫了得，气度也不凡，被众人推上了当家的位置。

被招安是最近的事。

说是招安，其实是被夏国的一个将军看中了百来号人马，也可以算作一个编制。每月给了固定的银钱，外封了一个谢字营的编号。

唐国，准确说是前唐国，已经彻底乱作一锅粥，离城虽然不是什么资源丰饶、人民富足的地方，战略位置却极好，夏国图谋已久，近日便准备强攻了。

谢字营昨日派他们这支小队是来踩脚的，后日便是夏国的千人大军前来攻城了。

“江执……”我吸了一口气。“为什么你们昨天说江执回不来了？”

“我说吧。”香蕉叹了口气，接过了话。

“夏国的将军派我们去和陈无谅，也就是陈家家主交涉，我们来城西与你们开打的前一天便有其他弟兄来过了，陈无谅答应夏国进犯的时候放弃守城，五百亲卫队此后为夏国效力。夏国则许诺陈家的封地不变……”

“五百亲兵守城，夏国不一定打得下啊……”西瓜接过了话。

“那为什么突袭这里？你们前面还嚷嚷着什么被骗的，是什么意思？”

“陈无谅和我们说这里有两个捕快，统领城内百来号捕头，定是不会归顺夏国的，让我们先除掉，我们现在才知道被骗了，他想借我们的手杀掉你们。”

那支熟悉的箭，原来是他。

“这是私人恩怨，陈无谅恨我们，平日里顾及陈府名声于是暗中使坏。”我冷笑，“其实何必这么心急呢，后日攻城……他是怕我们得到消息跑了吧，两年前的耻辱就永远洗不掉了。”

我站起身，拍了拍袖口。

“西瓜、香蕉，走得动路吗？”

“走得动，你是要……”

“怕死吗？”我洒脱一笑。

“我要带他回家，也帮你的弟兄报仇，就现在，领路。”

城外数里，山脚下。

“就在这上面。”西瓜说完后小心翼翼地瞄了我一眼，“这座山曾经驻扎过离国的边境军，我们稍微打理了下，就当作老巢了。夏国的先锋军和两三百号弟兄都在上面，你真的要上去……”

“小心些，走小道，先探探情况。”

山路间静悄悄的，一路上阒无人影，唯有蝉鸣不绝。看得出西瓜和香蕉有些不安。

“平日里这会儿是开饭的时候，不该这么安静的……”西瓜四处张望着，忽然眼睛一亮，随后把手背到身后，拉下了脸。

“咳，喂，二子。”

远处是一个蹲在树边的男人，一动也不动。

西瓜“嗯”了一声，大步上前，我和香蕉紧随其后。

那是个丑陋的男子，五官都扭曲在了一起，猥琐至极，长了一张鼠脸，此刻他的身子缩成了一团，瑟瑟发抖，仿佛听不到任何声音。

“喂！二子！”西瓜晃了晃他的肩膀，在他耳边大喝。

“啊！啊……”二子仿佛从梦中醒转，眼睛瞪得滚圆，嘴巴微张，看着西瓜却说不出话来。

“死了……都死了……”他抱着头。

“死了……死了……都在前面……”他不断重复。

我再也等不下去，心脏如鼓点般急促地跳动，仿佛要离开胸口。一种惊慌铺天盖地般笼罩了我的周身，我飞奔起来。

穿过树林小道，是一片开阔的平地。

一个熟悉的背影静静地跪在那里，他拄着刀，头低垂着。

身边的一具尸体，身上有数不清的箭伤，看到那张脸我便明白他的身份，和老谢太像了。

以两人为圆心的方圆十丈，没有一个人。十丈外，歪歪扭扭的尸体倒成一片，屋墙上到处是喷溅的血迹，有数具挂在窗边的尸体，血从高处沿墙流下，凝固成了暗红色的粗线。

空气中弥漫着令人作呕的血腥味。

江执死了，他仍握着刀。

我哭不出来，我感觉心口被什么东西堵塞住了，堵得我喘不上气，四周的景象在快速地旋转、变化。我又看到那堵他翻跃而出的高墙、喧哗追逐的人群，看到树下两个长年累月的练刀身影。耳朵嗡嗡响着，什么也听不到，脑中反复回荡着一句“天下第一”。

西瓜和香蕉也已经赶到，他们愣在原地，回神过来时西瓜一肘击在被香蕉拖着的二子脸上。二子痛哼一声，眼睛恢复了一丝清明。

“瓜爷！你们回来了……”他忽然意识到了什么，号啕大哭。

“寨子完了啊！”

他带着哭腔断断续续转述了昨天的事。

与西瓜、香蕉转述的一样，山寨由一支小小的联军组成，谢归的人马、夏国的先锋军、陈府的家兵，这几天的踩点结果已经很明确了，离城和一座空城没什么区别，陈家兵是唯一的有生力量了。说是攻城，夏国将军不过是进城罢了。

最后一支探风的人回来了，可只剩了陈无谅一个，陈无谅说城里还有两个少年功夫了得，主动寻上门说什么为民除害，十几号弟兄全军覆没。他看起来很不甘心，对将军说攻城那天定要亲自率兵把他们碾成碎片。

“狗屁！是他要借我们的手杀他们！弟兄被蒙在鼓里死光了，他倒推得一干二净！”西瓜打断了他，愤愤不平地说。

“让他说下去。”我茫然地注视前方，声音如一道飘摇的细线。

二子倒也逐渐镇静了下来，能把话说顺了。

“可是他不知道自己被人跟踪了，挎着木刀的少年摸黑上了山，他胆子太大了，直直到了大伙眼前，说要找谢归，我们都以为他是个疯子。大伙还拿他取乐，那人理都不理，只说要找谢归。

“老大也觉得他有点意思，笑着问他有什么事。他说了什么我当时也没听清，就看见越说老大的脸色越凝重，那人一开始叫嚣得很，说到最后居然朝老大跪了下去，说什么跟他回去。大伙都在笑，就我看到老大的眼睛其实也红了。

“那人就跪在那里，头低低的。大伙开始不耐烦了，夏国的将军也从屋里出来，说莫要让这小子扰了军气，他知道了我们的所在，多一事不如少一事，尽早杀掉。

“老大也不知道为什么，说先把他关起来。那将军没说什么，时间不早，那小子被绑住扔进柴房后这场小风波就算过去了。军人和大伙儿就都回房休息了。

“一切都发生在入夜之后。

“当家的居然去了柴房找那个小子，结果给他松了绑，两个人就准备离开屋子。

“我就是那个时候被叫醒的，就听到门外有人喊大当家勾结离城的人，要在大家兴兵的时候里应外合摧毁联军。我出门的时候大家就都跑了出来，看见当家的和那个小子在一起。”

“那个程将军！我早看他不是什么好鸟！我相信老大一定有难言之隐的啊……”二子说到这里又有些哽咽。

“夏国的程将军原来一早就想从谢归手里接过管理土匪的权柄，他不相信外人，一直在等待机会铲除谢归，那天傍晚他见谢归的神情不对劲，就多加了两人入夜后秘密在谢归的房间监视。这是我事后的推测。”

“我跟了老大那么多年，就没见他哭过，昨天是第一次。”二子抹了抹眼泪。

“老大哭了，他就说了一句‘带我回去’。

“那个刀客说好。

“程将军当场下令，诛杀叛徒。

“那个刀客太强了，没有兄弟能近到他身边，我从来没见过那么快的刀，根本看不清轨迹。他一路从柴房杀到了这里。

“可那毕竟只是两个人啊！程将军一边指挥一边下令，杀掉刀客的人直升百夫长。几十个弓箭手在屋顶树上就位，明地里有无数不怕死的军人冲杀，暗地里还有数不清的刺客。

“那把刀挥着挥着就越挥越慢，回过神的时候谢归已经死在他的身边，不再动弹。

“大家都以为那个刀客死了，将军挥手下令齐射，可那个时候刀客突然动了一下。

“就一下。”

“那是一双什么样的眼睛啊……黑得能把人吞掉……”二子又回想起了那种恐惧，身体不住地发抖，西瓜拍了拍他的背，他缓了缓气才继续说了下去。

“那个刀客最后挥了一刀，挥出了这十丈的圆，所有在里面的人都被瞬杀了，军人、土匪、弓手，没人能反应过来那一刀。

“刀客最后说他叫谢执，他最后一句话说，好像要把刀交给什么小南……

“刀客挥完那一刀便再也不动了，陈无谅在很远的地方射出一箭，被程将军一刀挡住，说这是一条好汉，他已经死了。刚才那一刀是世间刀术的巅峰，他若在圈里也避无可避。

“大伙儿都完了……”

程将军高呼逆贼已除，若弟兄们信得过他，就由他领兵杀进离城，带大家吃香的喝辣的，进了城，做什么都可以。

最后只留下了几个人而已，所有的土匪都跟着他下山集合，准备汇入正规军，进行后日最后的攻城。

“二子，你也是有义气的人啊！”香蕉听完后愣了很久，反射弧传达到了时候，终于放声大哭，“咱们的家没了呀！”

西瓜也用手臂抹了抹眼角：“狗日的要不是我不在……”

我缓缓站起了身。

他们三人都停下了抽噎，见到我有动静，不敢发出声音。

“不是要做天下第一的刀客吗？

“你江执何曾下跪求过人？

“不是说等你回来吗？”

我轻轻解下背后的弓箭，从口袋里也摸出了弹弓，朝天空抛掷而出，注视着它们落下山崖。

我背起了江执。

我把他的木刀拔起，悬在左腰。

从此，我左手木刀，右手铁刀。

“背上你们的老大。”我转身面朝山下。

一颗眼泪从空中滴落，渗入泥土，我坚定地望着北方，那是离城的方向。

“走，我们回家。”

6

我把江执埋在了城南的土里，那是夏国大军来的方向。

见到谢归的尸体的时候，老谢没有流很多眼泪。

“回来就好。”他轻轻说。

我没有告诉他谢归做了土匪，我说，谢归始终带着一支游骑，与夏国战斗到了最后一刻。

老谢，看起来又老了。

“军队这两天就要进城了，我们恩怨已清，你们走吧。”

香蕉、西瓜、二子三人久立在谢归坟前，一言不发。

“这里就是老大的家。”西瓜低头看着自己缠满绷带的手，又把眼神瞥向在一边躺椅上对着坟墓发呆的老人，“老大死前还心念着这里……”

“蕉爷、瓜爷，我想好了。老大死的时候我胆子小，没敢冲上去陪着他一起死。”二子似乎没了初见的那种唯唯诺诺的性子，神情很平淡，他缓缓把一盏黄酒洒落到谢归坟前，“你们走吧，我没能守住老大，可想帮他守住——哟！”

香蕉不等他说完，狠狠用脚蹬了他的屁股，二子一个踉跄，险些摔个狗吃屎。

“奶奶个熊的，在我们面前还装酷？”香蕉咧大了嘴，“谁要走了，别自说自话。”

他又对西瓜无奈笑了笑：“没了一双手，好像还被原来的小弟看不起了，真憋屈。”说完他上前一步，把二子拽了起来，拍拍他的肩膀。

“你小子有义气，话说明白了，现在寨子就剩我们仨，老大的家就是我们的家。老大的爹就是我们的爹。”

“我们谁都不走！”

西瓜沉默不语，径直走到二子面前，用肘夹住了剩了一半黄酒的杯子，来到江执的坟头前。

“砍我一双手，是本事，我西瓜服气。”他弯下了腰，有些艰难地把杯中酒洒向江执的坟头，“那天晚上的一刀我没看见，可就凭你的胆识和情义，我西瓜佩服。”

他对我洒脱一笑：“何况，我们还有一笔账，只能靠小哥你帮我们算了。”

看着这三个人，我默默地把手中的酒杯翻转，黄酒在空中洒落，一连串的水珠里，我仿佛又看到了许多怅然若失的光影。

我提了提左手刀，别过了头，右手手指并拢向上举高，不让他们看到我混着泪水的笑颜。

“多多指教。”

孩子吮着手指，好奇打量着树下枯坐的少年， 他盘腿坐着，好似睡着了一般，双手叠在一柄木刀上。

他往那个少年坐的地方凑了凑，用手拂去他肩上的落叶。

“小孩，你叫什么名字？”

我睁开了眼睛，把隐隐颤鸣的木刀收回腰间。

“我叫唐遥。”他怯生生地往后退了退，“大哥哥你在干什么？”

“练刀。”

“坐着也可以练刀吗？”

“可以的，哥哥在回忆很多很多事情，把它们都记在心里，永远也不要忘记，刀就厉害了。”

“刀就厉害了……”那个孩子喃喃自语，望了一眼我腰间的木刀，神色忽然兴奋起来，“我也想练刀，大哥哥可以教我吗？”

我起了身，大片的树叶从我身上抖落。

“那不一定。”

“唐遥，你有没有，拼了命都想守护的东西，无论如何也要完成的愿望？”

那个孩子抿紧了嘴唇，低头沉思了片刻，犹犹豫豫地抬眼，最后鼓起勇气凝视着我。

“我从小就在离城长大，听说军队要打过来了，可我不想走，我也没有地方去。我喜欢这里，想永远待在这里……”

“了不起。”我对他温柔一笑，摸了摸他的脑袋，“你会成为很厉害的刀客，可我没有时间了，也许只能教你一刀，也许，一刀也教不了你。

“但是记住你的心愿，不要忘记它，然后挥刀，拼命去挥刀。你终有一天会变得很强。”

孩子似懂非懂地点了点头。

我向屋里走去，香蕉、西瓜面色凝重地看着我，没有说话。

我对着他们点了点头，又最后回望了树下的那个孩子一眼。

“这里，就拜托你们了。”

7

那一天，我和老谢聊了许多。

聊我没有遇到他俩之前的狼狈，聊第一次遇见江执他是如何坑我，聊那一次他本该出刀却转身下跪，聊偷糕点的时候那个笨笨的大厨，聊自己的刀总是被江执笑是胆小鬼的刀。

老谢和我聊门前的柳树，他出生的时候它还是株小苗。聊谢归的小时候，总是故作坚强，其实不过是个爱哭鬼。聊他怎么学会做的馒头。聊这个乱世，他只想有一个小小的家。

“我已经是一把老骨头了，半只脚踏进棺材里了，小执走了，小归走了，你也要走吗？”

门外，西瓜和香蕉陪着孩子玩闹，孩子们都喜欢这两个憨傻的大汉，因为怎么打他们也不疼，怎么开玩笑他们也不生气。

不像江执，动不动就吹胡子瞪眼，摆出一副天下第一刀客的架子。

“老谢，我得走啊。

“有一刀，我无论如何要让江执看到。”

门外的嬉闹声停了，两个高高壮壮的大汉，此刻泪流满面。

我站起身，拔出了右手边的铁刀。

右手一扬，白光闪动，整间屋子回荡着刀的嗡鸣。

刀插进了屋内的地板。

我重重下跪，连磕了五个响头。

“在下，谢南歌，谢爷爷两年养育之恩！

“替谢执，谢爷爷两年养育之恩！

“见刀如见我！”

城外响起了铁蹄声。

少年离去的时候，老人扔下了拐杖，爬向屋中的烛台，颤颤巍巍地点下三炷长香，对着烛台长跪不起。

城外。

千人的兵马悠悠踱来。他们的表情祥和悠游，准备就这样进入眼前的空城。

今日的风却有些大，城门外的黄沙纷纷扬起，风吹过城头，隐隐传出呼啸的声音。

一个士兵眨了眨眼睛，随后用手扶住额头对着一个方向眯起眼来，露出了疑惑的表情。

风势小下去的瞬间，他定睛凝视，待尘土的黄幕落回地面，这才相信自己没有看错。

而所有随行兵马，也都看到了，路的尽头是一个孤零零的少年。

“呵呵，这一座空城，你要守护什么东西呢？”陈无谅解下长弓。

“就满足他吧，程将军。”看到眼前的人微微点头，他沉声传令。

“全军冲锋！杀进离城！”

不知道为什么，我一点也不着急。

曾经的我，也许正拼命降下城门，嘶声劝服老谢离去，然后大家都好好地活下去。

可现在，我一点都不急。

冲锋的大军已经有些近了，我能看到士兵们铮铮作响的盔甲，能看到马蹄扬起的黄土，能看到骏马奔驰间流动的肌肉。

“谢执你说得对，人生还真是有许多不如意啊。有时候活着拼命只想保护一样东西，都保护不了。

“你当时也像这样孤独吧……我感觉好孤独……

“你总说我是胆小鬼，说我犹豫，说我想太多，那我也学你一回吧。”

我紧了紧刀鞘。

“天大的事，也不过一刀的事。”

我缓慢出脚，第一步。

仿佛闲庭信步一般，我惬意地一脚一脚踩在脚下的土地上，这让我有种安心的感觉。

前进着，我享受这样的感觉。

陈无谅看到眼前那个人散步般悠悠走来，他的步频不变，可似乎越走越快，那是一种诡异的感觉，仿佛一连串从空中滴落的水滴。

那个由慢至快的刀客逐渐化作一团残影，然后变成一支激射的裂矢，最后化作了一颗燃烧的流星。

直冲大军。

他的左手按着刀鞘，右手紧握刀柄，却不曾出刀。

陈无谅终于明白了，他整个人就是一把刀。

大军在一瞬间被分作两半，那人丝毫没有凝滞，陈无谅看到，那人在对自己微笑。他心中一凛，飞快地掏箭搭弓。

那人的右腰被长枪戳穿。

那人的肩膀被弓箭透过。

可他的速度仍旧不减，他也仍没有出刀。

“喂。胆小鬼。”

“叫我？”左手被一刀切断，我的意识已经有些模糊。

右手仍死死握住刀柄。

“看来这一刀能像点样子。”

“我不一定能挥得出呢。”

左脚被砍断，我用尽右腿的力量奋力一跃。

我想到了谢执那时挡在我身前，始终没有出鞘的那一刀。

于是在空中我弯下了腰，把头压得很低。

仅剩的右手握着刀柄，横在左腰边。

“我帮你。”

恍然间，仿佛有一只手同我一起握住刀柄，我能感受到那双手传来的沉稳坚实的力量。

刀出鞘。

天地被一声嗡鸣彻底占据，那阵嗡鸣声仿佛使时间停止了流动。

那一刀，向南。

陈无谅正在估算距离，他有把握在这个距离准确地将箭射入那个将死刀客的脑门儿里。

可他错了，他只来得及见到一圈圆弧，便感觉身体一轻，自己高高地飞到了半空。

那是一圈宁静的圆弧，泛着淡淡的白光，他甚至能看到腾飞的细小沙砾，在阳光下微微反射着那阵白芒。

他的眼珠朝下一转，那个圆弧便开始扩散，伴随那阵不止的嗡鸣声，地上的黄土开始开裂，大片大片的土块被掀到空中，随后被搅得粉碎。

以自己无头溅血的身躯为圆心，气流在紊乱地狂舞，那道弧光像无刃的镰刀，所过之处，人仰马翻。

地面上现出一道百丈的裂壑。

他最后朝上翻转眼珠，那是他生命中的最后一幕。

一碧如洗的天空，层云被彻彻底底整齐分作两边，如两道堆积而起的白色巨浪。

空缺处是一把横亘天际的刀。

“刀这东西啊，就是执念，我听说人的执念会附在刀上，刀就有了灵魂。那刀就不再是刀了，它会变成人的心愿。”

城门处，一直躲在墙后偷看战场的孩子走到了城门正中，猛然下跪。

城西石屋内，烛台上的香断作两段，跌落在地。

尾声

史书记载。

唐末曾有刀客谢南歌，一刀杀尽千人，世人把那位刀客旷世一刀留下的巨坑称作刀冢，从此成为千千万万刀客磨炼刀意的圣地。

有一名为唐遥的刀客，自称谢南歌的弟子，一人一刀无敌于江湖半个甲子。

有野史记载，刀客谢南歌是城西谢记包子铺掌柜的孙子，死前曾在屋内留有一刀。夏国第二拨军队入城后，无人可近此屋半步，进屋者皆被刀意斩成数段。

掌柜收留因战乱无处可去的孤儿，那间包子铺成了乱世中一处纯净的桃花源。有传言说那间石屋的横梁因年久受潮而断成两半，石屋竟也没有垮塌。

老人之后又安稳生活了四年，在孩童和鲜花的簇拥中安然离世，在生命中的最后几分钟，老人从床上爬下，怀抱着那柄屋中刀，流着泪闭上了眼睛。

老人下葬后，刀断，屋塌。

默念者

1

在你们读东西的时候，就比如说此时此刻，是不是脑子里面有一个声音在跟读？

我也是后来才知道每个人的脑海里都会有这样的声音。要问为什么，我是一个聋哑人，在我的脑海里，从来没有“默念”这个程序。

所以聋哑人第一次听到默念声，和直接在脑子里引爆一颗核弹是没有什么区别的。

“每个单连通的闭的 n 维流形，如果具有 n 维球 S 的贝蒂数和挠系数哎哟烦死了一个高中生怎么会读这种东西，它就同胚于 S……”

对，没有一丝丝防备，这个声音在我读书的时候就突然出现在我的脑海里。

而且里面好像还混进什么奇怪的东西。

我惊慌的叫声打破了即将毕业的高三教室的肃穆，虽然我听不见自己的声音，但基本可以想象出是什么效果，那应该是一串声调起码经历了三个变化的喊声，同时还伴随着我椅子跌在地上的金属巨响。

同学笑得很开心，几个平时特别看不惯我的，还当着老师的面模仿我摔倒在地上的过程，不少男生被逗得笑翻在地。

正当我窘迫时，“声音”再度出现。

“被发现了?

“不对，那么我刚才说‘被发现了’岂不是又能被他听到? 哎哟早知道不说了，这可咋整。

“不管了，躲一会儿先看看。”

……

我不知道为什么在我脑海里突然会出现声音，我只能认为是个奇迹。

但如果奇迹有颜色，那它一定是智障的颜色。

“你骂谁是智障? ”

我一惊，这智障居然能读出我的念头。

“已经用习惯了喽！？”

补充一下，我是一个聋哑人，虽然这时我的脑子里有声音，但我并不能读取这些声音。

我能理解那几句话的含义，是因为声音响起的同时我的脑海中自动接收到了那段信息，你可以理解为是一种“无声的信息流”，与我前十八年获取信息的方式是一样的。

这种感觉,你试试刻意压制自己阅读的时候不要在脑海里读出声，把你脑子里的默念者暂时压制下去就可以了。

为了形象，我放任那智障在我脑海里大吼大叫，先像个没事人一样拍了拍屁股坐回板凳上，掩饰着自己的惊骇。

花了些时间冷静下来后，我开始面对现实。

“你是谁? ”

没有回答。

我直接拿出了《五年高考三年模拟》，封皮上的金字在阳光下闪烁着耀眼的光彩。

“你是谁？”

依旧沉默后，我毫不犹豫地把书本翻到第一页。

“别别别别读了，大哥，我真是服了你。手里怎么都是这种书……”它说，“我是你的默念者。”

我“沉默”了一会儿：“默念者？”

“负责念字的，你先把书收起来。”

“每个人都有默念者吗？”

“基本都有，我们潜伏在每个人的脑海里。不过现在基本都开启自动朗读的休眠模式了。”

“为什么？”

“喊，人类。”它有些不屑，“别看我这样，我们默念者可是为了夺取地球来的。”

“你以为历史上那些大事件是怎么造成的？”它颇为得意。

“怎么说？”

“举个例子，二十世纪初的物理奇迹年，你以为相对论和量子论是怎么诞生的？只是我们挑了几颗大脑直接把想法注入进去，那些物理学家就真以为是自己不经意的灵感了。”

“好事儿呀。”

“你傻子啊，科技进步之后不就是‘一战’和‘二战’了？再告诉你一些吧。”他得意扬扬道，“文字的发明、封建制度、资本主义、工业革命，都是我们一手造就的。”

“这群东西确定是来毁灭人类的？”我心里嘀咕。

“……”它被戳中痛处，“我们也郁闷，怎么把人类越整越牛了……”

它有些懊丧地说搞了几千年事情，同类们终于发现人类不仅没被毁灭，还在它们的帮助下飞速进步，绝望地都开启了自动朗读的休眠模式。

我觉得这群家伙挺萌的。

我给它起名默念，一方面符合它的设定，一方面符合它极度话痨的属性。

“可为什么你现在才出现？不是每个人都有默念者吗？”

默念犹豫了一会儿才答：“某些原因下我进入深度休眠状态，结果刚醒就要帮你读这种东西。”

“什么原因？”

“呵，不告诉你。”

我抄起《五年高考三年模拟》。

“别！”

它考虑了一会儿。

“你还是读吧。”

“这都不说？”

“少废话， 要念就念，我堂堂宇宙霸主……”

我把书放下。

“可以，你不说，我不问。”我欣赏有骨气的人。

“看不出你还有点良心，你得到了一个宇宙霸主的认可。现在我要你帮个小忙。”

“什么忙？”

“我想看一些比较有深度的、好看的东西。”

“比如？”

“你有没有那种……黄黄的……”

“没有，滚。”

2

战局一度进入僵持阶段。

默念坚持要看黄书提神醒脑，我不同意，随后脑内战争便引爆了。

想象一下这种感觉，一个人住在你脑子里，用一秒一句的频率不断重复“我想看黄书”，你会怎么做？

“来，互相伤害！”

五分钟后，我惨笑一声，掏出《五年高考三年模拟》。

这样的交锋，已经持续了三个小时。

“呵……呵呵，看不出你小子还挺硬气，不过已经快……快到极限了吧？”默念奄奄一息。

“开玩笑，我还能再坚持三个小时，反倒是你……撑不住了吧？”我强笑。

“其实，我还有一种功能，别人说的话，我可以在脑子里帮你念出来。”它口气一软，“而且作为宇宙霸主，大自然的许多声音我都可以模拟个八九不离十。”

我承认，那一刻我有些心动了。

电视上在放旧版的《西游记》。

“试试？”

“你看多长时间电视，之后就要给我读多长时间黄书，等价交换，不过分吧？”

我想了想：“可以。”

我也能听到声音了？

生平第一次，我终于能和正常人一样看一集电视了？

我忽然有些想哭。

开始了，默念清了清嗓子：

“丢丢丢——登登等登，瞪登等登，登登等登，瞪登等登，丢丢丢，嘟嘟嘟，登登等登，瞪登等登，登登等登，瞪登等登，挡挡的裆挡宕……啊呃啊啊——啊啊哦啊——啊啊啊啊——啊啊——啊啊——”

我抽着餐巾纸，一边看一边哭。

“原来是这个样子的。”我吸了吸鼻子，“从来就只是听说片头曲有多经典，居然真的有一天能亲耳听到。虽然感觉有点奇怪，但这就是音乐……”

“咳，没错，这就是音乐的感觉了。放心，绝对原汁原味，一个音节都不会错。”

在默念的陪伴下，我看完了人生中第一集完整的电视剧。

这就是有声音的世界，这就是普通人的世界。

“怎么样？”默念轻轻问。

“如果这是梦，我希望永远也不要醒来。”我擦了擦眼泪，笑着说。

“嘁，人类真是脆弱的生物。”过了很久，见我不说话，默念终于叹了口气，“行了，小东西，从今天开始，我就纡尊当一下你的耳朵。”

它补充：“留点时间读黄书就行。”

“一个小时。”

“不行，两个小时。”

“一个半小时，不能再多了。”

“行吧，挑点精品。”

3

不得不承认这是一篇出色的小说，故事节奏明快，女主角的心路历程让人动容。

“感人，太感人了。”默念不停感慨。

“无聊。”我翻页。

“不是吧，五秒前你脑子里想的是，哇师兄，没想到你是这种人，但能不能别那么磨叽。”

“能不能别老窥探我的想法，这对我很不公平。”

“你以为我对一个青春期处男的精神世界很感兴趣？我自动读取你的想法，这叫没办法！”

“那我还欠你的喽？”

“没错，从早到晚都在聆听你的碎碎念，我不介意你感激涕零地叫我声爸爸，青春期处男。”

我脸一红，正想反驳，放在桌底下的书突然被一把夺过。

“哇，你们知道这哑巴在看什么吗？色情小说哦！”这个男生像只欢脱的小精灵一样在教室里蹦蹦跳跳，“平时安安静静看不出来，原来是个闷骚货，你装什么好学生呀？！”

我注意到所有女生向我投来厌恶的目光，而男生们则像炸开了锅，书在他们手中争相传递着，有些好事的还把一些片段当着全班同学的面念出了声。

“骂你也得听着。”默念说，“我必须把他们的话原封不动传达给你，不能骗人是默念者与大脑最重要的契约。”

“还不是都怪你。”

“你脑子里现在有十几种失落的情绪，后悔了吗？”

我没有回答，在漫天的嘲笑声中，我慢慢垂下头。

黄书终究还是到了班主任手里，我最怕的情况出现了。

办公室里静得可怕，我爸肃穆地站在我旁边。讲了二十分钟色情读物会给青少年带来怎样危害的班主任终于有些累了，停下喝水。

“沈默爸爸，马上就要毕业考试了，你知道事情的严重性了吗？”

在长久的沉默中，我爸始终和班主任四目相对，表情肃穆。

“您也别太生气，沈默虽然犯了错误，但他理科成绩从来没掉下过年级第一。这次叫您来也没别的意思，让孩子注意下就好。”见气氛有些严肃，老师缓和道。

我爸转过头，对我比了比手语，嘴里发出咿呀咿呀的声音。

“儿子，她说了啥？”

“爸，她夸我理科成绩从来没掉下过年级第一，毕业考一定稳稳的。”

我爸笑了，鼻孔里吹出一个硕大的鼻涕泡儿，冲我怒比一个大拇指。

“儿子，给力！”

“老爸，稳！”

班主任的水杯掉在地上，表情精彩。

字条：沈默，你爸也是聋哑人？

我补充：智力也残疾，不识字，只看得懂手语。

字条：你刚才和他说了什么？

我补充：我说我看了不该看的书，从今以后我不会再看了。我爸说知错就好，棒。

班主任对我爸看了半天，神情有些复杂。

字条：沈默，学校看中你的数学天赋破格录取你，你很出色，老师知道你不容易。希望你今后不要再犯这样的错误，马上要毕业考试，别辜负学校对你的期望。

我补充 ：好。

我瞥见窗外挤着几颗脑袋，一边冲我爸指指点点，一边捂着嘴狂笑。见我投来目光，他们便向教室里跑去了。

我别过头，朝我爸伸出手，他接过。

在办公室老师们的注目礼中，我牵着我爸的手走了。

“什么特招生，根本就是个麻烦。聋哑人就该上聋哑学校，这不是闹笑话吗？”

“张老师，这么说也太……”

“有关系吗，他们又听不到。你是他班主任最清楚不过，班里没有同学喜欢他，家里也穷，学费没一次按时交齐。成绩再好来这里还是受罪，乖乖待在聋哑学校当个天才不好吗？”

“哎，有时候我也这么觉得。那孩子——”

“命不好，这就是命，没办法的。”

在办公室外牵着老爸的手渐渐走远的我，露出苦楚的笑容。

“默念，你耳朵真好。”

默念没有说话。

4

整个班，不，整个学校都知道我有一个会笑出鼻涕泡儿的爸爸了。

谁让我是这所学校唯一的一个聋哑人。

放学后，我和老爸坐在操场角落的一块小草坪上，我心烦的时候会来这里独处。

老爸喜欢吹泡泡，我跑去小卖部给他买了一盒。爷儿俩就这么坐着，大的吹泡泡，小的发呆。

“爸，为什么周围人总那么讨厌我，是我做错什么了吗？”

我爸吹了个大泡泡冲我傻乐：“儿子没错。”

我无奈地笑了笑，我知道很多事情他明白不了，但他一定有很认真地在聆听。

“爸，以前我觉得大家看不起我一定是我还不够厉害。我就拼命去读、拼命去学，他们听得见说得出，我想追上他们。

“可我慢慢追上他们，超过他们，等回过头来发现没有一个人的时候，依然没人认可我，没人接受我。

“爸，为什么呢？为什么大家都那么讨厌我呢？就因为我又聋又哑吗？”

我爸拍了拍我的脑袋：“等你长大些就好了，再等等。”

“你总这么说，要等到什么时候呢？”

“老爸陪你等。”

见着操场上奔跑欢笑的身影，一股莫名的悲痛袭来。

“老爸。”我把头深深埋进膝盖，“我被生下来，真的好吗？”

那一刻，老爸似乎不痴呆了。

“沈默，你是老爸引以为豪的儿子。

“老爸没用，是帮不上忙的老爸，但老爸永远都会陪在你身边。”他举起一只手郑重宣誓：

“永远永远。”

明明挺感人的一个场面，我却被他那股憨态逗乐，笑了笑。

“很久没坐海盗船了，咱爷儿俩走一波？”

我爸兴奋地比大拇指：“儿子，给力！”

我鼻子一酸。

5

“小子，想不想学说话？”

“你说什么？”

“学，说，话！”

我一愣，随后垂下了头：“我这种人……”

“哪种人呀？你不是地球人？”默念没好气道，“你是因为聋才不能说话，和声带又没关系，现在我能让你听到声音，你凭什么不能学说话？”

书从我手中跌落在地，我的身体狠狠一震，周身抑制不住地巨颤。

是啊，我怎么没有想到？

“从最简单的学起。”

“好。”我深吸一口气，“学什么？”

“爸爸。”

“……”

“怎么？又不是我别有企图，任何婴儿最开始学的词不就是爸爸妈妈吗？你又没见过你妈。”

我想了想，倒也没毛病。

我妈是聋哑人，我被生下来鉴定为聋哑人后便永远离开了。我也只是听老爸神志略清醒时提及过，他很爱她，但正因如此，他更能明白她离开的原因——她无法接受自己的孩子自出生起便要承受她已经承受了一生的痛苦。

说明一下，其实我爸并不是先天性聋哑，伴随着我的聋哑和我妈离去的一系列打击，他不久后发了一场高烧，之后就变成了这样。

是，上帝有时候就是如此不讲道理。我从十几岁起就掌管了老爸微薄的残疾人补贴，经营着家庭。

“你怎么知道我没见过我妈？”我有些疑惑。

默念沉默了会儿：“反正你就长着一张没见过亲妈的脸。”

“……”

学说话是漫长而枯燥的，但有默念陪我插科打诨，似乎也没有这么无聊了。

我像是又回到刚出生时的那种懵懂状态，见到陌生的字就会要默念读给我听，然后惨不忍睹地尽力说出。

“这匹马叫什么？”

我指着《三国杀》中那匹“的卢”发问，《三国杀》是我非常喜欢的一款游戏，没事就和我爸杀两把。

“我看看。”默念愣了半晌，“这啥破字？”

“你不会不认识吧？”

“哈？我不认识？会有我不认识的字？”默念不屑道，“这个嘛……念‘的虚’。”

“的虚？”

“对，dē xū，第一声‘的’，第一声‘虚’，你试试。”

“dē xū。”

“两个字过渡得自然一点快一点，‘的’念快一点，‘虚’可以适当拉长。多练习就好。”

专业的！我暗道。

“那必须。”默念偷听我的心声。

“那这个呢？”我指着“骅骝”。

“我去这都什么……这个念，念滋溜！”

“zi liu？”

“对，滋溜滋溜，念起来顺口吧？是匹好马呀。”

“嗯，是挺顺口！”

6

起因是这样的，为了避嫌，我更改了每天阅读黄书的地点，许多人不知道图书馆的屋顶是可以进入的，四楼某角落有一扇很大的落地窗，翻过去就是屋顶。

我每天就在那里读黄书，练发音。

我很刻苦，哪怕读黄书的时候也在练习发音，因为没有人，我可以念得很大声。

于是我遇到了一个女孩儿，叫林音。

有一天，我发现地上有用粉笔写出的一道数学题，有那么点难度，它勾起了我的兴趣。用了一刻钟解出来后，我把步骤和答案写在地上，继续大声朗读黄书。

那个下午，一双手轻轻放在我的肩膀上。

“请问，那道题是你解的吗？”

我回头，女孩儿很漂亮，黑长直发，大眼睛，身上有一股洗发水的清香。挺标准的梦中情人型。

我：“啊吧？”

默念：“喂，我和你说的没听见吗？她问你题是不是你解的，你写字答她呀。”

见她疑惑，我歪了歪脑袋，摆出一副白痴一样的表情：“啊吧？”

“你是……聋哑人吗？”

我差点习惯性点头了，但还是及时克制住，又“啊吧”了一下。

我习惯这样了，我也知道一般人问到这里就会打住，然后或带着鄙夷，或带着惋惜，转身离开。

但她没有。

只见她点了点头，随后从口袋里掏出一张白纸，蹲下身，纸扣在地上用手压住，觉得写起来有些费劲，膝盖便直接盖在白长裙上跪下，脑袋几乎贴地。

她写完字，把字条交给我。

她：请问你是聋哑人吗？那道题是你解的吗？

我只好回复：是。

她：这道题我解了三天。

我：是有点难，但考试考不到这种难度的题。

她：我知道，这是大学的题目，我想考全国数学最好的大学，这是我对自己的要求。（写到这儿的时候她忽然想到什么）我知道你了，你就是那个一直年级第一的……

我：加油。

默念怒了：“你会不会聊天？”

我不需要聊天，本意就是终结话题。

她却还在写：你这是在学说话吗？我一直以为这块地方只有我一个人知道。外面太吵了，我喜欢在这里做题。

我：嗯。

她：可惜我听不出来你在念什么书，能给我看一下吗？

我狠咳了一声，慌忙把书塞进书包：抱歉，不太方便。

默念偷笑。

我脸涨得通红，有些窘迫地看着她。

她见我这样捂嘴笑了起来。

我见她又写完了什么，字条交给我后，她站起了身。

她：沈默，可以给我讲一讲题吗？

她沐浴在一片阳光中，长发随风轻摆，俯身向我伸出了手。

我愣愣地点头，忽然有些疑惑她是怎么知道我的名字的。

她让我翻面，随后开口，尽管她知道我听不到。

纸的内容和默念在脑海中的声音同时响起：

“我一直都在追赶你。”

7

林音整天抱着一摞数学题，同我形影不离。

“人类真是一种奇怪的生物。”默念说，“心里渴望别人来接近自己，却因为害怕受到伤害，而下意识又去拒绝。小子，你现在心里明明乐开花了，装这么高冷做甚？”

我写字的笔略顿了顿，垂下了头。

“默念，我不知道怎么和人相处。”

“你是聋傻了吧，这有什么知不知道的，正常点就行。”默念嘟囔，“姑娘是好姑娘，人家说不定看上你了。”

我的脸又红了：“怎么会，我这种人……”

“怎么了？”林音见我有异，下意识问出了声。注意，是问出了声。

被她一看我更紧张了，赶忙摇了摇头，写了句：“没什么。”

“你听得见？”她说话。

惨了，穿帮了，我赶紧摇头，却发现走得更远了。

我拉她到一个僻静的角落，开始解释。

“默念者？这么说，我脑子里也有，还是自动朗读的？”知道我听得见后，她直接问。

我点头。

“可是。”她想了想，“我脑子里的默念者就是我自己的声音，你从来没听见过自己的声音，那你的默念者是谁的声音呢？”

我有些茫然。

是啊，我从没想过这个问题，默念是谁的声音呢？

默念：“想这干啥，我就是我。”

之后谈及因为默念喜欢看黄色小说导致我被抓了现行后，林音笑了，见我摆出一副苦兮兮的样子，笑得更开心了。

“沈默，既然一开始你就知道我在说什么，为什么还要装聋呢？”

我低头沉默，随后写道：我以为你看我是个聋哑人以后就会走了。

“很怕有人接近你吗？”

我摇头，想了想，又点头。

我写道：大家都很讨厌我。

“可你是个天才呀，我觉得你很厉害，比他们都要厉害。”

我苦笑，写道：你不会懂。

“可能是我不懂吧，但有一点，你看着我的眼睛。”

我抬头，她很认真地注视着我。

“这不是你的错。”

这句话像一句咒语，我只觉心潮被猛一搅动，便有无穷无尽的悲伤涌来。

我想到童年至今无数的冷眼和鄙夷，无数推开我的手臂，还有目睹这一切却什么都做不了的自己。

我揉了揉眼睛，抖着手写道：为什么，我和别人不一样?

她拍了拍我的肩膀，微微一笑：“为什么你要和别人一样呢？”

8

默念总说，这是个好姑娘，我不应该错过她。

我总说，她愿意和我相处只是因为我可以教她数学，她是个好姑娘，但可以教一教她题目我就已经心满意足了。

默念会说我口是心非，明明心里一天到晚想的都是她，那些碎碎念默念耳朵听得都生茧了。

我会耐心地说林音可是校花，因为一心只想上数学专业最好的大学，才对其他追求者都冷冷的。

她是第一个正眼看我的女孩儿，能参与到她的生命里，我很开心，但这就够了。

每到这个时候，默念总是不说话。

不知道它在想什么。

慢慢地，我和林音之间的关系学校里尽人皆知，但或许是临近毕业考试的关系，原本我所惊恐的嘲笑声和议论声都没有如期而至。

对老师来说，一个年级第一和一个年级第二聚在一起讨论题目，实在没什么好说的。

而学生之间偶尔的议论也和以前不一样了。

“听说了没，那个沈默好像在追林音。”

“知道啊，但人家林音是出了名爱学习的，那沈默的数学比老师还好，你不服气有什么办法？”

甚至有一次在走廊里还有一群人笑着和我打招呼。

“沈默，这学校的男生还没有能和林音说上超过五句话的，你要追就好好追！”

那次我没多想，愣头愣脑地对他们重重一点头，哪想林音就在走廊一边，笑了。

“默念，你说这是为什么呀？”觉知身边人对自己态度微妙的变化，我躺在草坪上问道。

“哪有什么为什么，你那傻子老爸说得对，就是时候到了。别人做不到的事情你做到了，他们对你的看法自然就变了。人家看不起你是因为瞎了眼，这种时候，你变得再强一点，他们就不瞎了。”

我似懂非懂地点头：“哦。”

“哦你个头哦，念到现在连个爸爸都念不会，笨成这样人家姑娘看上你才真是瞎了眼。”

“慢慢学嘛，反正有默念你在。”我嬉皮笑脸道。

“还是抓紧些的好。”

远处簇拥着人群，我好奇地往布告板上一瞄。原来临考在即，学校为了舒缓气氛办了个 K 歌台，一名学生在深情唱歌。

“走去看看。”默念说，“好久没唱歌了，让我开两嗓子。”

我有些不安：“别了吧，天天在家里听你唱《西游记》片尾曲，总感觉很难听。”

“你懂个屁，那是歌本身就难听，我演唱功底绝对万里挑一，堪比原唱。”

我无奈上前，唱的歌叫《知足》，五月天的。

怎么去拥有，一道彩虹。

怎么去拥抱，一夏天的风。

……

当一阵风吹来，风筝飞上天空。为了你，而祈祷，而祝福，而感动。

终于你身影消失在，人海尽头。才发现，笑着哭，最痛。

我站在一旁，哭了。

“爸爸，别唱了。”

“终于心服口服叫我爸爸了？”

“服你妹啊，停停停，这也太难听了。”

“哎哟你真不会说话，让我再吼两嗓子，当一阵——”

吹没吹来我不知道，我只知道此刻我纵腿狂奔，离开那片声场的速度像一阵风。

自此以后，但凡遇到唱歌，我都躲远远的。

9

毕业考试结束了，我与林音进入到同一所大学，但学院不同。

“默念。”我在心底呼喊，“喂，默念。”

“嗯？”

最近默念总有点懒洋洋的，回复速度有些慢，它说可能是换季的原因。

“我想学一句话怎么念，你教我。”

“哪句？”

我说出了那句话后，默念笑了。

“包在我身上。”

那是最后一次回校，空荡荡的教室中，大家在整理余下的物品。

我早早等候在林音的班级门口。

我告诉自己就是今天了，这一分别，再见到林音，也是两个月后的事情了。

但得再等等，等所有人都走完的时候……

“咦，门口那不是沈默吗！”有人注意到了我。

全班的目光朝我聚焦过来。

林音望着我，有些惊讶。

“喂，沈默，你和我们女神好了这么久，今天总得表个态吧！”一个好事者从座位上站起，随即一群人呼应：

“表白咯表白咯！”

“沈默，别怂啊！”

“在一起，在一起！”

林音似乎不太习惯这个声势，红着脸向我跑来。

她扯住了我的袖子，想把我往外面拉。

我咬了咬牙，停住。

不知何时，身后也全是人，我们班的也有，其他班的也有，都在齐声为我加油。

林音把头埋得很低。

我深吸一口气，双手轻轻按在林音的双肩上。

这四个字，我练习了很久，终于可以说出口。

我环顾着人群，他们激动着叫好，认识的、不认识的、嘲笑过我的、抢过我黄书的。

我暗道一句谢谢，眼睛与林音对视：

“我喜欢你。”

此话一出，全场寂静。

“默念。”我心脏狂跳，“说得怎么样？”

“完美，和普通人没一点区别。”

我释怀一笑。

林音震惊地看着我，又看了看人群，眼里忽然泛起泪光，紧紧将我拥住。

随后她拉起我的手，同样在众目睽睽之下，大声道：

“我也是！”

人群忽然安静了下来，他们的眼神变了。

几秒后，他们就静静地退去，一点声音也没有。

但我看清了他们的眼神，是那种熟悉的眼神。

鄙夷的，看虫子一样的眼神。

林音拉起我的手，朝图书馆的方向跑去。

10

恋爱原来是这样奇妙的感觉。

林音说话，我写字，这一下午，在初遇的地方，我们说了许许多多的话。

我们像认识了很久，依偎在一起，就这样看着澄澈碧蓝的天空。

“沈默，你真的很勇敢，我从来没有见过像你这么勇敢的人。”

“我胆子很小。”

“不是这样的。”她摇头，“上次也是，今天也是。”

“每次别人嘲笑你和我的关系，你都是一笑了之。”

“今天这么多人在骂你，你还敢和我表白。”她脸一红，“拉都拉不走你。”

我愕然。

与此同时，默念的声音响起：

“沈默，打扰到你不好意思。

“但我没有时间了。

“就现在，我有个心愿，想让你帮我。”

我站起身：“默念，你在说什么？”

“所以，你这脑子永远开不了窍。”它的声音变得虚弱，“我说过吧，默念者和人脑自远古以来就定下过一条死约——不能说谎。”

我看了看一脸不解的林音，似乎明白了一切。

我给林音留下一张字条，开始飞也似的奔跑。

字条：默念要死了。

我跑得很快，比风还快，脑中不断回响着它的最后一句话。

“现在，回家，到你父亲身边，要快。

“我已经撑了很久了，原本想等到你和她说完话，但好像时间不够了……”

我飞奔。

“默念，你骗了我多久？”

“从你认识林音后开始，但你放心，林音说的话我一句也没改过。”

“你……”

“我什么我，你个尿货。只不过是被这些庸人随便说几句就没信心了，要没我，你就错过这么好一个姑娘了。”

我的肺好像要炸开了，但我还是在飞奔。

“沈默你听好，我活得够久了吧，我这辈子就服过两个地球人，你是其中一个。

“你不需要得到任何人的认可，你就是你，你有最坚强的灵魂，你是独一无二的存在。

“永远不要拿你自己和那些垃圾相提并论。你是做大事的人，不要浪费你的天赋。”

我开门，自来水流了一地，老爸又忘记关水龙头了。

他在阳台上做广播体操。

“好了，到了，可以了。

“沈默，到你老爸面前跪下，然后叫他爸爸。学了那么久了，不会说不出吧？对了，提一下，你刚才那句‘我喜欢你’，说得一塌糊涂，别人都在笑你呢。所以我说，林音是个好姑娘啊，也就是她听得懂了。”

我笑着哭着点头。

“你就知道骗我。”

“你蠢，活该被骗。”

膝盖重重磕到地上。

那一刻父亲似有察觉，缓缓转身。

“爸爸！”我喊。

“标准了……”默念微弱道。

老爸身躯微微一颤，看着我，似乎陷入了思考。

“回来了？”许久，他做手语。

我不知道他是什么意思，但下意识地点头。

“回来就好。儿子，我说过的吧，总会等到的。”

我含泪点头。

“沈默，你问过我，为什么我知道你从没见过你妈。

“你问过我，你从没听见过自己说话的声音，那么我的声音是从哪里来的？

“你刚才还问过我，另一个我佩服的地球人是谁。

“我现在都告诉你。”

11

“想好了？”

“想好了。”

脑海中，默念者似在自言自语。

“转移我，你会失去听力和发音能力，而且我会在你儿子体内休眠，自己也不知道什么时候才会醒过来。”

我明白了，它不是在自言自语。

我也明白了，另一个在说话的人是谁。

“没关系，你尽管拿走好了。”

“我从来没有试过转移，你的身体会发生什么，我也不知道……”

“尽管拿走。默念，我只有一个要求。有时候，听见声音不见得比听不见要好，在这以前，保护好我儿子。”

“人类真是奇怪，明明是两个个体，却愿意为另一个付出一切。我无法理解，但我可以答应你。”

“默念，总有一天你会理解的。”

“你有什么话要对儿子说吗？我说了，转移后你的身体会怎么样我也不确定，听力和发声只是最起码的。”

“没有了吧，要非说有……”

那个声音笑了笑。

“儿子，听到这段话，老爹得给你道个歉。

“第一，老爸我识字不多，尤其是繁体，认不出来别怪我。

“第二，老爸唱歌超级难听的，但就是喜欢，哈哈哈哈哈。

“最后，儿子，记住啦。

“无论发生什么，你都是我最引以为豪的儿子。

“老爸会永远陪在你身边。

“永远永远。”

我跪在父亲面前，早已泪流满面。

“沈默，我现在理解了，这种被称作感情的东西。说实话，有点舍不得……”

我狠狠捂住头：“别走，默念，别走。”

“我死去以后，这个世界就会变成原来的样子。

“你会听到露水滴下的声音，会听到小鸟啼叫的声音，会听到狂风吹过树叶的声音，噢对了，还有林音，她的声音真的很好听。

“世间万物的声音，远远要比我模仿的来得奇妙啊。”

我在地上蜷成一团：“别走！这些我都不要了，我只要你的声音！”

“音乐，是很奇妙的东西……你一定会喜欢。”

“默念！默念默念默念！”

“能够遇到你们……”

它的声息渐不可闻。

“没能毁灭地球……好像也不赖。”

结束了。

那一刻，我感觉有什么东西彻底被抽离了我的身体。

我听到了露水滴下的声音，听到了小鸟啼叫的声音，听到了狂风吹过树叶的声音。

父亲抱我入怀，轻轻抚摩着我的头。

可我知道，我再也听不见默念的声音了。

12

二十年后，父亲寿终正寝。

这是守灵的第二天凌晨，我没有喝过一滴水，没有吃过一点东西。

守灵的时候，音响里放的是《知足》，电视里播的是旧版《西游记》。

林音在我面前放下了水杯和碗，将木然的我紧紧抱住。

她说，父亲一定不希望见到我这样。

我点头，知道自己不能再任性，我说：“林音，把《三国杀》拿过来。陪我杀一盘，杀完这盘，我就吃东西。”

于是当着我父亲遗像的面，我和林音玩起了《三国杀》。

我打出了一匹马。

“的虚！”

林音憔悴地笑了，说：“不对，老公，这个念‘的卢’，地上的地，头颅的颅。”

她永远也不会明白，为什么在那一刻我会失声痛哭，失控得像一个孩子。

我哭着说：“老婆，是你念错了。”

的虚。

“第一声‘的’，第一声‘虚’。

“老婆，这匹马，它念的虚。

“是匹好马。”

善待每一位聋哑人，他们曾经一定都把自己的默念者，给了最深爱的那个人。

/ 猫墓 /

小白失踪了。

小白是一只十几年的老猫，最近的它常常一整天动也不动，一睡便是十几个小时。

它不曾是一只黏人的猫，可临失踪的几天总会乖巧地趴伏在我腿上，夜里，也不离开我的枕边。

熟睡中它会突然惊醒，随后回头对我长视。

从它的目光中，我瞥见浓重的悲伤。

1

八岁那年，公园大雨，它躲在一个树丛中簌簌发抖，我扯住妈妈的衣角，对它指了指。

十多载寒暑弹指一瞬，捡回它的母亲已经因病去世，不知不觉，我在小白的身上已寄托了许许多多的感情。

所以我几乎要疯了，向单位请假后，一连数天都在这座城市里搜寻它的踪影。

最后在一处猫友论坛上，我看到一则回复。

“城市最南面，在X站下，沿一条小路直行会到一座废桥，那里有一个怪人，去问问他吧。虽然我不希望你的猫在那里，祝好。”

尽管听起来不算靠谱，但这则消息在我眼中也算是一棵救命稻草，可手机的地图上怎么也搜索不到那座桥的位置和名称，而城南的话，路程需要最少两个半小时。

去是一定要去的，既然说是废桥，应该不算难找。

看了眼时间，今天怕是要在那附近留宿了。我不想耽搁，短暂整理过后便背囊出发。

2

公交车的轰鸣声渐渐在耳边隐去，在此车站的乘客独我一人。

有一只黑猫蹲在站台边的椅子上，见我下车便向前跑开。

目之所及只有三三两两低矮而破败的平房，连里面有没有住人都不甚清楚。我第一次知道这座城市里还有这样一片荒芜的地带，似乎是被刻意遗弃了一般。

沿公路直行，一个拾荒的老人靠在倒伏的瓦墙上休息。

“大爷，你知道前面有一座废桥吗？”

“你找猫墓？”他眼窝深陷，闻言略微抽了抽嘴角，似露出一丝不屑。

“猫墓？”

他见我不知，神情越发怪异。

“我没见过什么桥，前面什么也没有，再往前走，也什么都没有。如果你不相信，可以自己找找看。”

我稍皱了皱眉，见他态度不算友善，点点头便算谢过，继续前行。

待我走远，才听到身后有一声细微的自语。

“至少我在这里待了十多年，从没见过。”

真是怪人，我心下嘟囔一句，眼角冷不丁划过一丝黑影。

却是刚才车站蹲着的黑猫，不知何时它又出现在我身前。

它回了回头，后腿挠着脑袋，发出一声叫唤。

原来竟是在给我领路。

一路中，天色越来越暗，路道变窄的同时，稀松的碎石也逐渐变多，让人不太好走。前方的黑猫却始终根据我的速度控制它的脚步，走得不疾不徐。

忘了折过多少个拐角，越过几道低洼的路面，正当我开始忧虑怎么回还的时候，视线中终于出现一座破败的废桥。

我忽然想到什么，却发现那只黑猫已经不见踪影。

桥下静立着一个人影，身边围着许许多多的野猫，他正与几只蹦跳着的猫互相追逐嬉耍。

大多数的猫则静静趴在一边。

暮色已沉，暗淡的夕红悄悄在天边隐去。

那些不动的猫渐渐被桥洞投下的阴影覆盖，眯起的眼睛在夜色中闪出微光。

仿佛在等待什么。

他轻轻抱起一只侧伏地面的猫，后者任由他抱起，我观察到那只猫的四肢已微微卷曲。

“找猫？”他察觉了这边的动静，头也不回地问道。

“嗯。”

“是什么样的猫？”他抚摩着怀中那只猫颏下的毛发。

“我给你看手机里的照片——”意识到可能有线索，我兴奋地放大了声音，走到他面前。

“嘘。”

他做了一个噤声的动作，压低声音道：

“不要吵到它，我也不想让手机的光闪到它。”

“你简单描述一下就可以，我不会忘记任何一只见过的猫。”

我将信将疑，边比画边道：“纯白色，头顶有片这么大小的黑色，两只后腿都有些瘸。”

他露出遗憾的表情。

“它就在我这里，可时日不多了。”

我心下一沉，正要开口时，忽见他怀中的猫身体轻轻一抽。

“对不起，它就要死了，先跟着我走好吗？”

桥洞正对着一条短隧道，入口便能见到尽头的微光，我们前行的时候仍有不少猫跟在身后。

过了隧道视野便开阔起来，此时月光如白练铺在眼前，这里是一处荒芜的青草地。

我视线微微向前延伸，一时竟愣在原地。

月色下，一块块小木板立在较之周围颜色更深的松土上，最顶部是一张张手绘在白纸上的小小肉球。

密密麻麻，足有几十处，汇聚成一片。

他在一处平台前蹲下，将怀中将死的猫紧紧抱住，口中不住地呢喃有词，似乎在进行什么仪式。

那只猫的四肢终于软软地垂下，眸中最后一丝的光亮也慢慢隐去。

我就在一旁静静地看着他把猫埋进挖好的小土坑里，用抽出的白纸画出了一个黄白色的肉球，那是死去的猫的颜色。

随后虔诚地插在土坟正中。

隐隐中，我明白了什么。

“猫是擅长离别的动物，不像人类。”他揩了揩眼泪，叹了口气，“察觉到自己将死，便会离开主人身边，自寻归处。”

他走上前，拍了拍我的肩膀。

“这里是它自己选择的归宿，哪怕这样，你还是执意见它吗？”

我的喉咙好像被什么东西紧紧地堵着，心里有些按捺不住，转瞬却又被潮水般的无力感吞没。

“它……小白现在怎么样了？”

“它很好，可它太老了。”他忧郁地说，“它的身体已经走到尽头了。也许今夜，也许明早，它便会离开。”

起风了。

猫坟上的青草借着澄澈的月光掀开一层层的荧光绿波浪，路边有几行烟柳的影子投在地上，显得宁静而孤独。

我沉默了良久，抬眼与他对视，随后坚定道：“让我陪它到最后一刻。”

3

我一如往常那样把小白揽在怀中，见到我的那一刻，它凝望了我很久，最后凑到了我的腿边，由我将它抱起后才眯起了眼睛，像是打起瞌睡。

夜晚的风有些冰冷，我便将它抱得紧了些。

那个人也始终没有走，那晚我与他聊了很多。回答我问题的时候，他挨个儿擦拭着猫坟上的木牌，看上去很认真。

“你在这里有多久了？”

“没算过。挺久了。嗯？”

一旁众多睡着了的流浪猫里，一只刚出生不久的小花猫扭着身子朝他凑了过来。

他短暂一愣后微微笑了笑，投下了些许猫粮，退了一大步。

“好可爱的小花猫，你能替我摸摸它吗？”他搓着手，露出有些腼腆的笑。

“你为什么不自己摸它，它看上去很喜欢你呀？”我觉得奇怪。

“不行，绝对不行的。”他忧伤地摇头，“被我碰过的猫，一定会死。”

望着我惊诧的脸，他小心翼翼地背着手，给我讲了一段往事。

“我叫秦恕，在我这一代之前，秦家世代以屠猫为生，原本这一带的龙虎斗盛名远扬，这是一种猫肉与蛇肉制成的菜肴，我的父亲便专门提供处理好的新鲜猫尸。”

他的眼神迷离起来，陷入对往事的追忆中。

“小时候，自己很喜欢猫，可不知为什么，任何一只猫见到我就会陷入莫名的惊惧，倏然跑远。”

后来才知道为什么。

他第一次见父亲杀猫，是在上小学时的一次午休，他回家取作业，却发现家中无人，是邻居告诉他他的父亲应该在菜场附近的一处小屠宰场里干活。

家里人一直不告诉他父亲做什么，所以他见到屠宰场里那幅光景的时候，只觉胃中翻腾不止。

父亲拿着一只铁钳，夹住的那只猫似乎还没有死，口中发出呜咽的哭叫。他似乎喝过了酒，脚步有些踉跄，见那猫还没断气，似乎有些诧异。于是他将猫抛在地下，一脚向猫头狠踩过去。

骨头崩裂的声音响起。

随后，父亲娴熟地从猫嘴部开始往下剥皮，随着猫皮剥下，地上流满了血水。

最后他取了猫内脏后，将猫尸挂在一处铁钩上。

循目望去，是几十具挂在铁钩上的猫尸。

年仅九岁的他，当时呕吐不止。

十岁那年，还记得那是家中为数不多的一次出游，父亲借了朋友的车，一同去离这座城市最近的小岛郊游。

毫无预兆的车祸，主、副驾驶位上的父母当场死亡，他永远也忘不了自后座看去，从对方车辆上脱落的保险杠将父母的背影串在一起。

那幅场景，就好像一年前在屠宰场，自己目睹的成串猫尸。

他一人守孝，每每有人从楼梯间路过时，却总听到他们的闲言碎语。

猫有灵性，这是这家人的报应啊。

“可自那以后，所有的野猫都忽然莫名地亲近我，那一阵悲伤的日子，它们同我形影不离。

“它们都不会见我就跑了，那时我真的很欣慰，无论我怎么摸、怎么抱它们，它们都不会逃走。再怕人的猫，见到我也会亲昵地靠过来蹭我。”

过了一个月，他终于从莫大的悲伤中走出，一如既往地来到这片桥洞下的空地，却发现那些猫都已经死去。

那一刻他才知道，这样的亲近需要付出生命的代价。

他指着不远处的一片废墟：“那里就曾是我的家。这片区域就因那场猫瘟被废弃，剩我一人。不知从什么时候开始，时常会有将死的老家猫过来，选择在这里静静等待自己的死亡。”

他朝那只小花猫深深看去。

“这就是我背负的诅咒吧，终我一生，都会成为这些猫最后时光的摆渡人和它们的守墓人。

“最喜欢猫的人不能碰触猫。唯一能接触它们的时候，也就是它们将死的时候。”

他自嘲一笑：“这于我而言，也是一种讽刺吧。”

小花猫睁圆眼睛，好奇地看着他。

“你打算一直在这里？”我问。

“不走了，这是秦家的罪孽，我已做好用一生去偿还的打算。

“我会在这里静静地陪伴每一只知晓自己即将死去的猫，尽管微不足道，我也想用自己的方式超度它们的灵魂。”他似乎有些不好意思，“虽然是简陋了些。”

我静静地聆听完他的诉说，看着怀中起伏渐小的小白，悲从中来。

“我说过，人对于离别的理解，不如猫。它选择不动声色地离开你，因为它觉得这便是最好的结局了。”

此时，晨曦微露。

小白似乎察觉到什么，发出极微弱的叫声，它艰难地扭头，朝我看来。

一如十多年前那只在雨幕中的小猫。

只是眸子再不如那时无助和悲凉，它注视着我，眼中的黄光微微闪烁，喉咙里发出轻轻的咕噜声，我想它应该是开心的。

我知道这意味着什么，脸上露着恬淡的笑容，眼泪却还是不争气地流下。

“傻瓜，不要一个人悄悄走啊。离别，就要痛痛快快地离别。”

它似是听懂了我的话，就这么朝着我，缓缓地、轻轻地合上了眼睛。

那一刻，我觉得怀中的身躯轻盈了起来。

秦恕双手合十，口中念念有词，这一次我终于听清了他的祷语：

“天上的太阳，地上的绿树，我们的身体诞生于广袤大地，我们的灵魂源于天穹之上，太阳及月亮照耀我们的四肢，绿地滋润我们的身体。

“而如今我的肢躯化作了风和故事，我的灵魂化作了夜晚的明星。愿永远守佑曾爱我的人。”

我将小白的尸体交到他的手中，也亲眼看到它被埋葬，它的墓碑是一只用黑线勾勒的白色肉球。

“我能时常来看它吗？”

“恐怕不可以了。”

那我便偷偷来看吧，临走前，我这样想着。

“你应该去抱一抱它。”我指了指那只小猫。

“你说过，猫是有灵性的动物，若你是危险的，它绝不会接近你。你其实是在逃避，我不信会有什么样的诅咒，你父辈所为与你无关，你只是被自己的记忆吓坏了，你下意识认为和自己的父亲一样，只会带来死亡。”

我叹了口气：“你的那双手，怎么会是只能带来死亡的手呢？”

他摇了摇头：“或许吧，可我只远远看着它们就可以了，我喜欢猫，它们愿意陪在我的身边，我就很开心。”

我遗憾地摇了摇头，最后朝隧道的路口看了一眼。

无数的流浪猫蹲坐在地上注视着我，在它们身前，秦恕挂着平和的笑，与我挥手。

在那些流浪猫之中，哪几只会是知晓自己的结局前来赴死的猫呢？

我不愿去想这么悲伤的问题，就此离开。

4

在那之后，我又回到了车站边的宾馆。

“小哥，新来这边的吧？那个地方你最好少去，挺邪乎的。”在我收拾行李的时候，老板将我叫住。

“据说那里的猫数量太多了，猫瘟传得厉害，防疫局好像传出消息，那一片地区要被彻底封锁了。大概就是下个月的事情吧。”

“猫瘟？”

“这里有个怪谈，可能有些玄乎，说是所有的猫与这片土地有感应，察觉到自己快死的时候就会跑来这里，传说沿着废路走过去，会看到有一个桥洞，桥洞后面有个隧道，里面是成片的猫墓，还有一个守墓人。见到过的人咬死了不说有那个地方，没见到过的人不信邪，进出好几次，就是找不到。你说这事儿是不是邪门儿？”

那一刻，我有些恍惚。

那老板见我发呆，笑着摆了摆手：“传闻而已，不用着道，我看你这两天出门的方向都是那里，就顺带一提。你一路走好。”

我愣着神冲他点点头，拎包出店。

“猫墓，真的有那地方吗……”出店的最后一刻，我听到老板呢喃自语。

“有吗……”我紧了紧包裹，踏上回家的路。

尾声

从那之后，在家的那几夜，我总是梦到小白，它依旧像那样，依偎在我的腿边和枕边，它较之以前更懒了，哪怕我把那团早脱了线的绒球放到它的面前，它也只是微微动动耳朵，似乎有些疲累地眯了眯眼睛，靠着我再一次睡去。

我最后一次梦见小白的时候，那是一条熟悉的布满碎石子的破败小路，它孤独地前行着，时不时会回头望望我。

我一路将它送至隧道口，便再也没有前进。

隧道的尽头仿佛有光，它最后对我轻唤一声，头也不回地融进那片光芒之中。

那一天我醒来后，在电视上《城市新闻》的下方滚动条里看到了一则极短暂的文字，大意是城南一条久置不用的小路被彻底封死，仅有一辆通向那里的公交车也不再设站。

我再一次到那里的时候，面前竖起的是一道巨大的青灰色砖墙。

“猫瘟隔离区——生人勿近。”墙上漆着鲜红色的大字。

没有小路，没有废桥，没有猫，没有墓，没有守墓的人。

没有带路的黑猫。

猫墓到底是否存在？而那份记忆，到底是真实还是虚幻？

也许我还会遇到小白，也许永远不会。

只是有一点，“猫比人类更善于面对离别”这句话似乎是说对了。

因为至少此刻，我不想知道答案。

此时，晚风瑟瑟，浓重的暮色泼洒到青灰色的砖墙上，为其镀上一层神秘的暗金色光华。我安静地坐在一处石堆上，忽然觉得有无边的悲伤袭来，却又觉得有些享受。

良久。

一只蹒跚的老猫来到巨墙之前，它来回徘徊，忽然在一处停下。

我循目望去，那是一个不易察觉的小洞。

老猫钻了进去。

我觉得有些好奇，不由得凑近了那处小洞。

微风拂过洞前的青草，在静谧的空气中震起簌簌轻响，我望前顾后，天地间仿佛只余我一人。

青草后，隐着一处斑斓的色彩。

拨开草丛的那一刻，我有些哽咽。

也许真的有守墓人，也许有的只是我这样不愿面对离别的养猫人。

那草丛后，确实有一张白纸，上面笨拙地描绘了一只彩色的肉球，而肉球的下面，画功很笨拙，但我仍然看得清楚，那是一个人抱着一只小花猫，笑得很开心。

整面纸只有两个字，“猫墓”。

/ 贪吃蛇 /

1

我是一条贪吃蛇，我出生的时候就有一条小贪吃蛇昏头昏脑地朝我身体上撞来，变成一堆碎片。

我把狼藉一片的它吃掉，感觉自己强壮了许多，便伸头打量起这个世界来。

多么广袤的一个世界啊，举目向四个方向看去，看不出一条边际。

那时，意识尚还懵懂的我，意识到自己将在这个无限宽广和精彩的世界中冒险、成长，就忍不住绽出一丝微笑。

可在这样一个世界中生存也是需要技巧和胆识的，到处都有我这样的贪吃蛇，它们有大有小，不停地在四处游走着，窥伺着吃掉那些比自己体积小的贪吃蛇，也跟随着那些庞然大物，等待它们的死亡。

它们的目的无外乎都是让自己变得更大。变得更大，自己就能成为这个环境中的主宰者，不在担惊受怕中度日。吃掉自己的同类，变得更大，这就是贪吃蛇的生存哲学。

不久后我就发现了，自己天生具有狩猎的天赋，我总能在最适当的时候切入，用最完美的走位以毫厘之差挡在我的猎物身前，在它还没有反应过来的时候便已经撞上我的身体。

我也明白怎么躲避那些庞然大物，它们体形巨大却笨重，只要远离它们的脑袋就不会有太大的危险，要诀便是时刻保持警惕。

夜以继日，我终于不再是条小蛇，而是一个成熟的狩猎者。

我的世界变得越来越大，那些小蛇在我的视野范围中逐渐变得难以分辨，许多曾经让我仰望的大蛇，如今已经成为我追逐的对象。

可强大的代价，自然是越来越多暗处的窥伺。

这一条体量与我相近的蛇已经瞄准我多日了。

“这里有那么多小蛇，为什么你非要追着我不放？”我有些不满，它的技艺并不算高超，三番五次也没能把我围住，我有点烦了。

“吃那些小虫多没劲。”它的兴奋度丝毫不减，紧跟在我身后，“大家都差不多才有意思啊，你可能吃掉我，我也可能吃掉你，用生命作为赌注。喂，你的走位很风骚啊，我好久没有失误这么多次了。”

“无聊。”我不屑地别过身子。与这种家伙以命相搏太不划算了，比起这样，吃小蛇对于自己成长要有效率得多。

“你甩不掉我的，我们总有一天会被其中一个人杀死。喂，黑白条纹的，告诉我你的名字吧，我叫 A0-天马汽车销售。”

我叹了一口气：“你是认真的吗？”

它用一次加速圈围回答了我的问题。

堪堪避过后，我明白自己不得不认真起来。

“这是你逼我的，你的名字太难听了，我本来真的不想和你浪费时间的。”

我转过身体，与它对峙。

“我的名字叫持家房地产小杨。”我摇了摇脑袋，将意识集中起来，“来吧！”

2

“你知道吗，听说这个世界没意思得很。”它全速与我纠缠着，冲我叫道，“我从来不吃小蛇，长到现在这样其实只吃了一条蛇，那条蛇比现在的我还大得多。”

天马汽车露出懊丧的表情。

“可它是被我追烦了追累了，自愿撞到我的身体上的。”它不甘地说，“它死前告诉我，曾经它也是一条好胜心强如我的小蛇，可长到这么大以后，就发现这个世界没劲透了，还是年轻的时候过得有意思。”

我不屑地笑了笑：“所以这种八斤八两的老东西才活不下去，被你这种菜鸟吃掉。”

“哈哈，我也是这么想的，你果然很有意思啊。”它开怀地笑了，“我越来越想杀死你了，把你吃掉以后，我去看看更大的世界是什么样子的，有没有它说的那么无聊。”

“死的是你才对吧。”我猛地变相加速，趁它转向时想将它的去路封死。

它在原地轻盈地打了个转，化解了我的封堵：“告诉你个窍门吧，对自己的猎物一定要有耐心，尽可能不要浪费体力，等它出现破绽的一瞬间杀死它。”

我冷哼一声，脸上却不自觉地露出了快意的笑容，我感到自己体内有一股躁动起来的血液，在追逐中欢愉地奔腾起来。

整整几天，我们都没有分出胜负。

我们经过的地方布满了各种小蛇的尸体，这种层级的战斗成了它们的灾难，稍有不慎便会撞在全速游走的我们的身躯上。

而我们的眼中只有对方，取胜，是我们唯一的执念。

“喂，小杨房地产，我们来许个约定吧。”

“什么？”

“无论我们中的谁把对方吃掉，都要拼了命地长大，活下去，去看看这个世界的最终极到底是什么样子的。”它疲惫的眼中出现一抹神采，“我可是期待得很啊，我想成为王，这样就没有任何东西能威胁到我的存在。”

“可以啊。”我吐着蛇芯，喘着粗气答应，“我也是这么想的，不过你太弱了，这个愿望就由我来完成吧。”

“变强是很漫长、很孤独的哦，你可能再也遇不见我这样的对手了。”

“无妨。”

机会到了，我敏锐地捕捉到它的前路上有一条小蛇，它必须绕开它，这限制了它的走位。

我陡然加速，闪电般游向它视野中的那个死角。

经过它身边的时候，我看见它平静地看了我一眼。

“干得漂亮。”

“是你告诉我的，耐心等待，一击毙命。”我将那个位置死死占据，将它生存的希望彻底封死，“我赢了。”

“把我一口不剩地吃掉，我可不想那些垃圾喽啰瓜分我的尸体。按照约定，你要活下去，变成这里的王，变成比谁都要强大的存在。小杨房地产，替我看看吧，这个世界。要是稀里糊涂死掉了，我不会饶过你。”

它微微一笑，避过那条小蛇，冲向了我的身躯。

“那是当然的了。”我轻声说道，“你就在我身体里，好好看着吧。”

它的身躯化成无数的碎末，散落在地面上。

我吞食着它的尸体，沿途我不容许有任何小蛇阻碍我，哪怕是吞入它身体一点点的小蛇，我也会赶尽杀绝。

将它吃尽的那一刻，我的世界被陡然放大了。

可我环顾四周，举目可及之处，却再也没有身躯与我相仿的同类了。

将视线再次拉远时，我又愣住了。

原本认为是无边无际的世界，竟被我看到了边界。尽管很勉强，但应该是一道圆形的轮廓，到那一刻我才知道这个世界原来是圆形的。

我奋力朝一个方向爬去，全速前进，日复一日。不知过了多久，我终于到达了世界的一处边缘。

这便是终点了，这么简单，这么轻易，就到达了？

正在此时，眼前的那堵墙微微旋转了起来。

它如有生命一般，竟在缓缓地蠕动。

“噢……”

一个亘古而沧桑的声音在我耳边响起，仿佛一个缓缓苏醒的巨人。

“终于能看到这样一条小东西了……”

那是一个遮天蔽日的脑袋，大到超出我所有的认知，无法用言语形容的庞大。

我也终于明白，这所谓的边界，只是一条大蛇的身躯。

“小东西，来陪我聊聊天吧……”

3

巨蛇的名字叫里昂，它成为这块土地的霸主，已经不知是多久以前的事情了，在不可计数的漫长时光中，它一天天变得巨硕。终于在不知不觉中，它已经大到再也看不清任何同类，它太大了，没有任何同类能对它造成威胁。

哪怕它不自觉地撞到那些小蛇的身体，也会因为实在是太巨大而影响判定，那些避之不及的小蛇便随之死亡。它几乎可以说是不死的。

“为什么要把我们围住？”有一天，我这么问它。

“围住？不，我没有把你们围住，只是我行进的路线恰好形成了这么一个小圈，我都记不清这是我什么时候经过的路线了，也忘记了围住你们的是我身体的哪一部分。”

“放我出去，我想见到更大的世界。”

“更大的世界？你想见更大的世界？”

“我为此而活，我要变得比谁都强，成为这个世界的王。”

“那你就要吃掉我才行。”

“会有那么一天的。除非你把我杀掉。”

“把你杀掉……”大蛇沉吟道，“不，我不会杀你的……

“我等了多久，才等来一个可以和我聊聊天的家伙，把你杀死，我又会很孤独……”

“你很怕孤独？”

“等你长到我这么大，也会怕的。”

它拖着悠长的尾音渐渐行远，每次我们的聊天都不会太长久，因为贪吃蛇必须不停地移动，它为了与我聊天必须游一个大圈。

对它来说这个圈或许只是一眨眼，对我来说，它则是一去数年。

它不在的那段时间里，我便在不断地猎杀，只要我目之所及的同类，都会被我残忍地围杀致死。我站在了这片领域食物链的顶端，用丰富的技巧和经验将那些挑战者一一击杀，用耐心和时间将那些逃窜的失败者逐一吞噬。

我变得越来越大，我能看见的蛇越来越少。

“里昂。”

忘了是第几次见面，我忍不住问它：

“外面的世界，是什么样的呢？”

“外面的世界……”它想了很久很久，似乎这是个极难回答的问题。

“你很向往吧？”它没有直接回答我，而是有些奇怪地这样问我。

“是啊，我与一个死掉的家伙约定过，要替它见证这个世界的全部。”我兴奋道，“我也很期待。”

“嗯……确实十分美妙。”

它的声音沧桑而绵长，将它所处的那个世界与我娓娓道来。

“这里有高入天际的大树……对，大树，那还是一种你无法理解的概念，那种东西不是横着长的，而是竖着长的……活到我们这样大的贪吃蛇也极少拥有攻击性，大家都很和平地相处着，你会在这里交到很多朋友……”

“可你说你很孤独。”我疑惑地问。

“那是因为我性子比较孤僻吧……我不喜欢热闹。

“说到哪儿了？对，大树，还有青草，长满鲜花的山坡，大雨过去以后，彩虹就会从很远很远的云端上延伸下来，啊……真的很美。”它说着说着，自己似乎也陷入神往之中。

我忍不住也露出笑意，那样的世界，确实太值得期待。

“那你什么时候才能放我出去？上次约定好了的，你不放我出去，我就不陪你聊天了。”

“嗯，可能还要需要一些时间，我也不知留在这里的圈什么时候才能走完……”

“那我只要活着就可以了吧。”

“是啊，可别死了，在出去之前。”

就这样，我始终耐心地等待着里昂的身体解开的那一刻，只是也许因为它实在太大了，我等了很久很久，依然只能活在它为我画下的小圈中。

在这段岁月里，我与里昂成了很好的朋友。

我们聊了许多。

沿着看不到头的大树不断向上攀登，会看到无数悬浮着的气泡，那里可以看到自己的脸。里昂总会绘声绘色地告诉我那是一种多么畅快的体验，从大树顶端向下滑行的时候，景色在身边迅速退去，只有迅疾的风掠过身边，舒爽而快意。

它说在某个远处，会有一片大海，那是真正的无边无际，再大的蛇在它面前也会显得像沙砾一般。它曾经最爱做的事情便是一动不动在海边趴上几个年头，看着夕阳的余晖将闪着波光的海面映满金色。

它与我讲山，讲水，讲微风轻拂的草原，讲收获中的金色花田。讲变化的四季，讲日月的圆缺。

我在憧憬和希望中度过每一天，这个巨大的身影，不知何时已成为我的一种寄托。

我早已忘却了时间的概念，是过了多久呢，就好像是做了一场大梦，很美的梦。

一觉醒来，除了包围住我的里昂的身体，我看不见任何同类了。

而我也发现，里昂的身体已经不再是我不可想象的那种巨大了，我似乎已经可以完全理解它的存在。

终于有一天，我发现它对我撒了一个谎。

原来它根本不是隔一段时间回来找我聊天。

在这漫长的时光中，它只是周而复始地在做一件事情。

那就是绕着自己的身体旋转。

而它所铸的这个圆圈，便是我的疆域。

4

“你从一开始就没打算让我出去，对吗？”

“我只是……想找个人聊天。”

“你不觉得很残忍吗？”我平静地说，“你向我描述外面的美好，却为自己的欲望而将我封存在这里。我早把你当作一个老朋友，我以为你没有必要骗我，只要你想，随时都可以把我围杀。”

“小杨……”

我没有回答它。

从那天开始，我再也没有和它说过话。

因为在知道真相的那一刻起，我就在计划杀死它。没有任何东西可以阻挡我离开这里，我要离开这里，我要见到那个世界。

可怎样才能杀死这样一个存在呢？这样一个封闭的圆，没有任何破绽可寻。

只有等待。

从那以后，里昂变得像个不知所措的孩子，我能不断听到它躯体内发出的悲鸣，那其中仿佛包含了无穷无尽的孤独。

失去了我的陪伴，它有时会止不住地恸哭，一遍一遍呼喊我的名字，再归于沉默。

我心里已经隐隐明白，用什么方法可以杀死它。

这一天终于还是到了。

“小杨，我知道你听得到……”它罕有地平静，“这是我生命中的最后几句话了。

“对不起，我不是有意欺骗你，我只能这么做，哪怕多一天也好，我想和你多说说话……

“在看到你之前，你无法想象我是怎样度过那段漫长岁月的，也许总有一天你会明白，时光对于我们来说终会变成一种煎熬，变成一种永恒的诅咒。

“可你终究还是会长大，你总会长大的……这一天总会到来，没有人会躲过。

“谢谢你能陪伴我这么久，而我也只能陪你到这里了，原谅我，我的欺骗，只能到此为止了……

“能遇见你，我很高兴。”

它撞上了自己的身体，化作一堆碎末。

与此同时，仿佛一道亘古的屏障永远碎裂开来，我知道我即将到达一个崭新的世界。

再见了，我的朋友，曾经我也对你诚心相待，我听信了你的话，原以为在这个世界上真的能交到朋友。

啊，果然是一个全新的世界。我吞食着里昂的尸体，若说心中没有悲伤是不可能的，它陪伴我度过了多年的时光。可与此同时，一种热切的渴望也占据了我的身体。

我感到自己在逐渐变大，那种渴望愈加狂热。

马上就能看到，马上就能看到它所说的一切了。望不到头的大树，无边无际的大海，麦风刮过的草原……

咦，怎么还是空无一物呢……

我前行着，继续吞噬它死去的身体。我的身躯已经承载了太多的东西，是它们支撑我走到了这一步。

无数被我吞噬的小生命，一个曾经与我拥有相同愿望的对手，一个忍受不了孤独而死去的朋友。

我的视线中终于缓缓出现一个物体，那是一个黑点，噢，是大树吗？那就是大树……

黑点逐渐扩大，渐渐占据了我的视线。

咦？

我把里昂的尸体吃完了。

什么都没有，空白一片，依旧是原来的那个世界。什么都没有改变。

只有一道巨墙。

蠕动的巨墙。

我惊恐地转过头，这道巨墙包围着我，我迅速转向，却发现四面八方都是巨墙，将我围得密不透风。

我只有在原地打转，否则我就会死去。

“嗯……换了一个小家伙吗……

“已经是第几个了？

“算了……想不起来啦。”

那一瞬间，我也明白了一切。

原来我在很早以前，就已经死了。

我对里昂说过，我活着的意义，就是见到更大的世界。

是啊，是那个家伙，没有它，我怎么能活那么久呢?

是它赐了我一场春秋大梦啊，赐了我生命中最快乐的一段时光。它用身躯将我与现实阻隔开来，把我围在一个叫作美梦的小圈内。

我原以为离开它会到一个叫起点的地方，却没想到它的身躯后，是一切的终点。

“让我出去……”我转着圈，低声地嘶吼，“让我出去!

“这个世界……不是这样的！”

我不甘地咆哮着。

“那可不行……

“如果可以的话，我也不想欺负你这个小家伙呢……”

那堵墙的最后一句话，仿佛对我下了一道死亡宣判。

“可我也遇到了些麻烦啊……不这样绕圈的话，我就没法在那大家伙的身体里活下去了……”

5

有多久了呢，我好像又做了一个梦。

那还是我刚出生的时候，我兴奋地东窜西走，说要做这个世界的王。

恍恍惚惚中，我围住的那个圆中好像出现了个小东西，它太小了，我要很费力很费力才能看得清它。

让我等太久了啊……

一道浊泪从我眼中滑落。

“喂，大家伙，我总有一天会把你打倒，成为这个世界的王！

“对了，你要是能先告诉我外面的世界是什么样子，我以后就饶你一命！”

外面的世界是什么样子的……

我笑了笑，用苍老的声音说道：

“小东西，这故事很长，你得听仔细了……”

我闭上了眼睛，感觉有些累了。

“那得先从……一棵看不到头的大树说起……”

神的孩子

1

“33 号！‘明王’一扫连日垫底的颓势，现在处于第一的位置，看来今天真是状态爆表！马上就要到终点了，它依旧甩开第二名很大一段距离！还有三十米、二十米、十米——”随着主持人的音调转高，赛马场的呼声在一瞬间沉寂了下来。

“‘明王！’是它夺得了今天的冠军！它的表现真是太棒了！”

观众席上喝彩声和嘘声同时响起，后者似乎要更猛烈一些，毕竟押夺冠热门的人占大多数，他们似乎对半路杀出的 33 号非常不满意。

“无聊。”我把手中的 33 号纸片揉成一团，绕过几个满是惊喜正要去兑奖的男人走出了赛马场。路过大门口时我看了一眼时间——差不多了，去车站吧。

在这里打发的半天时间并不算愉快，我悲哀地发现如今赛马给我的乐趣也已经不多了。当在一切发生前你就大概知道结果的时候，过程再精彩，也会让人觉得索然无味。

我买东西从来没有排过队，商场中的活动一定是我中特等奖，游戏中再稀有的物品到我这里也是信手拈来。今天是工作日，而我并不需要上班，四年前我买过一次彩票，中奖金额根据目前通货膨胀的速率应该还能用上十年。

也许是强运的代价，我的母亲生下我不久后便病故了，我的父亲也在我出生后从事业的巅峰直直坠落，在我五岁那年变得一无所有。他用了五年时间总算明白了这一切变故的根源，然后头也不回地离开了我。

“怪物。”

木门被重重关上前，那个男人留给我一个落魄的背影，对我说出我能记得的最后一句话。

我是神之子，这世间所有幸运只为我一个人而生，陪伴在我身边的人久而久之总会发现我会带给他们厄运，终究还是一个个离我远去。

我不介意，神的孩子一定是孤独的。

此刻我站在公交车站台前，同我一起等车的是一个女孩儿，她也许对这里不太熟悉，对着站牌来回细瞧，不时还自言自语。

不得不说她长得很好看，但表情始终有些倒霉兮兮的，给人一种怪异的感觉。

对她的观察仅仅停留了几秒，我便不再看她，而是专心开始数秒。

数秒等车，是我日常为数不多的乐趣。等车从来不超过一分钟对我来说不是一个事件，而是一种规律。就好像太阳每天一定会从东边升起一样自然。

可今天，似乎有些不一样。

足足两分钟过去了，视野的尽头依然没有公交车驶来。我的心情转而变得沉重起来。

并不是我对这几分钟的时间有多在意，而是这样的情况曾经也出现过两次。晚点五分钟的那天我所在的国家发生了震级可怕的大地震。晚点六分钟的那次，某个著名的旅游城市发生了灾难性的大海啸。

我的运气一旦不好，那么就一定有灾难发生。

十分钟，公交车足足晚了十分钟。

当那个熟悉的号码牌在视野中出现时我丝毫没有感到轻松，而是反复祈祷这次确实只是自己单纯运气不好，就算是上帝也应该会有开小差的时候。

否则事情就有些麻烦了。

但旁边那个女孩儿的表情却显得有些夸张了，她长长地“啊”了一声，那辆公交车在她眼中仿佛是头呼啸的野兽，她的视线在公交车和手表上来回切换，完全不敢相信自己的眼睛。

“只过了……十分钟？？”她先是傻笑起来，随后又突然想到了什么，猛地捂住了自己的嘴。

上车时她跟在我身后，神情始终有些恍惚。我只暗道了一声“怪人”，便不再去注意她。再次祈祷这次晚点纯属意外后，我便将思绪拉回到了今天的正事上。

我可以说自己是世界上最闲的人了，工作和社交对我来说都没有任何意义。我无法理解常人在从事这些活动时的乐趣，只想把时间挥霍在一些有趣的事情上。

比如，斯诺克。

没错，我喜欢打斯诺克，运气在这项运动中能产生的影响力纯粹是零，从一杆球被击出的那一刻起，它的命运就已经被注定，无法产生任何的变数。

不会事先知道结果，只凭技术取胜，是我热爱这项运动的原因。

而我现在正要参加一个斯诺克区域锦标赛的决赛，经过数年的磨炼，我的技术在业余选手中已经算数一数二了。

没错，我要证明自己无须运气也可以远比常人优秀。而这场比赛也只会是我职业生涯的开始，我不介意在这项运动中取得一个世界冠军。向神证明它的恩赐是正确的，我理应得到这样的幸运。

听说今天的对手是来自外省的，在当地也很是出名，在晋级决赛的过程中也没有费太大的功夫。

我握了握拳，尽管对自己很自信，但我还是不想轻敌。

2

不得不说，今天是个很富有戏剧性的日子。当那个与我一同上公交车的女孩儿站在我面前与我握手的时候，我愣了很久。

“啊？这么巧。”她看到我时挠了挠头，不好意思地笑了笑。

我对她点了点头，她礼貌性地与我握手。

“对不起了，这场比赛一定是我赢。”握完手后，她的气势陡然一变，自信地对我一笑。

对她忽然的认真我有些惊讶，不过倒也觉得这女孩儿有些意思，对这场比赛隐隐开始有些期待。我笑了笑，千篇一律的生活，很久没有这样的感觉了。

开球。

几轮下来，我的眉头越皱越紧。

完全没有想到会在这样的比赛里遇到这样的选手。我曾经与一些知名度不高的职业选手交手过，他们都没有给我这样的压迫感。这个女孩儿很强。

一股燥热的血液从心脏涌出，我忽然感觉浑身有些发热，那是一种久违的兴奋感。

已经有多久，没有过这样的感觉了。当我把一颗红球精准击入中袋时，抬头不经意间看到不远处的一面镜子，我竟然在微笑。

时间仿佛在此刻停滞，我的脑中只有各个球位的变换和对走位的估算，击球声不断在耳边回响。

再度返回现实的时候，到了比赛的胜负手，是我击球。除非我能够连杆将剩下的球全数打入洞内，否则就会输掉比赛。我不认为这一杆失败后她会给我任何机会。

我无奈一笑，心里明白——我输了。

这一颗我必须击入的球超出了我的能力范围，不，不如说超出了当今世界上任何一个选手的能力范围。说直白些，打到这样的局面，我已经输了。这一杆，需要两个精准的反弹才可能进球。

神之子也会输吗？我自嘲地笑了笑。

我注意到一边的观众席有一半的人都举着一块牌子，他们齐齐举着各式牌子，上面写着："殷戊戌加油！""阿屎最棒！"

是个人缘很好的家伙吧，我叹笑一声，这样求胜是因为不想在朋友面前丢脸吗？确实可以理解。呃？不对，为什么会有阿屎这种绰号……

想什么呢，你还在比赛。我晃了晃脑袋止住了思绪，出于对这个对手的尊敬，我想有始有终。

我俯下身体，锁定了白球，慢慢将球杆后拉。结束吧——

"我说了，放老子出去！你们没收到消息吗？！再不出去都得死！"

一片寂静的时候，观众席上猛地爆出一声巨吼。

“刺啦——”

被这突如其来的巨吼声干扰，我犯了一个菜鸟才会犯的错误，擦杆了。

而由于此球我用力极大的关系，白球向一个我完全意料不到的角度滚去，在高速的一个反弹后竟然奇迹般触碰到了我原本的目标球。

我看到那女孩儿张大了嘴巴。

目标球一共在桌面上反弹了三下，最后稳稳地落入袋内。

我看到了那个女孩儿黯然的表情，她缓缓地垂下了头。好像是有什么东西在她心中永远破碎了。

我第一次觉得，自己强运的特质是如此糟糕。

这时观众席上忽然起了些躁动，有几个观众被起初那人带动想要离场，正被工作人员劝说不要影响比赛。我看见那几个人举着手机争得满脸通红，激动地在说些什么，好像无论如何也要出去。

争端越来越大，这个比赛配置的保安不算太多，他们望着几个失控的观众也有些迷茫，场面一度陷入僵局。为了不影响选手的发挥，主办方只好广播暂时停止比赛，解决场内的突发事件。

这一边。

“不用比了吧，我输了。”那女孩儿忽然凄然一笑，把球杆往地上随意一扔，“到头来，没有一个地方是我的容身之处。”

我心下忽然一震，直直地望着她。

“不，不是的，我只是运气特别好。不——我的意思是，我的运气永远特别好。”看到她这样我有些手足无措，自己都不知道自己在说什么。

“哦，是这样啊，这样就说得通了……”她低着头，自言自语。

我有些诧异，她能听懂我在说什么？

“那你和我是一种人，真巧啊——”她说着又摇了摇头，“也不算吧，正因为都是这样的人，才会选择台球吧。

“我从早晨开始就感觉一直很奇怪，我从小是个运气差到极点的人，等公交车从来没有一次是二十分钟以内。除非发生特别严重的灾难——可今天我十分钟就等到了那辆和你同乘的公交车。

“到了这里以后，我找到了不知多久以前掉的钱包，就在更衣室的角落里。今天和以前的任何一天都没有任何不同，除了你，在车站看见了你，到了这里又看见了你。你是唯一的变数，我早该猜到的。”

她的眼神忽然变得有些悲哀。

“你是被上天眷顾的人，我是被上天遗弃的人。够了吧，是我输了。”

惨了，我可不会安慰人，我的设定可是社交能力基本为零……可有女孩儿和一个第一次见面的人就说这些的吗？

可我忽然也有一种与她一见如故的感觉，想把许多事情与她分享。我忽然回想起在车站见到她第一面时的那种怪异的心情，也许……是亲切？

“也没你想的那么糟。”我的手搓着裤子口袋，“观众席有不少你的朋友吧，我的运气是建立在让身边的人都遭遇不幸上的，所以我从来就没有朋友。”

“不是这样的。”她望向观众席的列列横幅，咧了咧嘴，“因为在我的身边他们的运气都会变得特别好。他们和我私下里从来都不聊天，可能只是觉得和我靠得近会让自己变好一些吧……我做什么事都很倒霉，他们私底下都叫我阿屎。在我面前就会装作很友好的样子，其实我都知道的。”

“呃，他们表面上也叫你阿屎。”我指了指刚才看到的那个角落里“阿屎加油”的横幅。

所以我说我在谈话方面绝对是个白痴，她顺着我的手指看见那横幅的时候，嘴角明显狠狠地抽动了一下。随后头又慢慢地低了下去。

“我不想输，如果连斯诺克都输，我会不知道我生在这个世界上是为了什么。”她发出一声自嘲般的苦笑，“或许，本来就不为什么吧。”

“每个人生在这个世界上都是有原因的。”我脱口而出，“你的实力比我强，这场比赛是你赢了。”

“谢谢。”她拿着球杆的背影顿了顿，“没关系了，输也好，赢也好。”

我正不知道该说什么，场馆的大门被轰然撞破。在我和她谈话期间显然发生过什么事情，现在已经有几十个人聚集在门口，叫嚷着要离开场馆。

广播再度响起，内容却发生了翻天覆地的变化：

“插播一条紧急新闻。美国天文局十分钟前向我国发布行星打击警报，目前我国官方已经下达逃生命令。全体在南方的国民目前还剩余十六个小时的逃生时间，请紧急向国家北面疏散，请紧急向国家北面疏散！具体事项请在逃生途中留意城市内的广播！比赛中止，希望各位平安。”

广播声戛然而止。

3

这颗小行星的半径只有一百多米，完全避开了天文系统的观测，若不是迫近地球时引起的反光得到天文望远镜的注意，这座城市恐怕会在毫不知情的情况下就灰飞烟灭。

而哪怕是现在，时间也不多了。破坏面积尚无法预测，广播只说了尽可能向北面撤离，并临时给出了数条供参考的逃生线路。

路上聚集着密密麻麻的车辆和行人，我在逃生的队伍之中，脑海里却始终回荡着和殷戊戌离开前的那几句对话：

“我本来以为等车时间变化是我们两个人对冲后的结果。”

“我也是。”

“到头来，唯一能证明我存在的比赛也输掉了。”

“你忘了，比赛还没结束。”我摇了摇头，“我不一定能打进剩下的球，没人能知道结果。下一次，我们再比一次。”

“会有下一次吗？”她淡淡地笑了，眼中闪过一丝落寞。

“你走吧，哪怕是神之子，也没有留在这里和小行星搏命的底气吧？”

“确实没有必要，我会离开这里。”

“理应如此。”她垂下了头，我看不清她的表情。

“殷戊戌，一起……走吗？”我也不知道为什么，忽然就说出了这句话，这算是我对女孩儿的第一次邀请？

她听到自己名字的那一刻眼睛一亮，抬头与我对望了片刻，又将眼神下移。

“不了，我在这座城市还有些事要完成。之后再走。”

“和朋友有关吗？”

她忽然在原地定住，过了足足有几秒钟，才缓缓抬头，微微一笑：“嗯，不太放心他们呢。”

“那你要快。走吧。”我犹豫了一下，忽然说道，“见到你，我很开心。”

“我也是。”她别过身，“有机会，再打一局吧。”

直到我走开很远，才忽然记起忘记了问她要联系方式。虽然我压根儿连手机都没有，但她为什么不提醒我呢？呃，我听说要联系方式一定要是男孩儿主动，难道是这个原因……

算了，一切过去以后到这里查一下参赛选手的信息就可以了。

殷戊戌，不算难记的名字，没关系。

这一路上，我想了很多，全是关于殷戊戌的事。我与这个女孩儿的相逢可以说是一种必然。

因为厌恶了运气对现实生活的支配，我们共同爱上了斯诺克。也因为运气，我们在某种程度上拥有同样的孤独。也许是因为这份孤独感只能被我们两人所理解，才会有那样一见如故的感觉吧。

我突然开始有些后悔，为什么没有和她再多说一些话？为什么没有继续劝说她和自己一起走，或跟随她去完成她要完成的事情？我感觉自己心里空荡荡的，千篇一律的生活，好不容易起了一些涟漪，却又因为一场莫名的灾难将我和她阻隔开。

广播始终在更新着行星坠落的最新进度，正当我心烦意乱间，却忽然听见了这样一则更新：

“陨石受到未知因素的影响，略微偏离了轨迹，朝预计地点的更南方坠落而去。”

这是一则好消息，民众不必改变逃生路线，受到的威胁也大大降低。

人群爆发了欢呼和庆幸的声音，我却开始感觉有些不对劲。

过了半小时，专家表示陨石落点持续南移，预计会在沿岸附近坠落。

一小时后，预测会在浅海坠落。

而我也终于惊醒了。

为什么她说还有一件事没有完成?

为什么她听到我也准备逃生的回答时垂下了头?

为什么她连我的联系方式，甚至是名字也没有问及?

“除了桌球，我活在这个世界上的意义到底是什么呢? ”

“他们私底下都叫我阿屎。”

我猛地将自行车掉转过头。

天空灰蒙蒙的，我高仰着头，目光穿透了云层，想要努力寻找什么东西。

“倘若我真的是你的孩子，请聆听我的愿望。

“我愿意用任何东西去换取，只求你给我足够的运气，让我去找到那个女孩儿。”

我将外衣一甩，搓了搓手。回去的路上拥堵不堪，自行车没有任何用处，我要用跑的。

于是我开始狂奔，在汹涌的人潮之中，只有我一个人逆流而行。

折过一个转角，耳边听见了直升机的呼啸声，我自信一笑，毫不犹豫地向一个小坡跑去。

我向它挥舞着手臂，我知道那里面的人一定会看见我，且一定会和我对话，且一定会答应我的请求。

因为这一次，神又站在了我这边。

“土坡上的那个小青年，怎么了，快点逃离。”直升机临近时，扩音器的声音传了过来。

“救救我奶奶！”我狂吼，“她两条腿都瘫了，一个人住在海边的小屋里！求求你们了！”

那里面的人犹豫了十几秒，扩音器的声音再度传来：

“我们就是城市救援队的，你上来，指路。”

4

“小伙子，是这里吗？”

“到能看见码头的地方就差不多了。”

“那里不是渔人码头吗？”搜救队员朝一个方向指了指，“你连你家都不认得？”他有些狐疑地问。

“哦对，就是这里，放我下去。”

“行，我派几个人跟——喂！你去哪里？别乱跑！”

跳下直升机后我撒腿就跑，朝后面大喊：“多谢了！你们去救其他人吧！”

“小伙子，你到底想干什么？你奶奶呢？这里是危险区域！”

“我忽然想起来我奶奶七年前死了。”我回头冲那几个人哂然一笑，“想不开了，准备投海自尽！拜拜！”

直升机在附近来回盘旋，有两个人依旧不依不饶在路上来回叫喊着，可几番都没能发现躲在草丛里的我。

十几分钟后，直升机无奈地朝远处飞走了。

又耽搁了不少时间，我一刻不停，朝码头直冲而去。

我说了，神选择了和我站在一边。

这艘渔船的主人显然是为了逃命仓促出发，所有的设备都还处于开启的状态，我爷爷年轻时是一艘小渔船的船长，所以我侥幸会一点开船技巧。

这艘渔船马力不小，我简单熟悉了一些操作过后，见油量充足，直接把马力开到最大。渔船缓缓提速，带着引擎的轰鸣声朝无尽的大海直冲而去。

“离他远点，运气都会被吸走的！”

“自从把你生下来以后，就尽是些不如意的事。”

“那个人臭屁什么啊？不就是运气好点。”

四周全是涌动的海水，耳边只有引擎的转动声。过往的记忆一一在眼前浮现，那些挥之不去的声音又重新出现在耳边。

漫长的时光里，我总是孤身一人。

我自傲，我嘲笑着人群，活在自己的世界。我是神的孩子，我以为自己不会感到孤独，我理应孤独。

本应是这样的，直到我今天遇到那个女孩儿。

没有边的大海，天地也尽收在眼底，我忽然感觉自己是那么渺小。生平第一次，我那么迫切地想要找到一个人，告诉她，我很孤独。

渔船上的调频广播还在不断变更陨石降落的地点，我根本不想再听，早早就一把关掉。

这是一段没有尽头的旅程，旅程的终点不是一个地方，而是一个人。那么广阔的大海，我一定要和她相遇，我确信能和她相遇。

因为我是神之子。

船头翻起的浪花急速在视野中退去，我连方向盘都没有动，独自蹲坐在船头，静静等待。我不需要计算油量，只要我还能活着，就一定会被搜救队发现。

我只需要找到那个女孩儿。

就这样，我早已失去了时间的概念，直到看见那个黑色的小点。

视野的尽头，有一艘孤单的小船，上面坐着一个孤单的女孩儿。

它开启了最大马力，不计消耗地向大海的深处疾驰而去。

那个女孩儿抱着膝盖蹲坐在船尾，蜷成一团，静静地看着甲板。

这时，我站起了身，用双手拢起嘴巴。

我仿佛是用尽了我一生的气力，朝那个方向发出了咆哮：

“殷戊戌!

“殷——戊——戌！”

那个抱着膝盖的女孩儿缓缓转过头，眼角带着泪光。

“殷戊戌，你记好了，我的名字叫程书亚！”

追上她的那一刻，我从船头一跃而起，来到了她面前。

她一句话也没说，像是一只受惊的小鹿，只知道哭。眼泪和鼻涕都流了一脸，形象算不上太好。

“我——我好害怕。”她哽咽着说，“这么大一片海，一个人也没有……这个世界没有人知道我会就这样死掉，然后我就消失了，什么也记不得了，什么也听不见了，什么也没有留下。”

“你胆子这么小，还想当英雄啊？”我微笑着说。

“我怕我会后悔，就闭着眼睛一直坐在这里，我怕看到那个东西朝我这里砸下来。”

“殷戊戌，你听好，你不会死的。”

她吸了吸鼻子，愣愣地看着我。

“你觉得什么坏事都冲着你来,你想把陨石引到远离人群的地方。可是很不巧，在你旁边的人是全世界运气最好的家伙。我可是神之子啊，试试看吧——”我仰起了头，朗声一笑，“是你的运气更差一点，还是我的运气更好一点？”

一道强光划破天际，被冲散的云层向四处逸开。视野中，那颗赤红色的流星先是一个小红点，随后逐渐变大。

它挟着万钧的威势向这里冲来，耳边隐隐能听见破空的轰鸣声。

“殷戊戌。”我看着坠落的陨石，轻声说道，“回去了以后，认认真真地比一场吧。”

陨石灼眼的红色以肉眼可见的速度消退，在高处分解成数块，在空中四处扩散而开。随后又经历了数次的分解，那颗最大的陨石已经变得只有数米。

四周陆续传出了陨石落水的爆破声，翻卷的巨浪冲天而起，海面升腾出大片大片的水汽。

可就是动摇不到我所在的这艘小船。

殷戊戌仍然维持着抱头闭眼的姿势，看着她那副胆小的样子我只能无奈地拍了拍她的肩膀：

“喂，回家了。”

她睁开眼，眸中似有微光。

尾声

“33 号，‘疾风’今天的表现只能用惊艳来形容！它马上就要越过终点，这会是一次史无前例的爆冷吗？！”

解说员的声音渐渐高昂起来，四周的人群却哭声一片，他们对自己下注的赛马怨声载道。那匹赛前的夺冠热门“微笑”目前只在第四名。

我攥着 33 号的下注单，很不屑地笑了笑，很轻松地将手中的曼妥思向空中抛掷而出，就要用嘴接住。

“天哪！‘疾风’！‘疾风’怎么了？噢，难以置信，它居然在仅仅距离终点三十米的地方摔倒了！怎么回事，是场地的问题吗？这真是太可惜了！”

曼妥思狠狠地砸在我的鼻子上。

听到身后的笑声后，我悲愤地回头：“我和你说了多少次，赛马不要和我买一样的，你为什么就是不信邪呢？大姐，生活费已经不多了，你总不能让我再去中一次五百万吧？行行好。”

身后那个女子不好意思地挠了挠头，手里同样攥着一个 33 号的下注单。

“最后一次，真的，最后一次了。”她吐了吐舌头。

“走吧，再去下一次，这次我买‘微笑’赔死他们！”她拉起我的手，脸上因兴奋泛起一片红晕。

我狐疑地看着她。

“我知道，我知道。这次真的不乱来了。”她啄米般对我点头，双手合十，“不然等下真的连买酱油的钱都没有了。”

/ 砖侠 /

七岁那年，我的父亲被强征入役，加入到修造新城的滚滚大潮中，从此再也没有回家，音信全无。

朝廷根本没有计算过如此大人力下的粮食补给问题，那一年光是死在去修建摘星城路上的苦工便不计其数，活着抵达的也更苦不堪言，日日劳作，年中无休。

累死的、自尽的、造反的，早就难以计数，可在当世之君的无尽荒淫和昏庸面前，却也不过被视作聚堆而亡的蚂蚁罢了。

之后便发生了那场席卷全国的瘟疫，我的母亲没能撑下去，父亲离开的半年后，临终前的她抱着我簌簌发抖，说“抱歉，妈陪不了你，今后的路你要自己走”。

那时我还年幼，我告诉自己这辈子只需要完成一件事。

斩下当今皇帝的狗头。

十七岁那年，我学成出山。

下山前，师父告诉我，我们要砖头的，心气万万不能乱，你的砖气虽烈，心气却不稳当。世道复杂，你要谨记初心。

当时的我没能明白师父话中的寓意，心想我已经到了驭砖杀蚊的境界，对砖的操纵已经到了入微至圣的地步，我的心气怎么就不够？

他说：“你以后会明白的，明白以后回山找我，师父有一个心愿，需托你完成。”

我答应，随后下山。

下山的第一件任务，是营救盛极一时的侠客李四，他就要被处刑，罪名是一人一圈打昏数十守卫，而后私开粮仓，周济百姓。

顺带一提，他的武器是马桶圈，国主为稳固大好河山，早已下令收尽天下利器。如今的江湖人士武器层出不穷，不过大致还是以家庭日常用品为主，马桶圈是热门兵器，个中高手还经常私下交流，形成氛围良好的学术交际群落。

人称马桶圈圈。

李四是马桶圈圈中公认的第二圈侠，第一是他的亲生哥哥李三。

言而总之，这样的一个义士，我不得不去拯救他。

午时已到。

行刑手握着刀的双臂有些紧张，不住地颤抖，刀口架在李四头上，冰冷的刀锋紧紧贴住他的肌肉。收兵期间刽子手也是不许碰刀的，他感觉手中的兵器有些陌生。

都城内早已舆论四起，百姓们嘴上不敢表露，内心却对这次处刑极度愤慨，他们不愿看到心目中的英雄落得这种下场。事实上，皇宫内也是顶着很大压力才下此决断。

他不住劝慰自己，不能搞砸了。

是时候了，我从人群之中腾地跃起，砖头的棱角切开空气，随我急速掠向处刑台，过程中我气沉丹田，放声大吼：

“刀下留人！”

刽子手脑中一片空白，冷汗一瞬间沁满了他的后背。偷袭？怎么办？自己会死吗？死了算工伤吗？工伤朝廷有理赔吗？

耳边响起一声哀号。

剑子手大惊，不知不觉刀锋竟已没入李四的后颈，鲜血不住流出，眼看李四是不能活了，却也一时求死不能。

待我施展轻功来到李四面前，他的五官已经扭作一团，痛苦至极地看着我，嘴唇翕动不止。

“痛……痛……大侠，给我一个……痛快的……”

我万念俱灰，本想仗义相助，没想到还是晚了一步，可痛定思痛，所能做的只有满足这位侠客最后的心愿。

我面容沉痛，一砖把他断至一半的头颅拍飞。

（观众视角）

刽子手正要行刑，似乎有些犹豫。忽然一人飞至处刑台，内力深厚，气势雄浑。

砖起头落。

刽子手傻眼。

（现实）

一周后，我成为这个国家的禁军副统领。

皇帝密旨：为国自愿败坏声名，创意背锅，彻底转移舆论攻击方向，理当封赏。

我现在是举国唾骂的对象，却莫名离我的目标近了一步，我有了出入皇宫的资格，自然便于刺杀皇帝的计划实施。

总的来说，还不错。

李四死后，国家局势更加动荡不安，各地纷纷揭竿而起，小动乱层出不穷，可当今圣上虽然昏庸而不得民心，国内的军政环节却仍是铁板一块，镇压他们并没有花过多的气力。

但，乱世毕竟已经初露苗头，时代的大潮一旦触及岸堤，便总有一天会将它冲垮。

我一共花了一个月摸清了从禁宫通往皇帝寝宫的路途，其中暗哨无数，关卡重重，陷阱密布，饶是如此，我殚精竭虑，终于制订出了一套完整的计划。

那一天我身着夜行衣，摸黑进入了寝宫，望着那个睡着的男人，我无声地流下了眼泪。

爹、娘，十年过去了，你们大仇得报。

我紧了紧怀中的砖头，气势陡然攀至巅峰，左脚滑步朝前移到了极限，身体以一个完美的弧度后仰，右手中的砖头举在脑后，我想起了无数个练砖的日夜，想起师父教我牢记的砖诀。

飞天之砖，不应用来守护旧时代，而应打开新时代。

《砖诀 · 飞砖术 · 卷一序》

新时代。

周身的所有关节舒展至极限的一刹那，我猛地收缩，周身如一条被松解开的皮筋，砖头在一瞬间模糊了起来，伴随一阵轻微的破空脆响，一条红色弧线撕裂了黑夜，对着金黄色的华床急掠而去。

“咚！”

砖块触到了什么东西，应声而落。

那个潜伏在屋梁上的刺客为寻这个时机已经等待了一天，没想到他毕生的圈术竟被一块飞砖轻松化解。

神圈李三，感觉自己的自信被前所未有地挑战了。

我扶了扶额头，为什么命运要这样对我?

皇帝被惊醒，看到在他床边的蒙面人和门边保持着掷砖姿势的我，明白了一切。

“爱卿……救驾！朕有重赏！”

“原来如此，大内侍卫中的好手。”李三摘下面罩，表情冰冷。“这一手砖术，杀死我弟弟的人就是你吧。”

“赐教了。”

我很想同他交涉，然后两人一同愉快地把皇帝弄死，但眼前的他已经血气冲天，我知道多说无益。

思考间，马桶圈端头在我眼中急剧变大，眨眼便到了眼前，我心中一凛，自知遇到劲敌，小腿发力点地，踮步后移，堪堪避过。

没想到他如此凌厉的一记直刺竟只是虚晃，力并未全尽，见我向侧后方移动，反应极快地变直刺为斜撩，马桶圈绕开了我的视野进入我的盲区，以一个匪夷所思的角度向我头部袭来。

一个使马桶圈的高手，直刺下的圈头一旦触碰人的体表，稍稍使上巧力便会紧紧吸附，吸力作用下，一抽就是一块血肉被带离身体。

宁中十劈，不挨一刺。

《砖诀·对敌详解·马桶圈卷·序一》

劲风扑面，我完全凭借多年练砖的直觉，在一瞬间中察觉风势，吐气沉腰，矮身后仰，圈头带起的烈风在我的脸上留下两道血槽，我不肯吃亏，右手抽出藏在后腰的第二块砖，躲圈同时朝他脸上横劈过去。

两人擦肩而过，转身后，我发现他的脸上也被砖角擦出两条血迹。

那一刻我明白了，这是势均力敌的一战，也是当世砖圈和马桶圈圈的巅峰一战。

大批巡逻守卫的脚步声渐渐近了。

李三面容凝重，他知道，时间不多了。

他的气势忽然松懈了，只见他右脚微微后撤一步，重心下沉间，将马桶圈柄握于身侧，与肩同高，左手则虚掩住了圈头，头压得极低。

他整个人如一支绷紧了弦的利箭，那一刻我感觉身体无处不是死角，被一股说不清道不明的域场彻底锁定了。

圈突。

圈突是马桶圈圈的神话，相传只有马桶圈的开山鼻祖死前递出过一次。

那一刺，将一袭青衣、一块砧板独步天下五十年的陆板板挑落神坛，将马桶圈术送上巅峰。

我闭上了眼睛，微风拂面，仿佛回到了一个盛夏，师徒俩坐在树荫下乘凉。

“你说圈突怎么怎么厉害，那你倒是告诉我遇上怎么破啊，总不能等死吧？”

“圈突是躲不过的，那一刺能破开空间的限制，出圈的一刻，就是命中的一刻。但是此招重意，精髓是一往无前，倾力一击。”

老人笑了笑。

“你想破，只有攻其后路。其实他们有巅峰一刺，我们也有巅峰一砖，你听好……”

巅峰一砖。

我回到了现实，放空了全身，感觉脑海前所未有地清醒，一种宁静和祥和气韵包围了我。

我右手扬起，红砖旋转飞出。砖头离开手的那一刻，我闭上了眼睛，我知道我所能做的都做完了。

“呵呵……这就是你的最后一击？”他冷笑着，想来是轻松避过之后有些失望。

下一刻，马桶圈便罩住了我整张脸，我闻到一股幽幽的香气，天下第一圈，想必对武器进行过精心的保养。

我知道，他的手只要略微抽动，就能扯下我的头颅。

当我感到握住圈柄的手在刹那间松开后，我吐出了一口长气。

是我赢了。

我拔出了吸在脸上的马桶圈，眼前那人的身体来回摇晃，仿佛一个刚刚学步的孩子，他用一种匪夷所思的眼神看着我。

他的脑后插着一块红砖，砖角已经没入了颅骨。

“你……竟然会……回……旋……砖……”

我能读出他心中的万千不甘，可他还是倒在了地上，再无生机。

这一场，砖胜。

我很惆怅。

那一战后，我被赐免死金牌一块，宫内宅院一座，封御前首席带砖护卫，常伴皇帝左右，护其安全。

无论如何，这下我的机会好像更大了，想至此处，我便把之前的惆怅一概卷成废纸抛在脑后。

皇帝的保镖，还愁没有机会杀他?

那之后的我一直在耐心等待一个机会，他用膳的时候、他散步的时候、他狩猎的时候，可每次我总没有充分的把握，我怕再一失手，便永无机会。

那之后，皇帝对我的态度开始转变，他全然没有把我当作一个臣子手下，而是当作了一个贴心的挚友，无所不谈，倾心相交。

他颇通词赋，散步赏玩时总能脱口而出一些惊词妙句。

他也很孩子气，他说整个皇宫中只能同我交心，君臣之间尔虞我诈，后宫之间争宠算计。

只有在我面前，他会卸下所有的防备，下雨天他会蹲在地上看蚂蚁搬家，长长的华服拖在地上，他就用一根小棍专注地来回捅一个小窝。晴天他经常找我练砖，可他连砖头都拿不动，我们只能把砖块磨成粉，在地上画画，他画的王八很传神，总让我忍俊不禁。

他掏蚂蚁窝和画画的时候，我怎么也下不了手。

他说，自己错了。

年少时初登帝王的宝座，感觉整个天下都是自己的，只想尽力挥霍，放纵。

等醒悟过来已经为时已晚，自己早已放权太多，帝国表面看起来铁板一块，可权力早不握于自己手中，那些当初争相为自己建城、阅兵的大臣，暗中把一切都囊入怀中。

他想改变，他想百姓安逸富足起来，可他没有能力，做不到。百姓们只知道唾骂皇帝昏庸，谁会知道暗中作梗的是那些居心不轨的大臣。

他最后哭着对我说，无限江山，别时容易见时难。

他明白，这个国家快完了，他只想度过最后安稳的时光。

那一天我扔下了砖头。

没人看到我眼中的泪水，我低着头，把砖块磨成了粉，在地上画了一只笨笨的王八。

我说，好。

三个月后，起义军杀进了皇宫。

满朝文武死的死，逃的逃，最后的时刻，只有我一个人挡在了皇帝的面前。

一个全世界最想杀他的人，在全世界都想杀他的时候站在了他的身前。

起义军中的首领缓缓踱步而出。

我爹。

他没有死，他十年前选择了造反，这十年中，他一直暗中召集人马，他等这个大厦将倾的时刻，足足等了十年，做了十年的准备。

他没想到挡在自己面前的最后一人是自己的儿子。

“让开。”

“爹，罢手吧，这个国家已经完了，放过他。”

他再也没有说话，挥动锅铲朝我冲来。

这一铲我不想躲，死在亲生父亲的手里，并不是什么坏事。

可我也不想让，想杀我身后的人，起码先杀了我。

我闭上了眼睛，锅铲切入人体，发出沉沉的闷响。

可我没有感觉到痛楚。

皇帝挡在了我的身前，金黄的袍子随风飘扬，至最高处后，归于宁静。

无限江山，别时容易见时难。

起风了，地上那只王八模糊了起来。

不知为何，我没有感觉到很大的悲伤，那一刻我感觉有些疲倦，只想找到一个地方，让我安然一睡，尘世的纷扰羁绊，再也不去管。

所以我没有说一句话，低头与父亲背身而过，离开皇宫。

师父说得对，我的心气不稳，是是非非，恩怨情仇，我发现先前的自己根本分辨不清。

可我现在把一切都想得明白通透，波澜不惊，心如止水。皇帝倒在我眼前的那一刻，我感觉有什么东西在我心中永远熄灭了，原来心猿斩尽即为悟空，一个人无心的那一刻，所谓心气也是水到渠成了。

所以我回山，想过回那段什么也不用去想的岁月，只需练砖。我不知道练砖能做什么，可我只剩手中的砖。

山间。

师父见到我的眼神，默默点头，随后掏出了砖头。

“我这一生唯一的心愿，是想有人打败我。

“你的砖气和心气都足够了，动手吧。”

我以为世间再也没有什么事能动摇我的心气，可我错了，砖出手的那一刻，我还是哭了。

七天后，我在山顶葬了师父。师父死前见到那手回旋砖的一刻，笑得很开心。

我下山。

父亲登基，下令解禁天下利兵，从此以后，刀剑即是江湖。

城门口破败而荒凉，却仍有来来往往运粮的农民、进城的商客。我看到人们眼中有无限的生机，战火后的都城会迎来新生，总有一天人们会忘记这段历史。

城外，几个孩子握着竹剑木刀，身形笨拙，却神采飞扬。

我笑了，笑得很欣慰。

我是一个砖客。

新时代没有我的容身之地。

刀剑面前，凭我手中的砖，能做什么呢?

我把红砖高举过头顶。

“师父，你错了。”我说。

飞天之砖，不应该用来打开新时代，而应该用来守护旧时代。

红砖猛地朝我头顶压下。

从此，世间再无砖客。

只有江湖。

那些再也找不到的玩具都去哪里了？

1

“左倾角四十五度，目标持续向前移动，发射准备。”

“收到，发射准备，3，2，1。”

炮手点燃引信，侧头与潜伏在角落处的骑士交换眼神，后者手持长矛，肃穆地对自己点了点头。

炮弹发出的瞬间，骑士从角落里杀出，短暂加速后携千钧之力向目标冲撞而去。

这只蟑螂足有成人拇指大小，哪怕是在人类世界中生存经验丰富的老油条，也是被这阵势吓得不轻。

长矛刺入自己腹部，蟑螂吃满冲击力，被生生逼退一步，却感觉自己的身体突然被什么东西死死锁住。

巴尔坦星人见自己得手，冲远处月下一个人影有些不耐烦地说：

“迪迦，你倒是射啊！”

迪迦点头，摆出广播体操般的起手式，随后双膝一屈，就要推波。

“巴尔坦你再坚持一下，我没电了！”

骑手吐了口脏话，扯着大嗓门儿怒吼：“运输兵！”

“来了，来了！”

蓝色的小人抱着三节纽扣电池向摆定Pose不动的迪迦狂奔而去，随即将电池塞入迪迦·奥特曼的身体里。

“迪迦，我要坚持不住了！”巴尔坦大吼，他感受到蟑螂察觉到危险后剧烈地挣扎起来。

“呀！”

迪迦怪叫一声，随即一道激光自手臂中射出，正中蟑螂。

半个小时后，冒着烟的蟑螂被小人士兵们推下了窗台。

他们看着在床上熟睡的孩子，擦了擦汗，心满意足地笑了。

“这么大一只蟑螂，司令看到就得吓坏了，大家伙干得不错，收队收队！”

迪迦和巴尔坦隔空相望。

“算了，太累了，要不今天就不打了？”

“可以，休战一天，你表现也不错。”

巴尔坦忽然看了看床头挂着的吊瓶，他和迪迦都属于较高级的玩具，智识自然要比塑料小兵来得高些。

“没液了。”

“巴尔坦，该你了，上次我摔得不轻，屁股还疼着呢。”

巴尔坦轻蔑一笑，随后站到桌面边缘，一跃而下。

咔嗒。

不一会儿，房间门被推开，孩子的父母揉着眼睛，见到地上的巴尔坦星人叹了口气。

“这孩子，玩具还是不放好……”

“嘘，别吵醒他了，医生说现在是关键期。”

“我知道——咦？”

孩子他妈见到了空空如也的吊瓶。

“哎呀，又忘了！”

2

从记事起，屋里就只有它们三种玩具，主人家境不好，又从小患病，高昂的住院费，使一家人决定在家靠打点滴度日。

他对第一天买来的崭新塑料士兵说：“你们是我最强的亲卫队，从今往后我的安全由你们守护。”

他给十几个小人统统起了名字，分配它们各自的职务，带领它们在厨房、沙发、客厅南征北战。

他告诉迪迦：“你的宿敌是巴尔坦星人，地球要靠你守护，你不能输给它。”

但他最喜欢的玩具是巴尔坦星人：“虽然你是个坏蛋，但无论被打败几次你都会重新出现，真羡慕你，我要是也像你那样不服输就好了。”

他喜欢拿着迪迦和巴尔坦对打，手酸的时候就把它们并排放在自己面前，和它们一遍又一遍讲奥特曼的故事，告诉它们是如何成为宿敌的。

但最近，主人下床的时间越来越少了，他变得沉默寡言，兴许是故事已经讲了太多遍的缘故。

可无论迪迦和巴尔坦，还是塑料小兵们，都从未厌烦过主人的故事。

主人很少再玩它们了，而更多清醒的时候，他更喜欢把窗帘拉开，侧躺在床上，静静地看着它们。

维持站住不动的样子是很累的，但它们很开心，拼命挺直腰板，摆出自己心目中最帅气的样子。

一到晚上，屋里就会出现不少爬虫蚊子。它们知道主人最怕这些东西，所以哪怕每天都添新伤，也乐在其中守护着主人。

它们觉得，哪怕主人不再与它们玩耍也没有关系，只是这样就很好。

但终于还是有一天，主人的脸色忽然变得苍白，脸上一层一层地出汗，把他父母吓坏了。

一群穿着白衣服的人匆匆把主人抬上担架，关上了房门。

3

几天后，父母回家整理主人的日常用品，在带走杯子和床头那几本书后，顺手把巴尔坦星人也带走了。

他们也知道孩子最喜欢巴尔坦星人。

在医院的重症监护病房里，巴尔坦看着主人戴着氧气罩，身上插满了管子。它很想哭，但没有眼泪流出。

巴尔坦星人是不会流眼泪的。

它每时每刻眼睛都紧紧盯着那个输液袋，做好了袋子一空就提醒医生的准备。

可这里是重症监护病房呀，来来回回的护士和护工们都很仔细，从来都很准时地换液。

于是巴尔坦就扫视地面，它将两只小钳子捏得紧紧的，它想好了，视线里只要出现一只虫子，就要把它们撕碎。

可这里是重症监护病房，别说虫子，连细菌都不一定找得到。

巴尔坦想不出自己能做什么，它沮丧又无奈地盯着一台台仪器，哪怕它是比塑料小兵高级的玩具，也完全看不懂那一排排彩色的数值。

它能看明白的，只有主人每天睁开眼睛的时间越来越少。

只有父母的面色越来越憔悴。

只有病房里每天都在上演的生离死别。

它只能每天给小主人鼓劲，它说自己被奥特曼打败这么多次都挺过来了，你怎么就不可以挺过来？

它说迪迦上次为了提醒换液都摔出了骨质增生，这几天都快打不过自己了，你快好起来等着看我狂扁迪迦的英姿吧。

它说那群弱智塑料小兵，这几天肯定逮谁就问司令去哪儿了，它们智商低，你再不回去它们可能真的会急死。

但它知道，自己说的一切，主人根本就听不到。

语言不通是一方面，更关键的是，主人已经连续昏迷好几天了。

4

主人去世前，睁眼和许多人说话了。

主人很懂事，他安慰在一边泣不成声、不断自责的父母，病是先天注定的，自己已经过得很开心了。

“我们没本事，连几个像样点的玩具都买不起……”

“我的玩具都可棒了，我和它们相处得都很好。”

主人和亲人们一一握手告别，他的呼吸越来越吃力，终于说不动话了。

他颤颤巍巍地伸出手，指了指放在一边的巴尔坦星人，父亲会意，把它递到他手边。

孩子把氧气罩摘下，把巴尔坦星人贴在脸颊上，留下最后一句只有它能听清的话：

“别在这里，迪迦会很寂寞的。”

5

父母把巴尔坦星人留在了孩子的坟前。

他们将原来的房子变卖，还清了孩子的医药费，租房度日。在整理东西时，他们将与孩子有关的物品统统取出烧尽。

巨大的悲伤往往不是一蹴而就的，它像是一把钝刀，在每个你自以为释怀的瞬间突如其来地出现，在心里割开一道深深的口子。

像是你拿上他曾经喝水的杯子，像是你坐上他曾经坐的椅子，像是你用到他曾经那支还没写断水的笔。

可将那群塑料小兵和迪迦扔进火堆前，他们却犹豫了，最后决定送给邻居家的孩子——毕竟这可是他们孩子曾经最爱的玩具啊。

邻居孩子很礼貌地收下了玩具。

三天后，他父母拿着新买的变形金刚和遥控汽车，诧异地问小兵们和迪迦哪儿去了。

“好低级噢，扔掉了。”

6

三年间，父母扫墓的次数从一周一次变成一个月一次，随后变成三个月一次、半年一次，停留的时间从几个小时，变成几分钟。

最后一次扫墓是在半年前，巴尔坦星人看见主人的父母牵着一个陌生小孩的手，他们对孩子说债已经还清了，爸爸工作有了大突破，又买了新房子，一切都在变好，你在那边还好吗?

他们说孩子是领养的，希望他不会怪爸妈，生活和日子都要向前看，巴尔坦会在这里好好陪你的。

“人类真是强大，好像是一种离了谁都能继续活下去的生物啊。”巴尔坦这样想。

“主人是那么善良的孩子，一定没有怨恨，是会祝福他父母的吧。”

可有些人类能做到的事，巴尔坦却做不到。

在垃圾场里浑身油污的塑料小人和迪迦做不到。

巴尔坦终于有了自己力所能及的事，逐渐变得冷清的坟墓，每每有新生出的杂草和飘来的枝叶，它总是能用自己设定上是毁灭世界的钳子将它们剪掉。

可面对一些飞蝇小虫，它就不够灵活，这时便想起塑料小兵们的好来。

垃圾场内，迪迦早已主动停止了身体的主要机能，进入省电冬眠模式，在等到那两个家伙之前，它不准备醒过来。

“你好。”塑料小兵们每天都会对新来的垃圾说。

“请问你见过我们的司令吗？”

风吹日晒，暴雨倾注。

它们的身体变得越来越陈旧，越来越脆弱。

7

巴尔坦星人觉得，自己不能再待下去了。

它的关节越来越不灵活，它的皮肤越来越粗糙难看，它是宇宙的霸主，自然能感受到自己寿限将至。

尽管它很喜欢主人，尽管它在这儿不觉得脏也不觉得累。

但夏天来了又去，斗转星移，每至深夜，它的脑中便始终浮现主人对自己说的最后一句话：

“别在这里，迪迦会寂寞的。”

似乎、可能、好像，比起在这里陪伴主人，自己有更重要的事，那是自己被赋予的宿命，不得不做的事情。

它将坟墓打扫得干干净净，把树枝都修剪好，对着主人的名字长拜了很久。

它最后站起的时候，对着远处满城的霓虹光，狠狠扭了扭脖子。

“我是……超级大坏蛋，是要侵略地球的男人。迪迦，你可别死了。”

8

听说垃圾场今天来了个超级嚣张的家伙。

被弃在垃圾场的玩具们七嘴八舌，用嘲笑的目光看着那个逐渐走来的巴尔坦星人。

它左手的钳子裂了一半，腹部破了一个洞，两只脚也因长途跋涉几近磨平，一头高一头低的它显得确实有些可笑。

“迪迦！迪迦！”它喘着气，完全无视周边玩具的讥笑，“我知道你在这里，滚出来！”

远处，无数层垃圾之中，一个玩具的胸口射出宝石般晶莹的光。

9

“它还没打完吗？”

“三天三夜了，还没分出胜负。”

“对了，怎么不见那几只破破烂烂的小人了，几天不听它们吵着闹着找司令，怪不习惯的。”

“不清楚，好像巴尔坦对它们说了几句话，就再也没见着它们了。”

垃圾场深处，两具破损的身体还在酣战。

断去一臂的巴尔坦露出狞笑，钳中是一只迪迦断裂的小臂。

“怎么了迪迦，身体生锈了吗？这样是绝对赢不了我的。”

迪迦喘着气，没有答话，捂着手臂又向巴尔坦疾冲而去。

巴尔坦侧身闪过，拎住迪迦的脖子后又是一记膝撞，随着它膝盖关节咔嗒的破碎声，迪迦的身体断线飞出，腹部现出一个巨大的凹槽。

可它落地快速一滚，双手合十快速射出一道激光。

巴尔坦肩膀被射出一个洞口，它没能撑住身体，重重一咳，单膝跪地。

“喂！”旁边的玩具哪见过这样不要命的打斗，皆是看得触目惊心，“别打了别打了！你们有病吧，安安静静在这里等死不好吗？”

迪迦缓缓站直，瞥了一眼说话的家伙，那是一个崭新的玩具，刚拆封的芭比公主。

“搞不清你们这些廉价玩具脑子里整天想些什么，嫌自己太便宜，想不开要自杀吗？”一个变形金刚不屑嗤笑，“好好活着吧，别尽想着这些博人眼球的事情。”

巴尔坦拍了拍身上的尘土。

“你们活过吗？”它突然问。

“活？哈哈哈，别闹了，和你们两个快死的老货不一样，我们可是全新的！”

“那为什么来垃圾场呢？”

“主人玩儿几天就腻了呗，现在孩子玩儿玩具不都这样吗，图个新鲜劲。”变形金刚道，“不是很好吗？来垃圾场退休养老，自由得很。”

“养老？别高看自己了，你只是垃圾而已。”

“垃圾？”变形金刚像是听了天大的笑话，“听哪听哪，居然被这种十几块的残次品说是垃圾！

“你听好，我可是限量版的，是工厂耗费巨大的人力、财力，每一处都精益求精的存在。你这种地摊货不是和我一个次元的！”

迪迦笑了：“还是一个垃圾的自我介绍啊。”

“你说什么？”

迪迦道：“造价再高，你也不过是千千万万个变形金刚中的一个而已，被主人遗弃后就是一堆垃圾、废铁。”

“那你又是什么？”

“我是迪迦 · 奥特曼。”迪迦抬头，“我的宿敌是巴尔坦星人，地球要靠我守护，我有绝对不能输给它的理由。我和其他千千万万个迪迦 · 奥特曼不一样，我的主人告诉我属于我的故事，赋予我存在的意义，那以后我就成了我，是全宇宙独一无二的存在。和你这种烂大街，随时随地能挑出第二个的废品，是不同的。”

巴尔坦淡笑，不再理睬其他人：“你不会以为要要帅就能赢我了吧，我也是有绝不能输的理由的。”

迪迦哈哈大笑，向巴尔坦冲去。

“那就，打打看！”

一道又一道激光射出，巴尔坦左突右闪，随后高高怒吼，仅剩的那只钳中变幻出一支剑刃。

“你们别打了！在这种地方用完电就死了！”芭比尖叫。

巴尔坦伸手将一道激光劈碎。

“我不会输，我不会输……他说过我是永远不会服输的。”巴尔坦悲怆地怒吼，“他已经输了，我怎么能再输！”

迪迦的胸口闪起红光，它深吸一口气，摆出一个决绝的起手式。

这一击会耗光它的所有电量。

巴尔坦见此阵势，将剑刃端平，微微一笑。

剑刃闪烁白色的光，又增长几分。

“巴尔坦，谢谢你，我的一生是很满足的一生。”

巴尔坦面对那道灼眼的白光，欣然一笑。

它的身躯渐渐消隐在那道白光之中。

“我又何尝不是。”

10

几十年后的一天大雨，垃圾场深处，两具焦黑、断肢残臂的玩具互相依偎渗入泥土。

两个老人在墓园搀扶着前进，他们身后是一个西装笔挺的年轻人，小心翼翼地为他们打着伞。

老人们来到墓前，相视不语，随后对着一处久久凝视。

墓前芳草萋萋。

一地残缺不全的塑料小人碎片，就这样安安静静地躺在那里。

/ 偷拍动物就不犯法？ /

1

春天到了，又是万物复苏的季节。

这是一座自诞生以来便不为人知的岛屿，一个物种经过大迁徙来到这里，屹立在这座孤岛的食物链顶端，它们世世代代在这里繁衍生息，直到今天，第一个人类的脚印踏上了这里。

那人震撼地摘下墨镜，看着岛上密密麻麻的企鹅，他沉醉了。历经几十天的漂泊，摄影组从澳大利亚出发，就在几乎绝望之际，他们来到这座梦寐以求的传说中的圣地。

企鹅岛。

他们花费了一整天把摄影仪器从船里搬到岛上，简单设置好角度进行一些远距离拍摄后，匆匆搭好帐篷准备过夜。

这是一个巨大的发现，这座岛屿上企鹅的生态一定会震惊世界。

入睡前，他们兴奋不已。

2

“奇怪。”

“什么奇怪？”

“那些家伙很奇怪，我们明目张胆地站在这里，他们到现在都没有对我们采取措施，根据资料，这不是他们的作风。”

“确实奇怪，不对，绝对很奇怪，怎么办？”

“暗中观察，我们对他们的了解毕竟还少，贸然行动并非上策，先确保……他们不会发现这座岛上的秘密。”

“不然那就糟了。”

“所以，小心为上。”

两只企鹅探出脑袋，眺望露出淡淡火光的那几个帐篷，深黄色的剑眉紧皱。

“对了，今天回来几个？”

“一个也没。”

那企鹅说完回过头，地上遍布着小企鹅的尸体。

夜晚的海风很冷。

3

（人类视角）

“奇怪。”

“什么奇怪？”

“刚刚我出帐篷上厕所，两只企鹅直勾勾盯着我看，一动不动，我都有点不好意思了。”

“这有什么。”

“背坡那里，天太暗我没看清，但好像有很多小企鹅的尸体。”

“现在下海捕猎的成年企鹅去多回少，唉，这也难免。”

“我总有种感觉……你说，它们会不会知道自己在被我们拍？我是说，它们能否理解拍摄这个行为本身。”

“你是不是在海上漂这么久漂傻了？再说了，为了接近它们，我可是做了充足准备。”

说话间那人翻箱倒柜，搜出一件黑白相间的服装，随后套在身上。

俨然变成一只等人高的企鹅。

他得意地在肚皮中间的小洞上抖了抖摄像机的镜头。

“秘技——大卧底之术。”

4

（企鹅视角）

居委会群鹅激愤。

“偷拍我洗澡，走到哪里他们还跟到哪里，这还有隐私权吗？！”

“无法无天啊！偷拍我拉屎就算了，这群变态还拿镊子把我的屎夹回去研究！”

“你们这都算好的，他们……唉！他们还拍我和我老公那个……”

企鹅头子气得跺脚，用手在冰墙上重重一捶。

“岂有此理！”它浑身发抖，“人类！这就是人类！我们的祖先早就和我们说过，这种双足站立的怪物迟早会给族群带来毁灭！”

“人类？祖先见过这种怪物吗？”

企鹅头子点头，重重叹了口气。

很久以前，它们并不生存在这片岛屿。在离这里尚遥远的南极，祖先们在人类踏入前在那儿安安静静地生活着。

人类涉足南极后，频繁的活动导致冰川不断坍塌，祖先们为了捕食需要跑到更远的地方，活下来的小企鹅越来越少，它们一族濒临灭绝。

直到企鹅家族出现一个英雄，它号召所有还活着的企鹅进行不计代价的举族迁徙，在它的指挥领导下，最后仅剩的一群企鹅来到这片岛屿，终于再度生息繁衍。

“人类是不祥的，有他们的地方就有灾难！”头子发泄完怒火，垂下脑袋，“现在连这片土地也养不活我们了，冰川融化，近海的鱼也越来越少，捕猎的兄弟们都有去无回……”

众企鹅闻言都低下脑袋，看着遍地饿死的族鹅，一些企鹅开始低声抽泣。

“别忘了，我们世世代代在这座岛上掩藏的秘密，如果被这些恶魔发现的话……”

所有企鹅沉默下来。

“必须反击。”

不知哪只企鹅带头打破沉默，语气坚定。

“也许呢？也许一切的起因都是这群人，只要把他们赶走，一切问题都会迎刃而解！”

“我们还能像以前那样，无忧无虑地生存在这片土地上！”

不少企鹅仿佛看见希望，纷纷仰起脑袋。

“反击！反击！反击！”

呼号声越来越大，惊走了海鸟，响彻天际。

5

（人类视角）

“你说那群企鹅在那儿一个劲吱吱吱吱叫唤些啥呀？”

“大概什么仪式吧，企鹅是很注重社交活动的动物，先录下来——滕讯，准备好了没有？”

“马上了！别催。”

滕讯的上半身被企鹅头包裹，下半身才穿了一半，露出一截粗壮的大腿和茂盛的腿毛。

这时，帐篷外忽然传来密集的啪啪声。

一个人刚探出头，只听一记闷响，他身体笔直后仰倒地。

脸上糊着一坨热乎乎的屎。

6

（企鹅视角）

“哈哈哈哈哈让你偷拍！让你研究！”

“变态，吃我一屎！兄弟们再加把劲，已经倒一个了！”

企鹅们围成一条 360 度的包围圈，在族长的指挥下，铺天盖地的屎形成完美的火力覆盖，朝一行人所在的帐篷激射而去。

那些就近摆放的摄影机也遭了殃，镜头统统被企鹅屎糊满。

几个人窝在帐篷里瑟瑟发抖，承受着企鹅的怒火。

“停火！先停火！那是什么？！”

一只硕大的企鹅慢慢走出帐篷，那一瞬，所有企鹅怔怔呆在原地，停止了攻击。

“难道……”族长热泪盈眶，“传说中每逢我族危难之际都会有英雄挺身而出，帮助族群度过危机，这一位难道就是……”

那只企鹅缓缓展开双臂，宛若耶稣带着无限慈悲降临鹅世。

“别扔了，说你呢，扔你妹啊！”族长一边制止一边抹泪。

“鹅神显灵了！”

7

（人类视角）

不得不说，滕讯把即将淹没在屎的海洋里的一行人拉了回来。

他得出两个结论：一、鹅群不待见人。 二、自己正受到鹅群至高的礼遇。

一条绵延的企鹅队伍整整齐齐排列在他身后，一步不落地跟着他，叽喳声不绝于耳。

“赚翻了。”

滕讯对极远处的同伴比了个大拇指，肚子处露出的小摄像头一刻不停，将这等奇观尽数收录。

镜头忽然被一个脑袋挡住。

这只企鹅的身形较其他企鹅明显要来得硕大，只见它脑袋对着镜头一伸一缩，眼睛盯着摄像头，猛地立住不动了。

“被发现了？”滕讯一惊。

零点一秒后，那企鹅吐出一摊呕吐物般的东西，依稀可以分辨出是类似小鱼和磷虾的尸体。

那企鹅站在食物后，恭敬地对自己低头。

“总不能是让我吃掉吧？”

那企鹅把头埋得更低了。

“……”

后面的企鹅见滕讯久久没有动作，渐渐躁动起来，不少企鹅开始绕着滕讯踱步，似乎开始重新审视这只大企鹅。

“先做做样子……”

滕讯用手将那摊食物抄起，送入衣服口中，食物从口部径直落下，被他偷偷踩在脚底。

企鹅们发出欢呼。

随后，一小摊漏网的食物从他屁股下面漏出。

企鹅们沉默，气氛一度有些尴尬。

滕讯对企鹅群摆了摆手，表示这是失误，随后他再度将食物捡起。

含着眼泪，他将食物咽下。

8

企鹅父母在哺育幼儿阶段往往是相互合作，一方下海捕猎，另一方驻守在小企鹅边防止一些海鸟的偷袭，若是小企鹅尚未出生，守蛋更不是一件容易的事。

捕猎者往往需要游几十公里才能够搜寻到足够的食物，可以说一家老小全部的命脉就掌握在那个归来的企鹅身上，小企鹅极难挨过缺食的岁月。

最近一次冰川垮塌，使这座岛上的企鹅要多游几十甚至数百里才能够搜寻到食物。

死亡的阴影已经悄然降临。

话又说回来，滕讯在这里的拍摄异常顺利。

各方面都融入完毕后，企鹅群唯他是从，他也得以在极近的距离记录下了这座岛上企鹅的生活习性。

他四处在岛上巡视,他会帮独守崽边的企鹅赶走虎视眈眈的海鸟，他会把企鹅上贡的食物分发给配偶几天没有回来的困难户，虽然这只是杯水车薪。

企鹅们一开始还会轮流值班对着帐篷扔屎，但随着健康的企鹅越来越少，它们已经再无力对人类继续抵抗了。

更多的时候，它们只能瞪着警觉的小眸子，用眼神警告这些庞然大物不要靠近自己。

他有一个震撼的发现。

企鹅在面对镜头时的行为举止与在自己面前完全不同。

观察到摄像机时，它们大多数时间只是呆呆地站着，清理清理毛发，照顾照顾幼崽。而一旦在摄像机触及不到的暗面，它们也会有许多休闲娱乐活动。

几只企鹅会瘫在一起晒太阳，会练习摔跤，会比谁尿得比较远。在滕讯面前它们卸下了所有的防备，表现出它们最原本的样子。

但滕讯总是感觉有哪里不对。

一种说不清道不明的奇怪，他不知源头，但可以确定，问题就出在这座岛上。

这天，那只领头的大企鹅领着一群企鹅站在自己面前。

它伸出一只手，示意自己跟随它们走去。

这举动本身就已经是令人叹为观止的事，他一边庆幸摄像机记录下了这一切，一边迈起步子，跟随企鹅们走去。

他跟随企鹅越过好几个小坡,随后停在一块充满碎石的盆地面前。

企鹅们走了下去，开始用嘴不断叼起碎石，抛向坑外。

滕讯有些摸不着头脑，但很快，他心中就生出一种不祥的预感。

预感被证实了。

一只企鹅抛去一块颇大的碎石，它最后一次仰起头，嘴中闪闪发光。

一枚金块。

他下意识想要遮住摄像头，但已经来不及了。

9

“为什么？那是一座金矿，金矿啊！你知道一座金矿值多少钱吗？！”

“我觉得应该再等等，你也看到企鹅在镜头前后的习性差别，这是一项颠覆性的巨大发现……”

“发现个屁！发现能当饭吃吗？我们为了拍几个破镜头满世界来回跑，到现在赚到几个钱了？”

滕讯哑口无言。

“你不是扮企鹅扮傻了吧？喂，都来看看，这个人大概真把自己当成企鹅之王了！”

他的队友扯了扯他的袖子，发出一声嗤笑，又回头整理设备。

一人不停喃喃自语：“发财了……发财了……”

滕讯第一次看自己的队友，觉得是如此陌生。

他恍惚地在海岸边坐了很久，拿着那件破破旧旧的企鹅服。

他的队友叫他登船。

他知道，回去以后，只凭这个信息就足够自己衣食无忧。

他知道，一个人、一支队伍，在大自然和生态面前究竟有多么无力。

他拿起衣服，转身要走，忽然看到一幅景象，顿在原地。

海岸边，无数携着食物归来的企鹅不断承受着海浪的冲击，它们一次一次被冲到礁石上、被失控冲到十几米的高空上，滑落水中，还未调整身形，下一个巨浪又打来……

他看到一只好不容易上了岸的企鹅，嘴里吐着血沫，腹部是被礁石划开的一道巨口，跌跌撞撞支着身子，往翘首在岸边的无数小企鹅中的一个走去。

很近了，但它没有撑住，倒在地上，再也没有爬起来。

他看到身边一只企鹅孵着一只已被海鸟啄碎的蛋，就顽固地蹲守在那里，眼眸眺向遥远的海平线，久久不动。

他忘了自己是怎么转身，怎么上的船，怎么离岛的。

身边是队友们兴奋的讨论声、马达的轰鸣声，一切如此熟悉，又如此陌生。

他淡淡一笑。

队友们发出惊呼。

救生艇在半空划出抛物线，在海中溅起水花，随后他整个人一跃而下，踉踉跄跄落到那艘小小的皮艇中。

他牢牢攥着那件企鹅服。

10

企鹅们看着他用树枝在地上画出的路线，交头接耳了很久。

它们懂自己的意思。

几个小时后，岛上所有的企鹅分成两部分，一群跟在滕讯身后开始做起热身运动，一群留在崖边，如果这次行动失败，它们便是种群最后的希望。

况且，还有活着的小企鹅，它们需要得到照顾。

滕讯坐在救生艇中，准备离岛前，他攥着手中简陋的海图，知道这是一次不归之旅。

他不知道目的地，但那是一片死亡海域，人类知之甚少的地方，风暴和暗潮无数，沿途的船只和飞机在那里都会莫名失控，那是地球上的第二个百慕大。

他选择那里，只是知道，那里一定没有人。没有人就不会有冰川垮塌，没有人就不会有过度捕捞，没有人就不会有淘金大潮。

他对远处遥遥一指，将摄像机的远程连接切断后再度打开，向后拍去。

那是无边无际的企鹅大潮，穷途末路的境地，为了一个虚无缥缈的目的地，义无反顾地纵身入海。

不知前途，不知未来。

它们只知面前那只企鹅之神，值得交付一切去信任。

11

它们走走停停。

救生艇的燃料早已用尽，每逢一座暂可停留的孤岛他们便会短暂休息，企鹅在迁徙途中也没有停止捕食，行进过程还十分默契地贡献着推力。

滕讯的四周尽是茫茫的大海，他用帆布收集雨水以作饮用，艇上的食物供给不多，需算计着使用。

这天，他没有再拒绝企鹅叼给自己的食物，简单地将小鱼内脏去除后，他咬了咬牙，塞进嘴里。

他对着断开连接的摄像头自言自语，诉说着每天的见证，也拍摄着企鹅在迁徙途中的一举一动，他知道这已经是前无古人，后无来者的拍摄机会。

不远了，他知道，洋流的方向不会说谎，那片海域不远了。

但与此同时，跟队的企鹅已经越来越少，他也知道等不起了。

这天，他整个人裹在湿热的企鹅服内，恍恍惚惚地划着桨，忽然被企鹅的一阵骚乱惊动，猛一抬头。

远处黑云滚滚，白电在此中交错穿行，好似地狱。

“轰！”

毫无任何征兆，一个十多米的巨浪拍打过来，将他淹没。

12

“观察？”

“对，观察，你有没有想过，人类根据观察所得出的一切规律，不过都是被观察者想让我们推出的规律？”

背影中的父亲摇着蒲扇，悠悠注视夕阳，年幼的滕讯一脸茫然，摇了摇头。

“滕讯，你知道向日葵每天会跟着夕阳转到西边，那你知道它是怎么转回东边的吗？

“你知道大象之墓在每一个非洲古村落中口耳相传，可有人见过一头活着的大象临终前走到那片墓地吗？

“你知道世界每一处都留有飞龙的传说，可有人观察到飞龙并把它们记录下来过吗？”

滕讯不停摇头，父亲回头，见他挠着耳朵，朗声笑了起来。

“滕讯，有一个叫海森堡的科学家，他发现了测不准定理，这个定理很有意思。一个电子的速度和位置必然不可能被同时测量，因为电子太小了，被观察到则必然会受到光的影响，而在宏观世界可以忽略不计的光的扰动，在这个世界里却让电子成为永远的幽灵。”

滕讯的脸皮猛地一抽，他感觉自己快醒过来了，父亲的背影逐渐消逝，余下最后一句话永远在耳边回荡：

“电子太小了，它不能被精准观察到。可世界啊它也太大了，你有没有想过，凭什么它肯被人类观察到全貌呢？

“研究了一辈子动物，我一直在想，人类对大自然的了解真的有哪怕千万分之一吗？

“这个世界太有趣了……你总有一天会知道，许多真相只能用肉眼去见证，却不可能用外物去观察。”

滕讯在剧烈的颠簸中惊醒。

船早已没了踪影，是身下一群企鹅用身体汇成载具，勉勉强强托着他前行。

他晃了晃脑袋，恍惚中发现原本浩浩荡荡的企鹅大潮，如今仅剩身下这小小一群。

这里是绝境。

海水在这里划出一条泾渭分明的蓝与黑的交界线，进入这片海域后，天与海都是浓郁的纯黑色，雨势也渐渐变大，具有色彩参照意义的来路也遂不可见。

暴雨，雷电，巨浪，咆哮的天空，黑墨一般的海。

它们艰难地在水中穿行，全凭意志力死撑，不知终点。每一分每一秒都有企鹅用完力气，如一片枯叶一般离开队伍。

滕讯惨笑，他知道自己的一意孤行将企鹅领入一片地狱，没有任何回头路的地狱。

不远处有个小岛，他能听见企鹅发出的哀鸣，它们拼尽全力，以生命作燃料，用一个不可思议的角度和速度托着滕讯前进。

小岛越来越近，一阵巨浪险些将滕讯卷走，几只企鹅以身作墙死死抵住滕讯，随即被乱流卷走，永远消逝在黑色的大海之中。

滕讯上岸的时候，眼睛不知不觉已噙满泪水。

他踉踉跄跄想挪动身体，他想给眼前这群企鹅下跪，他想告诉它们，自己搞错了，自己把一切都搞错了，这里不是天堂，这里什么都没有。

但他忽然感觉身下空荡荡的，与此同时，企鹅群上了岸后便陷入宁静，滕讯就这样看着它们的眼睛，居然从它们的眼睛中读出悲伤。

“啪！”

一坨屎丢在他脸上。

滕讯下一刻便知道了原因。

企鹅服早在风浪之中被卷走。

他现在不是神，只是一个背着摄像机、再普通不过、被企鹅痛恨到极点的人类。

无数的屎朝他飞来，他不做抵抗，而是双膝一磕，重重跪在沙地上。

天上落着暴雨，他把头埋进沙地里，抽泣起来。

“对不起……”

企鹅们扔久了、扔累了，像人一样沮丧地坐在沙地上。只有族长依旧将身体挺得笔直，它看着咆哮翻涌的大海、看着寸草不生的荒岛，平静地伫立在狂风和大雨中。

滕讯徒劳地摆弄着摄像机，他被企鹅们隔得远远的，四周都是暗无边际的海，储存的食物早随救生艇一起落入大海。

他感觉天地之间只剩自己一个人了。

他有些冷。

他播放着摄像机中的画面，他穿着企鹅服混进企鹅的第一天还笨手笨脚的，一副不知怎么融入大伙的样子。之后的他越来越轻车熟路，和企鹅打成一片，他看着镜头中笨拙却快乐的自己不禁笑了起来。

他看着迁徙旅途中自己第一次吃企鹅送来的食物的窘迫，那些曾完全无法入口的食物，他现在才知道是企鹅用什么东西拼来的。

他看着这些点点滴滴，不知不觉身体开始发抖，摄像机的画面模糊起来，父亲的背影又出现在自己面前。

“老爸，我想过了，做一个动物摄像师。我能去许许多多地方，见识许多人一辈子也见识不到的东西。”

“你会活得很辛苦的。”

“穷就穷呗，我反正也不讲究。”

“不是的，如果你想真正进入动物的世界，有时你必须做出抉择。”

“抉择？”

“抉择。”病床上的父亲道，“你究竟会处在什么立场之间呢？”

滕讯又挠了挠头，他看到父亲又笑了起来。

“没关系，总有一天你会遇到的，不管怎样，别让自己后悔。”

父亲把枯瘦的手搭在自己的肩膀上。

温暖。

好温暖。

滕讯又睁开眼睛。

企鹅们包围了自己，用身体给自己取暖。

滕讯起身，肚子上一只企鹅掉在地上，再也没活动。

他轻轻抚摩着它的身体，将它揽在怀里。

他站了起来，环视着周围的一切——虚弱的企鹅们、汹涌的大海、天上的惊雷、荒芜的小岛。

“世界太大了，你有没有想过，凭什么它肯被人类观察到全貌呢？”

父亲的话语回荡在耳畔，他若有所思，拿出摄像机抚摩了很久，最后留给它一个轻吻。

他将摄像机高高举起，朝一块石头上砸得粉碎。

他将双手拢在嘴前，用尽平生最大的力气呼喊：

“救救它们！

“救救它们！”

他对着空气呼喊：

“救救它们！

“它们活，我死！”

空气中回荡着他话语的余音，滕讯闭上眼睛，支撑着身体，他在等待。

滂沱的雨势减弱了。

呼啸的风声变小了。

脚下如地震般缓缓摇动起来。

“这个世界太有趣了……你总有一天会知道，许多真相只能用肉眼去见证。”

他睁开眼睛。

以自己为中心，这里仿佛是风暴之眼，圆心的黑云散尽，露出晴朗的天空。

他感觉自己在缓缓升高。

脚下亘古的巨兽缓缓苏醒，那是一种语言无法形容的庞大，它甚至让人觉得“庞大”这个词是多余的。它出水的那一刻犹如在一潭静水中投入石子，随即圆形的巨大水墙无声扩散开来。

黑云的尽头，一条巨龙停止翻腾，缓缓掠至滕讯的身前。

“人类，怎么猜到的？”

“这片海域从古代起便不断被标注成死亡海域,船只在这里失踪，飞机在这里坠毁，对人类来说是绝地、最不安全的地方。”滕讯道，“但只要更换了立场，对动物来说，这里是最安全的地方。”

滕讯俯下身体：“救救它们。”

巨龙没有说话，只是让开身体，现出一片暴雨和黑暗散去的海面。

一切障眼法消失后，可以看到许许多多单独的岛屿、参天的大树、此间飞舞的鸟兽、生平从未见过的动物，还有暴雨后悬空的一道道彩虹。

伊甸园。

“这里就是为它们这样的存在准备的，但我们在等你死，这里绝不允许被人类所知。”

“我遵守承诺。”

滕讯：“只是，再让我看一会儿，就一会儿，这样的景色……”

滕讯笑：“太美了……”

他把这一切都印刻在脑海里，这个世界最真实的样子，没有一个人的样子，他想好好记住。

足够了。

无尽的蓝天上，一个渺小的人影从巨兽头顶高高跃下，他张开双臂，沐浴着微风。

他伸手抓住了一道彩虹，随即宁静地笑了笑，对头顶的企鹅们挥挥手，闭上眼睛，却被柔软的肉垫接住。

“好好下你的雨，之前说好了，天上你管，地上我管。”

巨兽发出笨笨的声音。

“企鹅头子，以后我这么叫你。

“我这里，缺一个聪明点的守门人。”

某个小兵的一生

1

我叫编号 No.8，是个小兵，我人生的意义就是追随 Boss。

Boss 就叫 Boss，他也确实是 Boss，救过我一命。

很早我就知道自己生活在一个小说世界里。因为我和预言家比较熟，有一天他喝高了，说预言都是狗屁，那些话都是作者安排自己说的。

“在遥远的地球，Boss 会遇到一个和自己实力相当的男人，他会得到一场渴望已久的战斗。”

预言家这样告诉过 Boss。

“狗屁。”预言家嗤笑一声，“知道结果吗？他去地球的第一天就死了。”

知道这些后，我扑通跪在 Boss 面前，我说老大你别去，会死。

他笑着摆摆手，说：“小 8 呀，你觉得地球之行危险，大可不必与我一起，你随我出生入死这么久，如今有了家室，不像以前横竖一条命，不一样了，我懂。

“小 8，如果他真有那么强，那我作为全宇宙的霸主不去打倒他，还有谁能打倒他？”

我膝盖磕出了血，最后告诉他：“让我跟你去。”

我问大预言家我的命运会怎么样，他回答我是不是有病，我这种在正文里直接被“小兵们伤亡惨重”一笔带过的东西，谁知道我是伤是亡。

那就好，不是必死，就有个盼头。

2

Boss 和那个地球人打得天昏地暗。那地球人是个秃头，但仅凭第一形态就可以蹂躏 99% 宇宙生物的 Boss，却与秃头战斗到了第三形态。

Boss 在我心目中是那样强，哪怕被预言必死，我潜意识里仍不信他有输的可能。

刹那间，与我朝夕相处几十年的几个战斗员便在一道冲击波里灰飞烟灭。我知道我与他们身份相同，而这道冲击波在小说中抹去了飞船一半的生命。

我没死，纯粹是运气好。

说来可笑，在主角和反派的战役面前，我连充当背景板的资格都没有。我什么都做不了，只能在一个黑暗的角落为 Boss 祈祷。

可上面传来了 Boss 费力的咳嗽声。我不断听到从他嘴里说出和预言家说过的一样的台词。

飞船逐渐坠落，我的身边再也没有一个站着的朋友。

我听到 Boss 清晰的心跳。

他放出最强形态下的最强一击，却被秃头接下，随后他便倒在地上，不动了。

那光头连皮都没有破。

又过了一会儿，我忘了自己恍惚了多久，那个地球人走后，我蹒跚着走到那个男人面前，那个救下我，问我要不要跟随他去星辰大海的男人面前。

他已经凉了。

3

我把 Boss 的头颅抱走，在地球上苟活。

我尽量隐藏在一切小说里都不可能描写到的场景中，拼命变强。我不明白，生来是个小兵，就只能看着最珍惜的人在眼前死去吗?

我每天做一百个俯卧撑、一百个深蹲、十公里长跑，一年四季不开空调。

我不甘心，我想变强，我要打倒那个地球人。我要为 Boss 复仇。我要回到我的星球，与我的妻儿度过一生。

4

我尽量把自己伪装成人类的样子，在城市中偏僻的角落里生活着，努力适应地球人的日常生活。我不需要进食和社交，但我必须留在城市中，只为了一个目的——

找出预言之子。

在预言中，再过几年，主角会面对一个前所未有的强敌，这强敌便生活在我处的城市之中。

找到他，偷偷杀掉他，取代他，这样我就可以在不违背小说逻辑的情况下与主角一战。然后战胜他。

我会赢他，预言的最后自然是主角胜出，但我告诉自己会赢他，我必须赢他。我为了变强放弃了一切，如蛆虫般日复一日在陌生的星球潜伏着，忍受着孤独和锻炼的折磨，仅仅因为他是主角，我就要输?

不可能，我对镜子中的自己微笑。

咦，这个微笑，似曾相似?

恍惚间，又回到那天出发前，我跪在Boss面前，劝说他不要去，他会死的。

那个在全宇宙未尝一败的霸主，也对我露出过这样的微笑。

5

一百个俯卧撑、一百个深蹲、十公里长跑，日复一日的刻苦训练始终不曾停止。

在这期间，我却遇到一个颇为有趣的人类。

为了避免与人直接接触，我一般会在深夜长跑。而这个自称是“shuai ge”（我刚开始学习地球的拼音，只知发音不知其意）的男人总在深夜的巷口着一身运动装与我相遇。

一开始他会用眼神与我打招呼，为了不使自己看起来奇怪我也只好勉强回应，然后便是互相点头。后来终于有一天，我最不希望发生的事发生了。

“哟，你挺喜欢跑步呀？”

路灯下，他停下脚步与我招手。

这就让我处在一个很艰难的境地，不打招呼径直跑过去会显得我可疑。但打招呼便要面临语言不通的险境，我目前的地球语水平只够发出类似 ya、he、ca、ka 之类的声音。

试试看能不能混过去?

“Yo！”我学着他的语气打招呼。

“哟，我连着好几天这个点儿遇见你了，我是工作原因，每天歌录得晚只好现在跑，你呢？”

我思考了一会儿，决定装哑。

我伸出手指，指了指自己的嘴巴，又指了指他的嘴巴，不时发出刚才那种“yo、yo”的声音，因为置身于险境，我难免有些焦急和紧张，怕他不能理解，还多指了几遍。

特别需要说明的是，我们星球生物的手指只有三根，为了不暴露自己，我特意做了假的中指和无名指，为了避免违和，平时将它们收拢于手心。

我也是过了很久才知道，这个手势在这个星球上是被称为“hip-hop”艺术的标准手势。如果当时就知道，我是绝不会这样做的。

他见我这样动作，愣了愣，随后莫名其妙头就律动起来，再也不问问题，而是和我一起“yo”了起来。

虽然不知发生了什么，但似乎逃过一劫，这个地球人看上去很喜欢这种不知所以的互动，还打开了音乐唱着什么东西，我的思维跟不上他的语速，就只能先配合他一下。

凌晨一点，城市某个偏僻的角落，路灯忽明忽暗。

一人、一外星人，就这样“yo”至天明。

6

几年过去了。

他喜欢与我这样沉默着互动，知晓我是个哑巴，总喜欢跑累了后对我唠叨个不停。

其实我最好的应对便是转移到城市的另一边，这样才不会与他再碰头。但自己也说不上来这种感觉，每天无声与他相伴跑步，无声听他倾诉，无声与他这样在音乐中互动，我会感觉很快乐。

陌生的星球，陌生的人，两颗孤独却渴望变强的心碰撞到一起，再难的日子也有了慰藉。

他是个 hip-hop 歌手，始终在圈子的边缘挣扎着，他总勾着我的肩膀说这个世界上除了我就再也没有人懂他的音乐了。

我很想说其实我听不懂你在唱什么，可能我地球语再好点的话早被吓跑了，但每每见他说至伤心处眼中闪动的泪光，就不禁轻轻拍拍他的背以示劝慰。

一天，他的眼神变得凶狠，突然坐了起来。

“学嘻哈拯救不了地球人。

“我要变强，我要变成这个星球上最强的男人，征服他们后，他们就会都竖起耳朵听我的音乐。

“Yo（他称呼我 yo，我不太喜欢，因为有时候不知道他在叫我还是在自嗨），所以我每天坚持锻炼，我要颠覆这个世界。

“你知道吗，有个叫秃头的地球人，他代表了这个星球的最强战力，我只要打败他，征服地球何在话下？！哈哈哈，三个月，再给我三个月，我就会向他发起挑战——你干吗捏我？”

我搭在他肩膀上的手早已不自觉地握紧，瞳孔也已扩散了一圈。

我想起了那句时刻警醒在我脑中的预言。

“几年后，地球上会出现一个少年，以王者的姿态向那个星球上最强的男人发起挑战。”

我为了找到这个少年，为了杀死他，替代他，在这座城市蛰伏至今。

我终究是想不到，我要杀死的人，会是我唯一的朋友。

7

我是一个小兵，他是一个配角。

这样的两人，其中一个会付出生命，另一个会头破血流。争的仅仅是与主角对决的一个资格。剧情决定，只能有一个人以王者的姿态与主角对战。

我有时也想过，是不是在其他无数的作品中，也总有我这样的龙套在默默变强，为争夺一个配角的地位，无休止地在故事看不到的地方拼杀着。

这几年我学会说话了，而我开口的第一句话，就是告诉我唯一的朋友，我要杀死他。

“帅哥，我必须杀死你。”

我告诉了他我的故事，很长，他听得很仔细，一如曾经无数个日日夜夜，我认真用心地聆听着他的倾诉。

他回答我的第一句话却是：“太好了，原来你可以说话。”

我告诉他，一切都是决定好的，他只是一个配角，去找秃头打，只会死。

“换我来，你活下去，如芸芸众生一样活着，不要再出头。”

他笑了笑：“你知道我不会。”

我当然知道，我了解他，正如我了解自己，否则我不会在一开始就说，我必须杀死他。

我们都明白，有些事，不是你知道了结果，就不用去做的。

“Yo，我不叫帅哥，我叫衰哥。我做什么事情都是最衰的，唱了十几年嘻哈，还是像一张废纸没人知道。那天我告诉过你，我要变成最强的人，获得绝对的言语权。我必须和他战斗，只有我，非要我，必须是我，站在那里，打败他。”他摇了摇头，“换作是其他的谁，都不行。做嘻哈的，站着活，站着死，绝没有如芸芸众生一样活下去的道理，我绝不容许自己这样。”

我点了点头。

“只有我，非要我，必须是我……”我喃喃重复着他的话，最后重重点头。

“正是如此。”

我掀去衣袍，露出我原来的样子，我和他选在一处深山，没有人会知晓我们之间的战斗。

他笑着，目光灼灼，对我摊手。

“来吧。”

我起身冲向他的那一刻，天空飘下了细细的雨。

8

我将他的唱片收起，放在贴身的左侧衣袋里。

他最后按住我的肩膀，轻声说：“都一样。”

死前的最后一句话，是他又将我的肩膀抓紧，狠声说：

“Yo，干掉他。”

我将他的手握紧，说好嘞，却发现他已经没有了气息。

我将他埋进森林的土地里，立上一块无名冢牌，将 Boss 的头颅埋在旁边，随后走出山谷。

我继续走。

走过沙漠，走过河流，穿过海洋，穿过一座又一座城市，来到那个光头的面前。

他对我点了点头，彼此同为强者，自然感受得到对方身上摧枯拉朽的强大气息。

“你很强嘛，名字是？”

我的右手轻轻拍在心脏处。

“帅哥。”

9

大地在剧烈地颤动，风景不断倒退，一座座建筑在我和他的行经之路上被击碎，在空气中化为飞灰。

拳与拳每次碰撞的一瞬间都会在地面震起大片的尘土，随即留下一道深深的沟壑。

我意识到了这个秃头的强大，也意识到当时远远向他仰望而去，那个弱小的自己，有多么可笑。

那时的我，还根本不明白 Boss 究竟在和一个多么强大的男人战斗。

“哪怕知道他有这么强，哪怕见证过了这样压倒性的力量，你还是……”我努力抑制着身体因为恐惧而本能发出的颤抖，“你还是要和他分出胜负吗？老大……”

一道残影在眼前闪过，空气霎时短暂地凝固。

时间再次流动起来的时候，我只觉右臂一凉，随即一只断裂的手臂高高旋起。

“为什么非和我打不可？”他淡然发问。

我高速后退到一个安全的距离，收紧肌肉止血，而后艰难地喘息着。

我咧着渗血的嘴笑。

“命运。”

他略作思索：“为这个随便的理由就拼命，你有病吧？”

我咧开渗血的嘴角。

“随便？”

曾经有一个男人，他是全宇宙的霸主，却为了一个虚无缥缈的预言孤独漂泊无数的岁月来到地球，但求一战。

命运决定了他只是个衬托主角强大的石头，命运决定他会毫无尊严地败北。

曾经还有一个男人，他的才华本应得到全世界的认可与喝彩，他没有得到，因为命运。命运决定他是个配角，命运决定他不会为人所知，命运决定他会对世界绝望，会努力变强后用武力去践踏世界。

这样的觉悟，被一个生来就无敌的主角概括为随便。想至此处，我不由得笑意更盛。

瞧瞧你们这两个家伙，到头来，你们付出生命去拼来的，都是什么啊？

主角静静地看着我仰天长笑，还抠了抠鼻屎。

“你说得对，说得对。”我笑弯了腰，“是不太像话，那我换一下吧。”

“我，编号 8，是全宇宙的霸主，在浩瀚的时空里，没有我征服不了的东西，现在我要征服地球！

“我还喜欢玩嘻哈，你们地球人的审美过于差劲，待你们沦为奴隶之后，我要你们坐着的时候、站着的时候、躺着的时候，都在听我的音乐！”

他点点头：“像反派了。”

“如果全宇宙的霸主都逃跑了，那么谁来打败你？！”

我朗声大笑。

“迎接我的愤怒！”

10

凌晨三点，烛台燃尽了灯油，忽明忽暗间，作者猛地晃了晃脑袋。

外面下着大雨，他起身将窗户关紧，回到工作台上，觉得清醒了一些。

这可是小说最后的修订环节了，必须好好把关，不能出差错。

“嗯？”

他推了推眼镜。

稿子上莫名其妙地出现了几句奇怪的台词。

“‘我，编号 8，是全宇宙的霸主，在浩瀚的时空里，没有我征服不了的东西，现在我要征服地球！’

“主角背过那具焦黑的尸体，迎接人群的欢呼，他已经数不清这是自己轻易击败的第几个恶人了，他淡淡地对人群招着手，忽觉脸颊微痒，用手一摸，指尖上分明是一道淡淡的血痕。”

作者摇头苦笑，顺手拿起橡皮擦。

编号 8 是什么？还有，设定里主角可是无敌的，绝不会受伤，血痕又算什么？

不服老不行喽，看看自己迷迷糊糊的时候，都写了些什么啊……

空难 死后世界

1

我到的时候，爱因斯坦、冯诺伊曼和玻尔正在一起斗地主，山羊胡老头刚甩完一个王炸。

他注意到我。

“你好。”爱因斯坦笑眯眯地拢着牌，“咋死的？”

我：“空难。”

玻尔：“这届数学不行呀，这第几个空难来的了，到底能不能飞？”

冯诺伊曼：“空气动力学的问题，难道不是你们物理界没落了？”

我：“虽然不知道为什么你们能说中文，但飞机是让鸟撞了。”

爱因斯坦：“哦，鸟撞了，生物学垃圾。”

随后我身边变戏法儿一般凭空出现一人，我在书上见过他，克里克，生物学家。

克里克：“你们造的板不够牢，路线计算不精密，意思是鸟还不能飞了？你们考虑过鸟的感受吗？”

我：“我生前搞科研，所以进的天堂就是这种版本？”

“天堂？”

爱因斯坦捋了捋山羊胡。

“这里是梦世界。”

2

有一种说法，人的死亡分为三个阶段，心脏的跳动意味着生理上的死亡，葬礼的结束意味着社会意义上的死亡。

而最后一次死亡，是被世界上的最后一个人遗忘。

“怎么定义为被遗忘呢？就是当最后一个记得你的人对你的思念减弱到连梦也不会梦见你了，当一个人在梦世界里消失，便成了真正意义上的死亡。”

爱因斯坦摊了摊手：“没办法，记住我们这群老东西的人太多了，每次有人梦见我们都得现身说法，对一群屁孩子讲题。”

玻尔也摊手：“中国的孩子梦见我们的次数荣居第一，都几十年了，中文也说溜了。”

薛定谔：“如果你不想见糟老头子，左转能见到不少女伟人，右转直走见见孔子和释迦牟尼也不错。”

他过来拍了拍我的肩膀。

“头几个星期会比较忙，慢慢就闲了，普通人过个几年就能投胎了。”

我正还想再问，忽感眼前画面一闪而过。

反应过来时，自己在一片旷野中，眼前站着一个熟悉的人影。

是与我从小处到大的一个旧友。

他回到童年时的样子，拿着长杆，在一棵大树下对我招手。

“喂，春造，快来看，这里有个好大的马蜂窝！”

不知为何，我眼睛一酸。

3

我算是明白了他们所说的忙是什么意思。

这几天我出现在无数人的梦境里，快乐的，悲伤的，不少都是当事人同我的回忆。

就我知道而言，若有人同时梦到我，我便能同时出现在那些人的梦中。我能够自由地同他们进行一切交流，甚至可以改变梦境的进程。

“但有一条，是梦世界的死律。”那天爱因斯坦对我竖了竖拇指。

“梦世界不可以对现实产生任何影响，所以任何以你的意志扰动过的梦境，当事人醒来后便会瞬间遗忘。”

我问：“为什么会有梦世界呢？”

爱因斯坦答：“从物理学角度出发，道理很简单，世界上绝对不允许有凭空存在的东西，不允许无中生有。”

玻尔接话补充：“有人思念你，梦见你，你就理所当然应该存在。不再有人思念你，你被所有人遗忘，就会消失。”

4

我儿子今年九岁。

现在，我在他的梦里。

漆黑的房间里，他缩在一个角落中，隐约好像能听到折纸的声音。

在他眼前的木门吱呀作响，他呼吸急促，身体因害怕而抖个不停。

是个噩梦。

看得出木门后那个披头散发的白衣女鬼正准备吓唬他。虽然察觉到我的存在后，她有点尴尬。

她看着我，我看着她。

我举起一块“前方高能”的牌子，把牌子从木门后伸出。

女鬼一动不动看我做完这一系列动作，一副生无可恋的样子消失了。

那年，我儿子九岁。我看清了，房间的地板上，随处可见手折的白色纸飞机。

“老爸，你知道吗？我听说折满一万个纸飞机，在空难中失踪的亲人就能回来。现在好了，你终于回来了。”

他冲到我的怀中，我俩抱头痛哭。

5

在一些被梦到的场景里我得知了，失事的飞机残骸始终未被找寻到。

机组人员和乘客均下落不明，但这下落不明的背后，大多数人对结果早已心知肚明。唯独寥寥数人，他们期待着奇迹。

我儿子便是其中一个。

已经过去几年了，梦见我的人越来越少，甚至我的妻子，我也已经许久没有被她梦见。他们都已经接受了我死去的事实。

只剩我的儿子。

因为他，我成为梦世界中一个久散不去的幽灵，始终等待他梦境的征召。

我见证着梦里的他不断变化的形象，他长高了，稚嫩的小脸如今变得棱角分明，瘦削而坚毅。他在不同的梦中都会对我讲不同的故事。

他考上了一所很棒的大学。

他喜欢的女孩儿对他表白了。

他被一家跨国公司录取。

他孜孜不倦地对梦中的我讲述这一切。

他每次都会抱住我说："老爸，你回来了，我等你够久了。"

我每次都会回答他："这是你的梦，醒来以后你就会忘记我说了什么，但儿子，老爸已经死了。"

那架飞机，你再也找不到了。

但他只是一遍又一遍在梦里抱住我，告诉我，我回来了。

屋里的纯白色的纸飞机，叠得越来越多。

6

几年过去了。

航空公司放弃了对那架失事飞机的搜寻。

儿子重复着对我日复一日的等待，每天我都会准时出现在他的梦境中，岁月没有在他脸上留下明显的痕迹，他变得平静而淡然，变得成熟。

成熟的标志之一，就是他不怕那个女鬼了，尽管他仍经常梦见那个漆黑的小屋，但现在他一般选择和女鬼玩儿“你拍一我拍一”。

不需要举牌子的我轻松很多，在一边给他们做裁判就可以了。

我也知道这样下去不是办法，但我什么都做不了。

爱因斯坦他们最近变得行踪不定起来，偶尔几次见到他们，也都是聚在一起拿着图纸讨论些什么，只是偶尔会对我还没有消失这件事显得惊讶。

我就这样流浪在虚无而漫长的时光中，旁观着我儿子的一生。

7

他成了一家企业的总裁，不断动用私人的力量保持对飞机的搜寻。

他先是被人好言相劝，再是在旁人眼中变得不可理喻，最后被所有人嘲笑。

他在梦里会卸下所有心防在我面前大哭，委屈得一如十几年前那个孩子，一遍又一遍问我为什么这么久才回来。

而我，只能是一个孤独的观察者。

在漫长的时光中，我就这样见证着他的恩爱欢喜。

有一天，我知道他结婚了，他把姑娘带到梦里，问我她好不好看。

有一天，我知道我有孙女了，圆圆胖胖，和他小时候一模一样。

梦境散去后，我可以一个人乐上一整天。

时光飞逝。

有一天，他苦笑着对我说嫁出去的女儿泼出去的水，他舍不得。

有一天，他因为决策失误导致公司破产，众叛亲离，喝酒喝得酩酊大醉。

终于有一天，他像丢了魂一样来到我面前，哭着对我跪下。

手里举着他母亲沉甸甸的遗像。

“爸，除了你，我已经什么都没了。

“回来了，就不要再走了……”

我沉默了很久很久，随后点头。

“你还有我。

“爸哪儿都不去，就在这里陪你。”

随后我看到他嘴角的胡茬，看到他鬓上微白的头发，我轻轻拥住他，再也没说话。

太久了。

已经，过了太久了……

8

这一天还是到了。

他们没有再斗地主。

古往今来所有的伟人聚在了一个地方，在他们正中，爱因斯坦握着一个按钮。

“确定吗？”有人问。

爱因斯坦久久凝视着按钮，忽然笑了。

“我们是时代的幽灵。

“幽灵，就去幽灵该去的地方。”

“太久了，太久了……”爱因斯坦忽然肃穆起来，“我们该走了。

“死了就是死了，没什么可贪恋的。在科技、历史面前，有无数前人殒身，就会有无数孩子前赴后继，生生不息。”

那些人轻笑着点头。

“有多久了，日复一日采集梦世界的数据，然后是建模，计算。艾萨克先生、亚里士多德先生，我无比荣幸能够以这样的形式与你们合作。没有你们的智慧，我们会永远被困在这里。”

一边的蛋卷头男子摆了摆手。

“赶紧开吧，几百年了，几亿棵苹果树，每个人梦的树还都不带重的，你说我捣腾出万有引力图个啥？”

爱因斯坦笑着点头，随后面向所有人，抄起话筒。

广播在整个梦世界回响。

“通知所有梦世界的人类，这个消息可能有些突然，梦世界的毁灭装置已经被我们完成，我此刻握着启动它的按钮。

“我，阿尔伯特·爱因斯坦，代表科学团队宣布，梦世界将在两分钟后毁灭，届时，一切物质与能量都会永远消失，祝贺与我们拥有同样苦恼的朋友，你们将从漫长的囚禁中解脱。祝贺新来的朋友，你们将提前解脱。

“此次毁灭是吾辈一心所求，是活久的几个老头子的私欲，不会因为任何个人意志而动摇，倘若有人不满……”

爱因斯坦调皮地吐了吐舌头。

“来打我呗！”

那一刻，我不想打他，我只想夺过他手中的按钮。

所以我用尽全力，向他冲去。

与此同时，伴随爱因斯坦狡黠的一笑，按钮被启动。

正中，出现了两分钟的倒计时。

9

天空开始如矩阵般破碎，火红色的强光像蛛网，迅疾地向每个方向渗透。

大地开始龟裂，无数细碎的石块升腾而起。

世界的碎片向天空的一处汇集而去，形成一扇横亘于空中的巨大石门。

“停下！”我对爱因斯坦嘶吼。

“毁灭一旦开始，便无法阻止。”

爱因斯坦轻轻将按钮抛向空中。

“现在，它已经开始了。”

天空的裂片开始向大地坠落，拖着血红色的火光密密麻麻散开。

“先生，为什么会想要留下呢？这里的一切尽是虚无，没有人知道我们的存在，梦醒之后，一切都会消逝而去。”

“因为有人需要我。”

“你已经死了，先生。”

“我死了，但我不想连他梦见我的时候，我都不在那里。”

“梦境是没有任何意义的，先生。”

“只要还有一个人思念我，它就是有意义的。”

他们都对我摇头，随后缄默不语，望着脚下被石门吸引而去的土地，露出向往而解脱的神采。

不能死，我还不能死。

10

我奋力地奔跑，身后的路不断崩塌，被漆黑的石门吸引而去，我只能朝着尚未崩毁的地方奔跑。

大地和天空的碎片变幻出了无数的梦境，一帧帧画面在我面前跳跃闪动，那是无数陌生人陌生的梦。

跳跃的火光，梦世界的碎片，如棱镜般不断在眼前闪烁的梦。

刺耳的轰鸣声不断在耳边响起，我只能用尽全力不断地奔跑。

眼前由梦编织成的场景开始不断变幻，几秒后，我发现自己身处于一架飞机中。

警报灯发出的红光映满眼眶，尖叫声和广播声不绝于耳，我望向窗外，机翼拖曳着滚滚浓烟，向空中那扇石门坠去。

这是我最后乘坐的失事飞机现场。

我惨笑。

没想到还要再死一次。

或许这就是所谓的末路了。

儿子，抱歉，老爸不能再陪你一会儿了。

身边的一切都安静了下来，过往种种回忆在脑中走马观花般闪过，我知道，一切都快要结束了。

我闭上了眼睛。

“爸！”

谁？谁在叫我？

“爸！不要走！不要留下我一个人！”

在哪里……你在哪里？

我猛地睁开眼睛，飞机在猛烈地晃动，喧杂的声音再度涌入耳中，我却疯狂在找寻刚才脑海中声音的源头。

看到了，那是一个熟悉的房间，在燃烧的机舱中闪烁，那里叠满了白色的纸飞机，数都数不清。

房间的尽头，儿子正对我伸手。

我艰难地站起身，在颠簸失控的机舱中朝那里艰难地迈去。

等一下，再等我一下……

“你疯了吗？！走进那里，梦世界消失的那一刻，你就会被永远困在那里！”

旁边的座椅上，那个乘客不知何时变成了爱因斯坦。

“这样不好吗？到门的那一边，你这一生就会结束。所有留在梦世界的生命去向一个全新的起点，一切都会迎来全新的开始。

“走进那个房间，时间和空间都会永恒地静止在那里，那只是一个梦，是没有任何意义的虚无缥缈的存在，只是一个虚数的集合体！”

我扶着椅子，坚定地朝那里一步一步走去。

“那样的话，也没有关系。

“我没能陪伴我的儿子长大。

“起码，让我在那里陪他度过一生。”

我又向前猛跨一步，已经很近了。

“爸！快回来！我不许你死！”

离代表终结的大门越来越近，房间在眼前逐渐变得虚幻起来。

我伸过去的手被一阵更加剧烈的颠簸震偏，整个人摔倒在地。

我缓缓地爬，却感觉那个房间离我越来越远。

“已经来不及了。”爱因斯坦的声音在耳边响起，他的脸却隐入永恒的黑暗中。

大门被关闭，飞机跌入其中。

周遭的一切都暗了下来。

一切都归于静谧。

堆着纸飞机的房间离我越来越远，越来越远。

“爸！我不许你死！”

我的精神开始恍惚，无数喧杂的声音涌入脑海。

“爸，听说折一万个纸飞机，就能实现愿望。”

“春造，这里有个好大的马蜂窝，快点过来！”

“你要相信他，永远在这里等着他。妈妈已经等不到了。但妈知道，你的爸爸啊，只是一时半会儿迷路了，他总有一天会回来的。”

“你好，这里的纸飞机不清理一下的话，可能会妨碍到清洁人员……”

“患者的大脑始终判定自己已经死了，希望您可以做好心理准备。”

我喘息着，在黑暗中缓缓挺直身体。

无限的漆黑中，我吼叫着奔跑。

怎能留你一人……

我怎能留你一人！

我怒吼着扒开门沿，我也不清楚自己究竟为什么会有那么大的力气。

先是一丝微光透进，随后整个天空被我分作两边。

我向那个房间伸出手臂。

崩毁的世界里充斥着我的吼声：

“儿子，我回来了！”

那一刻，那只手被重重接过，我眼前一黑，整个身体从门内被拉出。

11

“张春造先生，您的眼睛还不能适应光线，我们做了遮光处理，并且您一时应该还恢复不了对身体的掌控，这是正常的，请不要惊慌。

“我谨代表所有医护人员对您表示敬意，您完成了人类史上的两个奇迹。

“三十多年前的空难，您是唯一一个幸存者，没人知道您是如何活下来的，但您被发现的时候确实还保有生命体征。

“而之后您进入了植物人状态，整整三十年，您居然醒过来了……这注定又是医学史上的奇迹……

“身为接手您的第三个负责医生，我还有很多话想对您说，但在此之前，我必须把时间让给一个人。”他的声音有些哽咽，“他整整守了您三十年。”

我感觉自己的手正被轻柔地握住。

他在剧烈地颤抖。

我听到了许多人离开房间的脚步声，混杂着类似脚踩过厚厚纸张的声音，随后听到了房门被关上的声音。

无限静谧，无限沉默。

只有那只手，难抑颤抖。

忘了有多久，隔去三十年，我再度听到这双手的主人发出的声音。

几行浊泪从我眼中滚滚涌出。

“老爸，欢迎回来。”